창비청소년문고 3

갑신년의 세 친구

초판 1쇄 발행 2011년 11월 11일
초판 17쇄 발행 2021년 9월 16일

지은이 안소영 | 펴낸이 강일우 | 책임편집 정소영 | 펴낸곳 (주)창비
등록 1986년 8월 5일 제85호 | 주소 10881 경기도 파주시 회동길 184
전화 031-955-3333 | 팩스 031-955-3399(영업) 031-955-3400(편집)
홈페이지 www.changbi.com | 전자우편 ya@changbi.com

ⓒ 안소영 2011
ISBN 978-89-364-5203-2 43810

창비청소년문고 3

갑신년의 세 친구

안소영 지음

창비

차례

홍영식 나무 아래 쓰러지다 | 7

1. 소나무 집 사랑방 | 13

2. 청년 임금 청년 신하 | 38

3. 도쿄, 낯선 하늘 아래 | 69

4. 아버지와 아들 | 99

5. 슬픈 자주국 | 135

6. 갑신년, 그해 | 169

7. 삼일천하 | 216

김옥균 일본에서 마지막 밤을 맞다 | 253

박영효 얼굴에 황혼이 드리워지다 | 269

작가의 말 흰 소나무가 서 있는 할아버지와 손자의 사랑방 | 280
주요 인물 소개 | 284
참고한 책과 논문 | 299

홍영식

나무 아래 쓰러지다

"전하, 아니 되옵니다. 그쪽으로는 가지 마시옵소서."

홍영식이 애타게 부르짖었다. 멈칫, 왕의 걸음도 흔들렸다. 이 길로 계속 간다면 앞으로 얼마나 더 캄캄한 세월을 보내게 될지 모르지 않았다. 왕은 방금 올라온 산길을 돌아보았다. 군데군데 채 녹지 않은 눈들만 희끗했고 길은 보이지 않았다. 멀리 인정전의 용마루만 어슴푸레 보일 뿐, 궁궐은 온통 캄캄했다. 달도 별도 보이지 않는 밤하늘 아래, 오로지 환한 것은 청나라 군사 진영 앞 활활 타오르는 햇불뿐이었다.

"전하! 어서……."

청나라 장수들 뒤에 멀찌감치 떨어져 있던 왕비가 한 발 앞으로 나오며 왕을 재촉했다. 왕비의 눈빛도 간절했다. 휘청거리던 왕은 걸음을 다시 내디뎠다.

"전하, 전하! 아니 되옵니다."

홍영식은 왕의 곁으로 다가서며 다급한 마음에 용포 자락이라도 붙잡으려 손을 뻗었다. 그러나 옷자락은 닿지 않고 빈 바람만 일었다. 왕은 저만치 앞서 나가 있었다. 헛손질에 꼬꾸라질 듯하던 홍영식이 몸을 추슬러 왕에게 다가가려 하자, 매서운 인상의 청나라 장수가 눈짓을 했다. 그 눈짓을 받은 것은 대열 앞쪽에 있던 조선군 병사였다. 병사는 망설이지 않고 칼을 뽑아 들었다. 높이 치켜든 칼날이 횃불 빛을 받아 번뜩이나 싶더니 홍영식이 그 자리에 풀썩 주저앉았다. 처음으로 느껴 보는 선득한 아픔이었다. 어깨에 손을 대어 보니 척척했다. 그래도 왕에게 가야만 했다. 비틀걸음으로 다시 일어서려는데, 이번에는 목 뒤에서 그보다 더 큰 고통이 느껴졌다. 다시는 일어설 기운도 없었다. 이어 칼날이 부딪히는 소리와 사람들의 고함이 들려왔다. 함께 왕을 따르던 젊은 생도들의 앳된 비명도 섞여 있었다. 그 와중에 누군가가 거센 발길로 홍영식의 몸을 숲 쪽으로 걷어차 버렸다. 1884년 12월 6일, 김옥균과 홍영식을 비롯한 조선 청년들이 나라의 개혁을 위해 목숨 걸고 일으킨 갑신정변의 마지막 날이었다.

발길에 채인 홍영식의 몸은 나무둥치에 세게 부딪혔다. 칼에 베인 상처가 워낙 심해 나무에 부딪힌 옆구리는 아픈 줄도 몰랐다.

며칠째 나뭇가지 위에 걸려 있던 눈이 홍영식에게 쏟아졌다. 얼굴과 목에 와 닿는 흰 눈의 찬 기운에 잠깐 생기가 돈 홍영식은 팔을 뻗어 나무를 만져 보았다. 꺼칠꺼칠했다. 억지로 눈을 열고 보니 휘우듬한 줄기와 거기에 매달린 비늘잎들이 둥치 아래 누운 자신을 내려다보고 있었다. 소나무였다. 스르르, 홍영식의 얼굴에 반가운 웃음이 어렸다. 가까스로 몸을 일으켜 윗몸이나마 나무에 기대어 보았다. 어깨와 목의 통증이 둔해지면서 온몸의 기운이 빠져나가는 듯했다. 마지막이 다가오고 있다는 것을 그도 알고 있었다.

그런데 삶의 마지막 순간에는 시간이 다른 차원으로 흐르는 것일까. 찰나의 순간일 텐데도 기억에 담아 둔 오래된 시간들이 굽이굽이 펼쳐졌다. 바야흐로 이승을 떠나 저승의 동굴로 들어가려는지, 시냇물처럼 줄지어 흐르던 삶의 시간은 소용돌이처럼 뒤엉켰다. 난생처음 함선을 타 본 일과 배 위에서 내려다본 검푸른 바다, 어린 아들의 웃음소리, 관복 입고 처음 입궐하던 날, 우정국 청사 밖 불기둥, 어린 시절 입었던 풀 먹인 새 옷 냄새, 보빙사로 미국에 갔을 때 본 화려한 도시들, 사랑에 무릎 꿇고 앉아 아버님께 꾸중 듣던 일……. 오래전 일들이 바로 지금인 양 생생했고, 조금 전까지 이어졌던 정변의 삼 일은 오히려 까마득했다.

가물가물해져만 가는 의식 속에 유장하게 흐르던 홍영식의 삶의 시간들은 다시, 쏜 화살처럼 한곳으로 한곳으로 내달렸다. 스무 살 무렵에 벗들과 자주 드나들던, 흰 소나무가 서 있는 스승의 사

랑방이었다. 흰 수염에 눈매가 인자하던 스승과 그 앞에서 환하게
웃던 그때의 벗들이 사무치게 그리웠다. 알 수 없는 차원으로 흐르
던 시간은 홍영식을 스승의 사랑방 흰 소나무 아래로 데려다 주었
다. 오래된 나무의 눈길은 여전히 그윽했다. 마치 홍영식이 이곳으
로 돌아올 줄 알았다는 것처럼. 나무 아래 서 있으면 그는 늘 웬지
마음이 편안해졌는데, 지금 마지막이 두렵지 않은 것도 그래서인
듯했다. 젊은 시절 자주 어루만지곤 하던 흰 소나무 줄기의 꺼칠한
감촉이 등 뒤에서 되살아나고 있었다. 점점 창백해지는 홍영식의
얼굴에 엷은 웃음이 떠올랐다. 어쩌면 그는 이 세상의 삶에서 떠나
가는 것이 아니라, 그토록 그리던 시간 속으로 되돌아가 거기서 삶
을 멈춰 버린 듯했다.

1.
소나무 집 사랑방

건듯, 바람이 일었다.

까마득히 높은 가지에 걸려 있는 푸른 솔잎들이 바람을 한번 움켜쥐자, 일렁이는 미동이 아래까지 서서히 내려왔다. 그 바람에 파스락, 봄 햇살을 받으며 자울자울 졸고 있던 늙은 소나무 줄기의 비늘 껍질 끝이 말려 올라갔다. 그러자 비로소 그 밑에 있던 줄기가 하얗게 제 모습을 드러내었다. 흰 소나무, 보기 드문 백송(白松)이었다. 밑동은 어른 몇이 팔 벌려 에워쌀 만큼 튼실했고, 아이 허리 높이에서 두 갈래로 뻗어 나간 가지는 저마다가 또 아름드리나무의 밑동 같았다. 햇살과 바람에 나무껍질이 바스러질 때마다 비스듬히 뻗은 줄기들도 따라 뒤척이는 듯했다.

서울 가회방 재동. 백송이 서 있는 야트막한 언덕은 원래 과실나무 향기 가득한 과수원이었다고 한다. 장차 이곳에서 밭 갈고 책을 쓰리라며 나무가 있는 자리를 뜨락 삼아 집을 지은 사람은, 현재이 집 주인인 우의정 박규수 대감의 할아버지인 연암 박지원이었다. 한여름이면 오래된 나무의 그늘은 반 이랑이나 되었고, 나무는 물론 나무 그늘조차 다치지 않게 저만치 비켜 지은 집은 조촐했다. 변변한 벼슬 한번 해 보지 않은 연암 때는 물론 정승까지 오른 우의정 대감 대에 이르러서도 집안은 그리 크게 일지 않아, 솔 그늘 한쪽에 비켜서 있는 낡은 사랑은 여전했다. 사랑에 젊은이들의 걸음이 잦은 것도 마찬가지였다. 그 옛날 할아버지 연암의 사랑을 드나들던 젊은 걸음들이 조금은 울울했다면, 손자인 우의정 대감의 사랑을 찾는 북촌 세도가 젊은이들의 발걸음은 거침없고 활달한 게 달라진 점이라고나 할까.

1874년 4월 20일.

서풋서풋, 잰걸음으로 땅을 가볍게 내딛는 소리가 나무 가까이 다가왔다. 영의정을 지낸 홍순목 대감의 아들 홍영식이었다. 체구는 자그마했지만 목소리도 얼굴에 번지는 웃음도 걸음처럼 활달하고 시원스러운, 갓 스물 난 청년이었다.

스승인 우의정 대감을 뵈러 온 홍영식은 나무 쪽으로 먼저 다가와 줄기를 쓰다듬었다. 오랜 세월 햇살과 비바람, 사람들의 손길에 그리되었는지, 나무줄기는 만져 보면 거칠다기보다는 매끈한 편이었다. 백송이라 해서 그저 희기만 한 것도 아니었다. 젖빛, 잿빛, 쑥물 도는 젖빛, 희읍스름한 잿빛이 어우러지며 줄기에 비늘무늬를 만들어 놓았다. 백송 줄기가 희어질수록 나라에 길한 일이 생긴다는데, 이즈음 백송의 빛깔은 어두웠다. 양이*들은 거듭 조선 해안을 공격해 오고 있었고 최근에는 왜인들까지 함선을 타고 와 위협했다. 청년이 된 왕은 직접 나라를 다스리겠노라고 선언하였으나, 권력을 내놓지 않으려는 아버지 대원군 세력의 반발은 드세었다. 나라 안팎이 이처럼 어지러우니, 오백 년 가까이 왕조와 함께 나이를 먹어 온 흰 소나무가 좀처럼 환한 빛을 내지 못할 법도 했다.

홍영식은 한 발 물러나 제 키의 몇 곱절이나 되는 나무의 아득한 꼭대기를 올려다보았다. 한데 엉긴 진초록 솔잎들이 파란 봄 하늘에 잔 빗금을 빼곡하게 쳐 놓았다. 이렇게 나무를 올려다보고 있으면 서늘한 기운이 뻗쳐오르는 게 몸도 마음도 저 하늘 끝에 닿는 것만 같았다.

"자네, 또 백송 대감께 먼저 안부 여쭙고 있는가?"

사랑 주인의 벼슬이 올라감에 따라 나무 역시 백송 영감이라 불리다가 이제는 백송 대감이라 불리고 있었다. 카랑카랑한 목소리로 나무를 높여 부른 이 사람은 일찍부터 북촌 양반들 사이에서 수재라 이름난 김옥균이다. 두 해 전에 과거에서 장원 급제하고 며

• 양이(洋夷) | 서양 오랑캐라는 뜻으로, 서양 사람을 낮잡아 이르는 말.

칠 전에 홍문관˚ 교리로 임명받은, 앞날이 창창한 젊은이였다. 홍영식보다는 네 살 위로 호리호리하게 큰 키에 갸름한 얼굴이었다. 얼굴빛은 백송 줄기만큼이나 희었고, 가늘고 긴 눈매에는 젊은이다운 자신감과 단호함이 어려 있었다.

"여쭙고 가야지. 그러지 않았다가는 선생님께 꾸지람을 먼저 들을 게야."

벗을 돌아보는 홍영식의 서글서글하고 커다란 눈에 정이 담뿍 어렸다. 날카로워 보이는 김옥균의 눈매도 이때만큼은 부드러워지며 순하게 내려앉았다. 엊그제 대궐에서 보았으면서도 오랜만에 만난 것처럼 얼굴들이 환했다. 김옥균도 홍영식을 따라 뿌듯한 마음으로 나무를 올려다보았다. 그의 가슴에도 서늘한 솔바람이 불어왔다. 젊은이들은 천천히 비탈길을 내려와 스승의 사랑으로 향했다. 사랑 댓돌 위에 갖신을 벗어 놓으며 홍영식은 다시 한 번 휜 소나무를 돌아보는 것을 잊지 않았다.

사랑에 들어서니 박규수 대감 말고도 먼저 온 손님들이 있었다. 웃는 낯으로 반기는 사람은 박규수 대감과 같은 집안의 젊은이 박영교였고, 윗자리에 앉아 있는 소년은 그의 아우 박영효였다. 큰형님뻘인 처음 보는 청년들이 들어와도 어려워하거나 서먹해하는

• 홍문관(弘文館) | 조선 시대에 궁중의 경서, 문서 따위를 관리하고 임금의 자문에 응하는 일을 맡아보던 관아.

기색 없이, 소년은 곧은 눈길로 그들을 바라보았다. 나이답지 않게 표정의 변화가 없는 얼굴과 두툼하게 다물어진 입술이 고집 세고 당차 보였다. 두 사람은 소년에게도 인사를 올렸다.

'이분이 금릉위로군! 저 눈길을 보아, 듣던 대로 예사 인물이 아니겠는데…….'

'부마가 되자마자 옹주께서 돌아가셨으니 얼마나 허전하실까. 이제 겨우 열네 살이라 들었는데…….'

김옥균은 대차면서도 고집스러워 보이는 소년이 마음에 들었고, 다감한 홍영식은 혼례를 올린 지 얼마 되지 않아 아내를 잃은 소년 부마가 안쓰러웠다.

왕의 스승이기도 한 박규수 대감의 천거로 박영효는 선왕의 딸 영혜옹주와 혼인하였다. 열두 살에 왕의 사위인 부마도위가 되고 '금릉위'라 불리게 된 것이다. 수원에서 짚신을 팔며 살 정도로 가난했던 박영효의 집안은, 임금의 사돈이 되자 대궐에서 내린 으리으리한 저택에서 살게 되었다. 허나 혼인한 지 석 달 만에 옹주가 세상을 떠나고 말았다. 부마는 아내를 잃어도 다시 혼인할 수 없기에 앞으로도 평생 홀로 살아야만 할 것이다. 그러나 웬만한 판서나 정승 못지않은 소년 대감의 높은 지위는 휘황한 것이었다. 내려진 전답과 재물도 넉넉했다. 아버지나 형의 존대를 받는 것도, 수염이 허연 조정 대신들에게 공손히 인사받는 것도 서울살이만큼이나 익숙해진 소년 부마 박영효였다.

우의정 대감과 젊은이들이 두런두런 이야기를 나누는 동안, 박영효는 맞은편 바람벽 구석에 놓인 책장만 바라보고 있었다. 가지런히 뉘여 있는 책들 옆에 눈길을 끄는 물건이 있었던 것이다. 나이답지 않게 성숙해 보인다 해도 소년다운 호기심만은 감출 수 없는 모양이었다.

'도대체 저건 뭐지? 둥근 고리들 안에 공을 걸어 놓고, 아래위로 쇠꼬챙이까지 찔러 놓았네.'

소년 부마의 고개는 비스듬히 찔러 놓은 쇠꼬챙이를 따라 저절로 외로 꼬였다. 대감은 그 모습을 유심히 바라보았다. 부드럽게 쌍꺼풀진 눈에 흰 얼굴과 흰 수염이 온화해 보이는 인상이었다. 영리한 손자를 보는 할아버지 같은 자애로운 웃음도 떠올랐다.

"책장 위의 저 물건이 궁금하십니까?"

"……"

갑작스러운 대감의 물음에 부마는 대답하지 못했다. 젊은이들의 얼굴에도 웃음이 어렸다. 처음 이 방에 왔을 때 그들 역시 궁금하게 여겼던 것이다. 재바른 홍영식이 일어나 받침대가 붙은 공 모양의 그 물건을 대감과 부마 앞에 있는 서안 위에 올려놓았다. 구체를 손으로 쓰다듬으며 대감이 말했다.

"지세의(地勢儀)라 합니다. 둥근 구 위에 만국의 지도를 그린 것이지요. 평평한 종이에 땅의 모양을 그리면 한눈에 보기에는 편하나 정확한 모습은 아닙니다. 우리가 살고 있는 땅은 이처럼 둥그런

공과 같답니다."

자세히 보니 구체 위에는 구불구불한 선으로 된 그림이 잔뜩 그려져 있고, 조선과 중국은 물론 지중해니 동인도니 아라사(러시아)니 하는 생소한 지명들이 쓰여 있었다. 반가움에 들뜬 목소리로 부마가 말했다.

"아, 이 이름들은……『해국도지』에서 보았습니다. 이 그림도 보았습니다. 그 책에서는 조각조각 나뉜 펼친그림이었는데……."

"오, 어느새『해국도지』를 보셨습니까?"

김옥균이 놀라 물었다. 홍영식도 놀라긴 마찬가지였다. 자신들도 그 책을 본 지 얼마 안 되었던 것이다.

"형님이 갖고 계시던 것을 얼마 전에 보았소."

박영효는 대답했다. 한결 차분해진 부마다운 목소리였다.

큰 배를 타고 갑자기 해안에 나타난 서양 여러 나라들을 해국(海國)이라 했는데,『해국도지』는 청나라 학자 위원이 서양 문물을 소개해 놓은 책이었다. 천하의 중심이라 자부하던 중국이 서양과 전쟁에서 여러 번 패한 뒤, 서양에 대해 잘 알아야 한다는 뼈저린 깨달음에서 쓴 것이다. 중국 지식인들에게 널리 읽혔고 중국에 드나드는 사신을 통해 조선에도 전해진 지 제법 되었다. 그래도 이제 겨우『논어』,『맹자』 읽기에나 들어갔을 열네 살 소년이 보았다는 것은 놀라운 일이었다.

자신에게 쏠리는 눈길을 받으며 소년은 상기된 표정으로 대감에게 물었다.

"그런데 정말 이 세상에 저렇게나 많은 나라들이 있습니까? 저들도 모두 임금이 있고 백성이 있어 나라의 모양을 갖추어 살아가고 있습니까?"

대감은 지세의를 한 바퀴 빙 돌려 보았다. 구를 에워싼 고리에는 눈금이 그어져 있고, 여러 개의 고리가 십자로 엇갈려 있었다. 땅의 모양뿐 아니라 거리를 알 수 있게 하고, 천문 관측까지 가능하도록 만든 기구였다. 기름을 몇 겹이나 먹인 듯 구체의 표면은 반질반질 윤이 났고, 언뜻 '조선'이라는 글자가 도드라져 보였다. 창호지 문틈으로 들어온 봄 햇살을 받아 글자에서는 빛이 났다. 대감은 부마에게 말했다.

"여기를 보시지요. 우리 조선은 이리 환하지만, 반대편에 있는 나라들은 지금 밤이랍니다. 이 나라들이 낮이 되면 우리가 밤이 되지요. 실감할 수 없지만 이 세상은 어마어마하게 넓고 수없이 많은 사람들이 살아가고 있습니다. 지금 청에 들어와 있는 영길리(영국) 왕은 여자입니다. 여기서 보면 대륙 저 끝 섬나라에 불과하지만, 부처의 고향 인도까지도 제 나라로 삼고 저들이 만든 큰 배로 못 가는 데가 없다고 합니다."

"미리견(미국)은 왕도 백성들이 뽑는다고 합니다. 목숨이 다하지 않아 번히 살아 있는데도 몇 년 만에 내려오게 하고 다른 사람을 새로 뽑는다는군요."

김옥균의 말에 대감이 다시 입을 열었다.

"포를 쏘아 대며 왜에 상륙해 막부 장군들을 굴복하게 만든 것이 그들 아닌가? 신미년(1871)엔 우리에게도 왔지. 그때는 적은 수라 물러가게 할 수 있었지만 앞으로는 점점 더 거세게 몰아닥칠 게야."

대감은 다시 부마에게 말했다.

"이렇게 끊임없이 낮과 밤이 바뀌며 돌아가는 둥근 지구 위에서라면, 과연 어느 곳이 움직이지 않는 가운데이고 어느 나라가 변하지 않는 세상의 중심이겠습니까? 저마다 소중한 자기 나라가 있고, 제 나라와 관계를 맺는 여러 나라가 있을 뿐입니다."

"……."

듣고 있는 박영효도, 방 안의 젊은이들도 말이 없었다. 천하는 높디높은 중국과 그 아래 엎드린 작은 나라들로 이루어진 게 아니라, 크기와 모양이 다를 뿐 저마다 중요한 여러 나라들로 되어 있다는 이야기가 새로웠다. 조선도 중심이 될 수 있고, 그로부터 여러 나라가 바퀴살처럼 고르게 뻗어 나간 것이 천하의 새로운 관계라는 생각에 가슴이 뛰기도 했다. 스승이 젊은이들에게 말했다.

"벌써 십여 년 전이던가, 사신으로 북경에 갔을 때를 나는 아직 잊을 수 없네. 서양 군대에 밀려 황제가 열하로 피난 간 것은 알고 있었지만, 막상 내 눈으로 텅 빈 왕궁과 북경 거리를 보니 머리를 한 대 세게 얻어맞은 것 같더군. 천하의 중국 황제가 오랑캐에 쫓겨 황궁과 백성들을 버리고 달아나다니……. 그런데 북경을 차지한 영길리와 불란서(프랑스) 군은 대오도 흐트러짐 없고 자신만만했지. 무지한 오랑캐들이 벌인 한때의 난동이 아니었어. 그들은 큰 세력, 우리가 몰랐던 저편 세상에 오래전부터 있던 세력인 게야.”

스승은 다시 한 번 지세의를 돌렸다. 그러자 조금 전까지 가운데 있던 조선은 한쪽으로 비켜나 보이지 않았다.

“누구나 중심이 될 수는 있지. 그리고 다들 중심이 되려 하는 세상에 우리는 살고 있어. 불을 뿜는 큰 배에 대포와 포탄을 싣고 낯선 나라를 찾아오는 저들도, 제 나라를 세상의 중심으로 만들고자 함이 아니겠나? 이런 때일수록 정신을 똑바로 차려야 하네. 그러지 않았다가는 조선은 또다시 한쪽 구석으로 밀려날 게야.”

“…….”

“젊은 자네들이 할 일이 많네. 특히 그간 우리가 알지 못했던 다른 세상에 대해서도 잘 알아야 할 것이네. 우리 조선도 이처럼 둥근 지표면 위에 다른 여러 나라들처럼 당당히 자리하고 있다는 것을 명심하게나.”

소년 부마의 가슴은 아까부터 뛰고 있었다. 노대감의 손이 지세의를 돌릴 때마다 몸과 마음도 함께 움찔거렸다. 불을 뿜으며 바다를 거침없이 달린다는 양인(洋人)의 큰 배에 올라 보고 싶었다. 수만 리 떨어진 땅을 제 영토로 삼았다는 푸른 눈의 여왕을 한번 만나 보고도 싶었다. 밤이면 등불을 높이 내걸어 한밤중에도 환하다

는 낯선 나라의 거리도 걸어 보고 싶었다.

　홍영식은 스승의 말에 가슴이 뛰면서도 한편으로는 갑갑했다. 새로 일하게 된 예문관*에서 배우는 것은, 중국 조정에 올리는 상주문에 쓸 단어를 예법에 맞게 엄격하게 고르는 일이었다. 내용도 하늘 같은 천자(天子)의 은혜에 감읍한다는* 것 일색이었다. 김옥균도 갑갑하긴 마찬가지였다. 홍문관 서고에 문서들은 쌓여 있지만, 날마다 새로워지는 나라 밖 소식을 들노라면 어느 전례를 참고해야 할지 난감할 때가 많았다. 요즘 일본의 움직임이 심상치 않아 더욱 그랬다. 일찍 서양 문물을 받아들인 일본은 큰 배와 총포도 만들어 내고, 최근에는 천황을 받들어 새 정부를 세우고 일대 개혁을 단행했다고 한다. 그러나 조선의 조정에서는 아무도 신경 쓰지 않았다. 왜소한 오랑캐들의 이야기를 입에 담는 것 자체를 경망스럽게 여겼던 것이다. 궐 안에서 뵙는 스승의 얼굴도 이 사랑에서와는 달리 어둡고 지쳐 보일 때가 많았다.

　낮뒤 햇살이 어느새 비스듬해지고 있었다. 햇살은 지세의 위의 조선 땅과 심장의 두근거림이 채 가시지 않은 소년의 얼굴, 저마다 골똘히 생각에 잠긴 젊은이들의 얼굴을 고루 비추었다. 지그시 눈을 감은 노스승의 어깨 위에는 조금 더 오래 머물렀다.

● 예문관(藝文館) | 조선 시대에 외교적인 말이나 문안을 짓는 일을 맡아보던 관아.
● 감읍(感泣)하다 | 감격하여 목메어 울다.

"대감마님! 저…… 누가 찾아오셨습니다."

청지기가 조심스레 고하는 소리에 대감은 눈을 떴다. 이른 저녁 상을 물리고 잠시 누워 있으려던 게 그만 잠이 든 모양이었다. 방 안에는 어느새 어둠이 드리워졌고, 어여쁜 눈웃음 같은 음력 초닷새 달빛이 어른거리고 있었다.

젊은이들은 다시 이웃 홍영식의 집으로 몰려간 뒤였다. 가까이 사는 김홍집과 서광범, 그리고 이 사랑에 자주 드나드는 어윤중, 유길준 등이 모두 모여 있을 것이다. 그들은 대감도 오시길 청하였으나 몹시 고단하여 사양했다.

젊은 국왕은 나라 밖 움직임에 두루 관심을 갖고 있었지만, 한번 잠가 놓은 쇄국의 빗장은 완강했다. 대원군과 그의 정책을 지지하고, 왕이 직접 나라를 다스리는 것을 못마땅하게 여기는 세력의 기세도 여전했다. 서양에 시달린 뒤끝이긴 해도 중국조차 서양 문물에 눈을 돌리고 있는데, 그에 대해 알려고도 하지 않고 알더라도 비웃을 뿐이었다. 고루한 조정 일에 대감은 환멸을 느낀 지 오래였다. 그만 사직하고 싶었다. 그저 백송이 서 있는 사랑을 지키고, 찾아오는 젊은이들과 이야기 나누며 살다 가고 싶었다. 그러나 한때 자신이 가르쳤던 젊은 왕의 외롭고 선한 눈빛을 생각하면 그럴 수도 없었다.

"누가 왔느냐?"

"예. 역관 나리께서 뵙기를 청합니다."

"어서 들라 해라."

목소리가 선선했다. 여느 사람 같으면 곤히 쉬신다고 하며 돌려보냈을 것이나, 대감이 반기실 줄 알았기에 청지기는 아뢴 것이다. 몇 해 전 박규수 대감이 사신으로 중국에 갈 때 오경석도 책임 역관으로 따라갔는데, 그때부터 서로 생각을 주고받는 미더운 사이가 되었다. 지체 높은 조정의 노대신과 중인 역관, 신분의 차이는 컸지만 급변하는 세상을 보며 조선의 앞날을 걱정하는 마음만은 같았다.

잠시 후 짙은 회색 두루마기에 챙이 좁은 갓을 쓴 오경석이 방으로 들어왔다. 기다란 얼굴에 순하지만 고지식한 눈빛을 지닌 마흔넷의 사내였다. 낯빛이 검고 눈동자가 충혈된 것을 보니 피로가 첩첩이 쌓인 듯했다. 지난 음력 시월에 동지사*를 따라 중국에 갔다가 근 다섯 달 만에 돌아왔다. 그런데도 고단한 몸을 쉴 새도 없이 도착하자마자 우의정 대감을 찾아 나선 것이다. 대감께 절을 올린 뒤 오경석은 자리에 앉았다.

"어서 오게. 먼 길 잘 다녀왔는가?"

"예. 염려해 주신 덕분에 무탈하게 다녀왔습니다."

"그래, 북경 형편은 어떠한가? 그새 또 많은 변화가 있었을 테지. 양인들은 여전한가?"

* 동지사(冬至使) | 조선 시대에 해마다 동짓달에 중국으로 보내던 사신.

평소 대감답지 않게 물음이 성급했다. 거의 매해 사행˚ 길을 다녀오는 오경석을 대할 때면 늘 그랬다. 오경석도 뜸 들이지 않고 대답했다. 울림 좋은 목소리에 중국어 역관을 오래 해서인지 다소 가락이 실린 억양이었다.

"서양 문물을 무조건 배척하지 말고 양인의 것을 배우자는 양무(洋務)운동이 점점 활발해지는 것 같습니다. 양인의 말을 배우는 학당도 생기고, 양인의 기계를 본떠 만드는 공장도 생기고 있습니다. 양인 기술자가 와서 사용법을 가르쳐 주고 있다 합니다."

"그래……. 그럼 청나라 조정은 양인의 문물을 받아들이는 쪽으로 뜻을 모았나 보군."

"꼭 그렇지는 않은 듯합니다. 황제의 숙부인 공친왕이 나랏일을 맡으면서 양무를 중시하고 있긴 한데, 양인을 배척하고 반대하는 세력들도 여전합니다. 공친왕의 세력이 커 가는 것을 경계하다 보니, 공친왕이 추진하는 정책이면 무조건 반대하는 것 같습니다."

"저런……."

우의정 대감은 안타까웠다. 중국이나 조선이나, 나라의 앞날보다도 눈앞의 권력을 지키고 키우는 데만 골몰하는 세력들이 딱했다.

대감이 보기에 지금의 양인은, 그 옛날 피로에 찌든 모습으로 사막과 초원을 건너온 사람들이 아니었다. 낙타 등에 싣고 온 물자

˚ 사행(使行) | '사신 행차'를 줄여 이르던 말.

를 비단과 바꾸어 제 나라로 순순히 돌아간 색목인*과 달랐다. 겁에 질린 표정으로 낯선 나라 해안에 표류한, 노란 털이 북슬북슬한 선원들도 아니었다. 이제 양인은 대포와 포탄을 실은 큰 배에 수백 명의 군사까지 거느리고 왔다. 남의 나라 땅에 마구잡이로 상륙해 수많은 사람들을 죽이는가 하면, 저희들의 물자를 사 가라고 마구 으름장을 놓았다. 우월한 무기와 힘을 믿고 들이닥치는 것을 막아 내려면, 이편에서도 저들에 대해 잘 알고 그들만큼 힘을 길러야 했다. 덮어놓고 배척하거나 무시해서 될 세력이 아니었던 것이다.

오경석이 역관으로 중국에 드나든 지도 이십여 년, 누구보다도 중국 사정에 환했고 중국에 와 있는 서양에 대해서도 잘 알았다. 7대째 내려오는 역관 집안이라 모아 놓은 재산이 제법 많았지만, 그의 대에 이르러 많이 줄어들었다. 중국에 갈 때마다 베이징 류리창*의 서적상에서 새로운 책들을 사들였는데, 책값은 물론이요 싣고 오는 경비도 꽤 되었다. 살 수 없는 책들은 바쁜 일정을 쪼개 직접 베껴 오기까지 했다. 오경석이 내려놓은 책 꾸러미에 눈길을 돌리며 대감이 물었다.

"이번에도 책들을 많이 들여왔는가?"

---

* 색목인(色目人) | 중국 원나라 때 유럽이나 서아시아, 중부 아시아 등지에서 온 외국인을 통틀어 이르던 말.
* 류리창(琉璃廠) | 중국 베이징에 있는 문화의 거리. 원·명나라 때 황궁에서 사용하는 유리 기와를 만드는 가마 공장이 설치되어 '유리창'으로 불림.

오경석은 보자기에 싼 책들을 대감께 올렸다. 얇은 책 여러 권이었고, 겉표지에는 『중서견문록』이라 씌어 있었다.

"북경 의료원에 와 있는 서양 의사들이 다달이 펴내는 책이라 합니다. 매월 나올 때마다 조선에도 보내 달라고 단단히 부탁해 놓았습니다. 들어오는 대로 또 대감께 올리겠습니다."

우의정 대감은 고맙고도 면목 없었다. 새 문물을 알리고 새로운 책들을 들여오는 것은 나라가 나서서 해야 할 일인데, 한낱 역관이 제 돈과 품을 팔아 가며 저처럼 애를 쓰고 있는 것이다. 오경석이 웃음 띤 얼굴로 말을 이었다.

"요즘은 사신들이 돌아갈 차비를 할 때 분주합니다. 그전에는 진귀한 골동품을 사 모으고 구경 다니느라 정신없더니, 요사이에는 전하께 보고할 준비를 하느라 이것저것 묻고 확인하기 바쁘답니다. 통역하는 것보다 그 물음들에 시달릴 때가 더 많습니다."

"그래?"

대감의 얼굴에도 만족스러운 웃음이 떠올랐다.

젊은 왕은 나라 밖의 일에 두루 관심이 많았고, 사행의 보고를 받을 때도 적당히 끝내는 법이 없었다. 중국 왕실과 조정의 형편, 베이징에 와 있는 양인들에 대해서도 꼬치꼬치 따져 물었다. 대답이 소홀하거나 얼버무리면 몹시 언짢아했다. 나라를 직접 다스리기 전부터도 그랬다. 대원군과 조정 대신들은 사행이 오가는 것을 의례적인 일로 여기고 중국에 있는 서양인들에 대해서도 별 관심이 없었다. 그러나 어린 국왕은 호기심도 많고 나름대로 공부를 한 덕에 물음이 상세했다. 나랏일을 모두 아버지에게 맡길 수밖에 없었던 왕이 유일하게 확보하고 있는 영역이기도 했다. 그렇게 쌓은 견문으로, 조선을 둘러싼 여러 나라의 사정을 누구보다 상세하고 정확하게 파악하려 애썼다.

대감이 보기에 사랑을 드나드는 젊은이들은 좀 더 가르치고 다듬는다면 장차 왕의 훌륭한 보필이 될 터였다. 고루한 관습에 얽매이지 않고 열린 눈으로 나라의 앞날을 모색하는 젊은 국왕과 젊은 신하들. 그들이 만들어 갈 조선은 어떤 모습일까. 깊은 밤 홀로 그려 보노라면 대감은 왠지 설레었다. 한편으로는, 좋고 나쁨이 분명하고 생각이 다른 사람들을 좀처럼 용납하려 들지 않는 젊은 그들의 성향이 마음에 걸리기도 했다. 다들 영민하나 한 사람 한 사람이 그러할 뿐, 서로 도와 굳건한 세력이 되기에는 부족해 보였다.

"아직 젊어 그럴 테지…… 하긴 장부 이십 세에 그만한 패기들도 없을까."

고단한 몸을 뒤로 젖히며 대감은 혼잣말했다. 미처 알아듣지 못한 오경석이 묻는 눈빛으로 바라보았다. 대감은 희미하게 웃음 지었다. 과묵하고 신실한 그가 젊은이들의 우직한 허리가 되어 주리라 믿는 눈길이었다.

재동 우의정 대감 댁을 나온 오경석은 운종가 쪽으로 발길을 돌렸다. 오랫동안 만나지 못한 벗을 찾아가려는 것이다. 마음과 달리 몸은 천근만근 무겁고 눈꺼풀이 자꾸 내려앉았다. 몸에 밴 잰 발걸음만 달음질치듯 저절로 나아가고 있었다.

초닷새 가느다란 달빛이지만 집집마다 호롱불이 꺼진 탓인지 제법 밝아 보였다. 봄바람에 실려 온 과실나무 꽃향기가 아련했다. 짙은 남빛 하늘과 샛노란 달빛, 아기 주먹만 한 별빛, 그리고 은은한 꽃향기. 한때 서화와 매화에 빠져 중인 예술가로도 이름을 날리던 오경석이었기에 저절로 감상이 일기도 하련만, 지금은 그저 마음이 바쁠 따름이었다. 조선만 벗어나면 시간이 빨리 가고, 조선에 돌아오면 시간도 뒤처져 느리게 가는 것 같았다. 두둥 두둥―, 조선의 시간은 종루의 북소리처럼 천천히 흘렀다. 그러나 조선 바깥의 시각은 째깍째깍, 사람의 들숨 날숨보다 더 빠르게 움직였다. 저 부지런한 자명종 시곗바늘처럼 바깥세상에서 보고 들은 것들, 류리창에서 구해 온 새로운 책들을 한시바삐 사람들에게 알려 주어야 할 것 같았다.

통행을 금하는 인경 소리가 울린 지도 꽤 오래되었다. 어쩌다 마주친 순라군들은 밤길이 바쁘기로 유명한 역관 나리를 못 본 척해 주었다. 고즈넉한 북촌 양반가를 벗어나 운종가 큰길을 건너니 개천 물소리가 더욱 시원스러워졌다. 운종가 위쪽은 양반과 고관들이 모여 살지만 아래쪽은 운종가 상인들과 중인들이 살고 있기에 '아래대'라 불렸다. 오경석의 벗 유대치의 집은 중인들이 모여 사는 아래대에서 장통방 종루 뒤편에 있었다.

유대치는 오경석과 동갑인 의원으로, '홍기'라는 이름보다 '대치'라는 호로 더 자주 불렸다. 약방 의원이긴 하지만 약초와 진맥을 연구하기보다 동서고금의 책들에 파묻혀 있기를 더 즐겨 했다. 드나드는 사람들도, 의원을 찾아온 병자보다 나라 안팎의 이야기를 나누려고 온 사람들이 더 많았다. 점잖은 선비며 거리의 상인들, 대궐의 말단 관리, 양반 가문의 우울한 서얼이나 때로는 삿갓을 깊이 눌러쓴 승려들까지 다양했다.

문을 열고 들어서자 약초를 말리고 달이는 약방 특유의 냄새가 끼쳐 왔다. 약초가 주렁주렁 매달린 방 안에서 책을 보고 있는 유대치는 마치 동굴 속의 신선과도 같았다. 헌칠하게 큰 키였기에 앉아 있는 모습도 거대했고, 머리는 이미 백발에 가까웠다. 흰머리에 붉은 낯빛이 신령스러웠고, 쏘아보는 눈빛이 형형했다.

"자네는 여전하군. 손님도 없는 약방 문은 무엇하러 늦도록 열어 두는가?"

들고 온 책 보따리를 내려놓으며 오경석이 말했다. 보던 책에서 눈을 뗀 유대치의 불그레한 얼굴이 금세 환해졌다. 그러다 벗의 얼굴을 보고 난 뒤에는 조금 심각해졌다.

"이런, 자네 얼굴이 많이 안되었네. 여독이 좀 풀리거든 움직일 것이지……. 오죽하면 독이라 했겠나? 어디, 맥 한번 짚어 보세."

"일없네, 평소엔 잘 하지도 않던 의원 노릇을 구태여 내게 하려는 겐가? 그저 좀 피곤할 뿐일세, 쉬면 좋아질 게야.”

오경석은 손사래를 쳤다. 그 결에 기침이 터져 나왔다. 쉬면 좋아진다고 말하면서도 좀처럼 쉬려 들지 않는 벗이 유대치는 걱정스러웠다. 오경석의 기침이 잦아들자 유대치는 궁금했던 것을 물어보았다.

“그런데 왜인들이 대규모 유람단을 서양에 파견했다는데, 사실인가?”

“그렇다네. 유람단이 아니라 사절단 겸 문물 조사단을 파견한 것이지. 백 명이 넘는 사람들이 근 이 년간이나 서양을 둘러보고 지난가을에 돌아왔다더군. 더 배우고 오라고 수십 명의 유학생들은 두고 왔다 하네.”

“그것 참 계산 빠른 왜인들답군. 미국 함대가 쏘아 대는 포에 우왕좌왕하던 게 불과 십 년 전 아닌가. 저희 세가 약하면 얼른 화친조약을 맺고, 이왕 굽힌 바에 더욱 엎드려 상대방의 것을 샅샅이 배우고……. 그 모든 일을 전쟁터 군인처럼 일사불란하게 하고 있네그려. 아마 속으로는 장차 상대의 무기로 상대를 제압하겠다는 왜인들다운 생각도 하고 있을 게야.”

“자네 말이 맞네. 우리는 섬나라 오랑캐라 멸시하지만, 지금 왜가 발전하는 속도를 보게. 곳곳에 서양식 공장이 들어섰고, 불을 뿜는 함선도 이미 만들었다더군. 이러다가는 중국보다도 장차 왜가 더 앞서 나갈 것이야.”

오경석의 목소리가 날카로워졌다. 일본은 하루가 다르게 저리 변하고 있건만, 조선 조정의 생각은 안일했다. 여전히 무지한 섬 오랑캐로 여기고, 때가 되면 통신사*를 보내 시구나 읊조려 주는 것으로 알량한 교린(交隣)을 다하려 했다. 하지만 일본이 통신사를 보내 달라고 요청하지 않은 지도 오래되었다. 조선에서 들여오는 대륙의 낡은 문물보다는 네덜란드를 통해 직접 접한 서양 문물이 더 낫다고 판단하고, 미국 함대의 위협으로 개항한 뒤로는 본격적으로 서양을 배우려 마음먹고 있었다. 그뿐 아니라 서양과 같은 방식으로 이웃 나라들에 자신의 힘을 시험해 보고 싶어 했다. 일본은, 중국에 조공을 바치던 작은 나라 유구(오키나와)를 손에 넣고 대만까지도 넘보고 있었다. 새로 세운 천황의 정부를 인정하지 않는다 하여 조선 조정을 위협하고, 서양이 그랬듯 큰 배를 타고 와 조선의 해안을 끊임없이 집적대고 있었다.

유대치가 입을 열었다. 착잡한 목소리였다.

"세상은 이렇게 변해 가는데 조선은……. 우리도 왜인들처럼 한 바탕 개혁이 필요할 텐데 어디서부터 어떻게 시작해야 할지 모르겠군."

약방 사랑에 드나드는 벗들과 나라 안팎 소식을 주고받으며 한탄해 보아도, 도무지 고루한 사람들의 생각을 바꾸고 뒤처진 나라

---

* 통신사(通信使) | 조선 시대에 일본으로 보내던 사신. 1876년부터 '수신사(修信使)'로 고쳐 부름.

를 바꿀 수 있는 길이 보이지 않았다. 이야기가 길어질수록 다들 술을 찾았고, 술이 들어갈수록 머리만 지끈거렸다. 뜻이 있어도 펼쳐 볼 길 없는 아래대 자신들의 현실이 암울했던 것이다. 묵묵히 생각에 잠겨 있던 오경석이 입을 열었다.

"음……. 여기 아래대에서 뜻 맞는 우리끼리 생각을 나누는 것도 좋겠지. 하지만 생각으로 그칠 게 아니라 나라의 정책으로 실현할 방법을 찾아야만 하네. 다행히 북촌의 젊은 양반들이 세상 돌아가는 것에 눈뜨기 시작했으니 앞으로 큰 역할을 할 게야. 그들이 대궐에 들어가면 조정의 생각을 바꿀 수 있을 것이고, 조선의 모습도 바꿀 수 있을 것이네. 재동 대감께서도 젊은 양반들에게 거는 기대가 각별하시다네. 오늘 낮에도 김옥균 교리와 홍 대감 댁 자제, 그리고 부마 형제도 다녀가셨다더군. 자네에게도 당부할 게 있으신지 언제 한번 들르라고 하셨네."

유대치는 고개를 끄덕였다.

새로운 소식을 듣고 새로운 이야기를 나누고 싶어 하는 북촌 젊은 양반들의 걸음은 점차 스스럼없어졌다. 처음에는 부리는 아이에게 심부름을 시키더니 이즈음에는 아래대까지 직접 내려올 때가 많았다. 풍문과도 같은 바깥소식 중에 어느 것이 사실이고 어느 것이 과장된 것인지, 저마다 따로따로 들려오는 이야기에 담긴 맥락이 무엇인지, 판단하고 헤아리기가 쉽지 않았던 것이다. 그러한 지혜는 신분이 높다 해서 저절로 생기는 것이 아니고 신분이 낮다

해서 가질 수 없는 것이 아님을, 생각이 트인 젊은이들은 어렴풋이 깨달아 가고 있었다. 아래대 유대치의 안목과 식견은 북촌에도 널리 알려졌고, 재동 대감 댁을 드나드는 젊은 양반들을 몇 번 만난 적도 있었다.

어느새 창호지 문밖이 희붐해진 듯했다. 고단함을 견디지 못하겠는지 오경석은 뒤편 약장 서랍에 몸을 기대었다. 검은 낯빛이 푸르스름해 보이는 게 확실히 병색이 짙었다. 유대치가 걱정스러운 목소리로 말했다.

"이번에는 제발 푹 쉬도록 하게. 자네가 아니더라도 사행을 따라갈 역관은 많지 않은가? 집에서 쉬면서 사람들에게 그간 보고 들은 이야기도 직접 해 주고……."

"아닐세. 내가 어디 여러 사람 앞에 나서서 말할 주변머리가 있던가? 저마다 할 일이 따로 있는 게야. 나는 나대로, 자네는 자네대로, 대감은 대감대로, 젊은 양반들은 또 젊은 양반들대로. 이번 동지사행에도 가겠다고 했네. 세상은 지금 이 순간에도 달라지고 있을 테고, 이런 때일수록 나라 밖을 두루 다니는 나 같은 역관이 할 수 있는 일이 많다네. 보고 들은 것을 사람들에게 널리 전하는 게 내 할 일이야. 내 발걸음으로 눈이 뜨이고 생각이 트이는 사람들이 늘어난다면, 사행을 따라가다 길 위에서 쓰러져도 보람되지 않겠나……."

오경석의 목소리는 점점 잦아들었다. 유대치는 아린 마음으로 벗을 바라보았다. 지금은 단둘이 여명을 맞이하고 있지만, 벗의 부지런한 걸음으로 새는 날을 함께 맞이할 젊은이들이 점점 늘어날 것도 같았다. 소리 없이 문틈으로 들어온 어둑새벽의 남보랏빛 휘장이 두 사람을 다독이듯 감싸 주었다.

2.
청년 임금 청년 신하

1881년 봄.

왕 앞에는 상소문들이 산더미처럼 쌓여 있었다. 상 하나로는 어림없어 다섯 개를 늘어놓았는데, 상마다 작은 산 무더기가 하나씩 올라앉은 양 상소장이 소복했다. 상소에 치여 왕이 아무것도 하지 못한 지가 벌써 여러 날이었다. 살피고 점검해야 할 나랏일이 태산 같은데, 그 소리가 그 소리인 상소 더미와 씨름하고 있자니 여간 부아가 치밀어 오르는 게 아니었다.

아버지에게서 벗어나 직접 나라를 다스리기 시작한 지도 어느덧 구 년 째였다. 오래전부터 나라 밖 일에 두루 관심을 가져 온 젊은 왕은, 더 이상 조선 홀로 바깥세상에 맞서 문을 닫아걸고 있을 수는 없다고 보았다. 조선도 이제는 중국만이 아니라 다른 나라들과도 교류하고, 그들의 앞선 문물을 적극적으로 배워야만 했다. 병자년(1876)에 일본과 조약을 맺은 뒤로는, 서양과 관계 맺는 것도 왕은 피할 생각이 없었다.

왕의 정책에 반대하는 상소문은 끊이지 않고 올라왔다. 어느 한 해도 잠잠한 적이 없었지만 올봄의 상소는 유달리 심했다. 작정하고 나라 안의 유생들이 모두 들고일어난 것인지, 상소마다 일일이 답을 내리고 특별히 윤음˙을 내려 봐도 소용없었다. 영남의 수많은 선비들은 아예 서울로 올라와 만인소˙를 올리고 대궐 앞에 엎드려 있었다. 나라의 앞날이 걱정된다며 땅을 치고 울부짖는 그들의 소리가 봄바람에 실려 편전 안까지 들려오기도 했다.

일찌감치 자릿조반˙을 든 뒤, 왕이 편전으로 쓰는 희정당으로 건너온 지도 꽤 오래되었다. 얼른 마치고 다른 일을 하려고 새벽같이 나섰던 것이다. 그러나 보아도 보아도 상소문은 좀처럼 줄어들지 않았고 왕의 얼굴은 점점 굳어져만 갔다. 옆에 있는 내관도, 앞에 엎드린 승지도 안절부절못했다. 무겁게 가라앉은 침묵 속에 상소장 펼치는 소리만 신경질적으로 들려왔다. 어느새 정오가 가까

˙ 윤음(綸音) | 임금이 신하나 백성에게 내리는 말.
˙ 만인소(萬人疏) | 조선 시대에 만여 명의 선비들이 나란히 이름을 적어 올리던 상소.
˙ 자릿조반 | 아침에 잠에서 깨어나는 대로 그 자리에서 먹는 죽이나 미음 따위의 간단한 식사.

워지고 있었다. 이른 새벽 타락죽 한 그릇 젓수셨을 뿐 아침 수라도 거르셨기에 지밀상궁˙은 얼굴이 흙빛이 되어 희정당에서 내전으로, 다시 희정당으로 종종걸음을 놓았다.

상소문은 다양했다. 서첩처럼 두툼한 것도 있고, 비단 천을 덧대어 화려하게 말아 놓은 것도 있었다. 시골 선비가 과거 시험의 답안지 내듯 반듯하게 쓴 것이 있는가 하면, 성미 급한 유생들이 휘갈겨 쓴 것도 있었다. 이렇듯 모양은 제각각이었으나 담긴 내용은 한결같았으니, 왜나 양이와 화친하여 오랑캐의 풍속을 따르지 말고 공맹(孔孟)의 도를 높이 받들어 요순(堯舜)의 성군 시대를 구현하자는 것이었다.

눈이 지친 왕은 승지를 시켜 상소문을 소리 내어 읽게 했다. 승지가 목청을 가다듬고는 큰 소리로 느릿느릿 읽어 나갔다.

"이제 예의 바른 사람들이 금수로 변하여 행적이 개돼지 같은 무리와 교류하니, 사람이 사람답지 못하게 되고 나라가 나라 구실을 못하게 되었습니다. 이 지경에 이르게 한 자들을 어찌 주륙하지˙ 않을 수 있겠습니까? 이런 무리는 왜놈에게 속임을 당했고, 왜놈들은 서양 오랑캐에게 속임을 당했고, 전하께서는, 전하께서는……."

˙ 지밀상궁(至密尙宮) | 조선 시대에 대전의 좌우에서 잠시도 떠나지 않고 임금을 모시던 상궁.

˙ 주륙(誅戮)하다 | 죄인을 죽이다.

승지의 목소리가 떨렸다.

"왜 그러느냐? 계속 읽으라."

"……."

왕의 채근이 한 번 더 있고 나서야 승지가 겨우 입을 열었다.

"전하께서는…… 이런 무리에게 속임을 당한 것입니다."

참으로 무엄한 말이었다. 속임을 당했다니. 왕에게 대놓고 어리석다고 하는 것과 같았다. 거친 호흡을 가라앉히며 왕은 말했다.

"다음, 읽으라."

승지는 다른 상소문을 집어 들었다.

"……이른바『중서문견』,『만국공법』따위의 책들과『조선책략』등 서양 오랑캐에 혹하게 만드는 책들을 일일이 찾아내 종로 거리에서 불태워야 합니다. 그리하여 야소교(예수교)를 배척하는 뜻을 널리 알려 만백성이 따르게 한다면, 어찌 왜인이나 서양인, 아라사인들이 강대하다고 걱정하겠습니까."

"으음……."

왕의 입에서 신음 소리가 흘러나왔다. 도무지 답답해 견딜 수 없었다. 조선 바깥에 엄연히 존재하는 세상에 대해 조선도 알아야 한다는 것은, 서양의 신을 섬기는 것과는 엄연히 다른 문제였다. 그런데도 그 책들을 모두 불태워야 한다니 그 옛날 사학˙ 논쟁을 벌

● 사학(邪學) | 조선 시대에 주자학에 반대되거나 위배되는 학문을 이르던 말.

42

일 때와 조금도 다르지 않았다. 왕의 얼굴빛을 살피며 승지는 또 다른 상소문을 펼쳐 들었다.

"신들이 차라리 나라를 위하여 죽을지라도, 선왕의 법도가 전하의 대에 이르러 파괴되고, 선왕의 예악이 전하의 대에 이르러 가벼이 여겨지고, 선왕의 강토가 전하의 대에 이르러 버려지고, 선왕의 신민이 전하의 대에 이르러 구렁텅이에 빠지게 내버려 둘 수는 없나이다……."

차마 더 듣고 있을 수 없었다. 왕은 앞에 있는 서안을 소리 내어 두들겼다.

"그만! 그만하라. 오늘은 되었으니 그만 물러가라!"

"예—."

승지는 저린 다리를 펴며 가까스로 일어나 절을 하고 물러갔다. 늦은 수랏상을 들이라는 기별을 하려고 내관도 서둘러 승지 뒤를 따랐다.

텅 빈 방 안에 왕은 혼자였다. 봄 햇살이 일으킨 종이 먼지만 편전 안을 어지러이 날아다녔다. 승지가 상소 뭉치를 한 아름 안고 물러났지만, 남아 있는 것들이 여전히 많았다.

천성이 온화한 왕인지라 반대 의견에 둘러싸여 지내기가 참으로 힘들었다. 상소마다 친히 붉은 글씨로 알겠노라는 답을 내렸으나 저들은 만족하지 않았다. 번번이 태산처럼 왕에게 맞섰다. 왕이 스스로 나라를 다스리겠노라는 당연한 선언을 했을 때도 그랬고, 일본과 조약을 맺을 때도, 일본에 수신사를 보냈을 때도 그랬다. 달래고, 설득하고, 양보도 해 보았으나 저들의 생각은 변하지 않았다. 언제나 똑같은 소리를 똑같은 어투로 읊어 대는 저들은 거대한 산 같고 막막한 벽 같았다. 매서운 눈길을 거두지 않고 쏘아보던 아버지처럼.

왕은 아직도 그날을 잊지 못했다.

'명복'이라는 아명으로 불리던 열두 살 소년 시절, 가루눈이 제법 얼얼하게 내리던 겨울날이었다. 종친*이라 해도 재물과 권세가 없는 바에야 사는 모양새는 여염집과 크게 다르지 않았다. 먹을 양식과 입을 옷 걱정도 마찬가지였고, 아이들이 책장을 덮어 두고 놀러 다니기를 즐기는 것도 마찬가지였다. 그날도 소년은 구름재 집 뒤편 언덕에서 동네 아이들과 어울려 한창 연날리기에 정신이 없었다. 사금파리 빻은 가루까지 섞어 빳빳하게 풀 먹인 소년의 연실이 상대편과 맞붙었다. 자르느냐 잘리느냐. 팽팽한 긴장이 얼레를 감아쥔 손끝에 가득했다. 잔뜩 애가 달아 혀끝은 부르튼 입술 밖으로 자꾸만 삐져 나왔고, 겨울바람에 발갛게 튼 볼은 시린 줄도 몰랐다. 그때 청지기가 달려와 아버님이 급히 찾으신다고 했다. 곧 가겠노라, 건성으로 대답하고서 온 신경을 얼레 쥔 손목과 손끝에

---

* 종친(宗親) | 임금의 친족.

모으고 있은 지 얼마였을까.

툭—.

갑자기 연실이 끊기더니 아래로 흘러내렸다. 얼레도 축 늘어졌다. 울상이 되어 올려다본 소년은 깜짝 놀랐다.

"아, 아버님……."

어느새 아버지가 무서운 얼굴을 하고 소년의 앞에 서 있었다.

아버지가 끊어 버린 소년의 청반달연은 멀리 달려가는 듯싶더니 다시 바람을 타고 하늘로 높이높이 올라가고 있었다. 연의 머리에 정성 들여 오려 붙인 청반달도 아스라이 사라져 갔다. 회색빛 겨울 하늘 속으로 들어가는 청반달은 시리도록 푸르러만 보였다. 소년의 눈에서도 시린 눈물방울이 툭, 떨어졌다. 동무들은 하나둘씩 뒷걸음치며 흩어져 갔다. 좋을 때는 그지없이 좋지만, 한번 화가 나면 온 동네가 숨죽이는 흥선군 대감마님의 성미를 잘 알기 때문이었다.

아버지는 소년의 손목을 아프게 거머쥐고 아무 말 없이 걸었다. 집에 오자 안채가 아닌 사랑으로 데려가 아버지의 자리에 앉히더니 큰절을 했다. 그러고는 말했다. 이제 소년이 왕이 되었다고. 말아 쥔 옷고름을 자꾸만 눈가로 가져가던 어머니는 소년에게 절을 하면서 끝내 눈물을 쏟았다. 이어 집 안이 시끌벅적해지더니 철릭* 입은 군

• 철릭 | 무관이 입던 공복. 허리에 주름이 잡히고 큰 소매가 달렸다.

관들이 마당 가득 몰려왔고, 관복 차림에 수염이 허연 재상들이 소년에게 절을 올렸다. 가려 뽑았다는 날들마다 알 수 없는 여러 절차들이 이어졌고, 마침내 소년은 대궐로 들어와 조선의 스물여섯 번째 왕이 되었다.

대궐 생활은 연도 연실도 없는 빈 얼레 같았다. 바람 불면 맥없이 돌아가다가 이내 스르르 멈추어 버리는. 그때까지 그다지 익힌 공부가 없었던 소년은 왕이 되고 나서야 뒤늦게 왕자 수업, 세자 수업까지 몰아서 받게 되었다. 아버지가 대궐에서, 혹은 이제 운현궁이라 불리는 구름재 집에서 나랏일을 하는 대신, 소년 왕은 대궐에서 영감 선생, 대감 선생 들의 정중한 꾸지람을 받으며 공부했다. 부끄러움이 많고 순한 왕은 묵묵히 공부했고 대궐의 일과를 충실히 따랐다. 그러다가도 문득, 알 수 없다는 생각이 들었다. 이 첩첩한 대궐에 내가 왜 와 있는 걸까. 갑자기 앉아 있는 용상*이며 입고 있는 용포*가 낯설어지고, 연실 끊긴 얼레처럼 맥이 풀렸다. 그날 끊긴 것은 연실만이 아니었다. 멀리 날아가 버린 것은 연만이 아니었던 것이다.

자신이 왕이 된다는 생각은 꿈에도 해 보지 않았던 소년이다. 늦도록 동무들과 놀다 오면 언 볼을 안타까이 쓰다듬어 주시던 어머니의 손길이 아직 그리웠다. 옛이야기를 좋아하는 소년은 여러 나

• 용상(龍床) | 임금이 정무를 볼 때 앉던 평상.
• 용포(龍袍) | 임금이 입던 정복. 가슴과 등과 어깨에 용의 무늬를 수놓았다. 곤룡포.

라의 이야기를 알려 주는 사람이 되고 싶었고, 전쟁놀이의 흥분이 가시지 않은 때면 싸움터에서 호령하는 장수가 되고도 싶었다. 아니면 제갈량 같은 지략으로 싸우지 않고도 이겨 병졸들과 백성들을 편안하게 해 주고 싶었다. 맑은 날 언덕에 누워서, 혹은 잠들기 전에 해 보는 공상이었다. 그러나 또래 동무들이 여전히 지니고 있을 공상과 포부는, 아버지가 끊어 버린 연실과 함께 머나먼 곳으로 사라졌다.

잠이 오지 않는 밤, 소년 왕은 수없이 생각했다.

'왜 형님이 아니고 나일까. 아버님은 왜 형님을 제쳐 두고 나를 이 자리에 앉히셨을까?'

그러면 아버지 대신 일곱 살 위인 형의 얼굴이 먼저 떠올랐다. 무서운 아버지에 비해 상냥하고 쾌활하던 형은, 아우의 입궐이 결정된 후 얼굴이 그늘지고 말수가 줄었다. 물끄러미 자신을 바라보는 형은 이런 말을 하는 듯했다.

'모르셨습니까? 진정 모르셨습니까? 스물이 다 된 저를 앞세우고서야 아버님이 무슨 일을 얼마나 오래 하실 수 있겠습니까?'

그런 날이면 소년은 연이 되었으나 날지 못하고 몸이 땅바닥에 질질 끌리는 꿈을 꾸었다. 자신을 묶은 동아줄 같은 연실의 얼레를 쥐고 저편에 서 있는 것은 아버지였다.

시간이 흐르고 배움이 이어짐에 따라, 소년 왕의 눈빛은 차츰 영롱해졌다. 빈 얼레처럼 맥없이 풀어지는 순간도 점점 줄어들었다.
어린 왕의 학업을 담당한 스승들은 권력 다툼에서는 한발 물러난
선비들이었다. 할아버지뻘도 많았는데, 먼 앞날까지 바라보는 가
르침은 진실하고도 간곡했다. 왕이 특히 따르고 의지하던 스승은
백송 사랑의 박규수 대감이었다. 대감은 사신으로 베이징에 다녀
온 경험을 왕에게 들려주며 조선 바깥의 세상이 어떻게 달라지고
있는지 상세히 일러 주었다. 이를 잘 아는 것은 군왕의 중요한 임
무라는 것도 일깨워 주었다.

어린 왕을 다그친 또 한 사람은 왕비였다. 선왕의 삼년상이 끝난
뒤 왕은 한 살 위인 왕비와 혼례를 올렸다. 몇 대를 이어 오는 동안
외척의 폐해가 무척 심각했기에, 아버지는 권세 없고 믿을 만한 처
가 민씨 집안에서 왕비를 뽑았다. 아버지와 아들의 처가가 한집안
인 셈이었다.

왕비는 아버지도 오라버니도 없는, 홀어머니의 외딸인 쓸쓸한
규수였다. 어린 내시나 나인들의 작은 생채기에도 마음 쓰는 여리
고 다정한 왕이었지만, 처음에는 왕비를 가까이하지 않았다. 어느
날 갑자기 대궐로 들어오게 된 것은 왕이나 왕비나 마찬가지였다.
왕은 그런 왕비에게서 보고 싶지 않은 자신의 모습이 보이는 듯해
왠지 꺼려졌다. 왕비의 등 뒤에서 아버지의 손길이 자꾸만 느껴지
기도 했다. 게다가 열여섯 살 소녀답게 자존심 센 왕비는 늘 새치
름해 편치 않았다. 왕도 아직 대궐 생활이 낯설고 어색하던 때라,

웃는 얼굴로 친절하게 대해 주는 상궁이나 나인 들이 더 좋았다. 왕이 어딘가 껄끄러운 왕비를 찾지 않고 상궁과 나인 들에게 둘러싸여 있는 동안, 왕비는 내전에서 책만 파고들었다.

어릴 때 돌아가신 아버지에게 글을 배운 뒤로 늘 책을 가까이하던 왕비가 즐겨 본 것은 『자치통감』과 『국조보감』 같은 역사책이었다. 왕비는 대궐 생활의 무료함과 쓸쓸함을 옛 왕조 이야기를 읽으며 달랬다. 옛이야기를 좋아하는 것은 왕도 마찬가지였다. 때로 노스승들의 기억이 가물가물해 애를 태우면, 어린 왕이 왕조의 세세한 사적을 일러 주어 놀라게 한 적도 많았다. 왕은 자신의 책임감을 깨달으면서 뒤늦게나마 왕비의 학문과 지혜를 알아볼 수 있게 되었다. 그 뒤 침전에서는 밤늦도록 불이 꺼지지 않았다. 두 사람은 읽은 책 이야기, 만백성의 아비이자 어미로서의 책임감과 막막함에 대해 서로 터놓았다. 어린 나이에 대궐에 들어와 마음을 나눌 벗을 미처 가지지 못했던 왕과 왕비는, 부부이면서 동시에 서로에게 훌륭한 벗이 되었다.

세월은 지엄한 몸이라고 비껴가지 않아 어린 왕은 소년이 되고, 소년 왕은 청년이 되었다. 왕의 목소리는 굵어지고 수염은 짙어졌다. 스무 살이 훌쩍 넘은 왕은 누가 봐도 헌헌장부*였다. 그러나 아버지는 아들인 왕에게 좀처럼 권력을 돌려주려 하지 않았다. 자신

• 헌헌장부(軒軒丈夫) | 외모가 준수하고 풍채가 당당한 남자.

이 뜻한 대로 나라를 만들어 가자면 아직 멀었고, 연날리기나 즐기던 어린 아들이 나랏일을 제대로 해낸다는 것은 더욱 먼 일로만 여겨졌다.

왕이 어렸을 때는 바쁜 가운데에도 가끔씩 찾아와 공부하는 것을 살펴보고 격려해 주던 아버지였다. 왕 앞에 엎드려 있어도 아버지의 눈빛은 자애로웠다. 하지만 왕이 커 갈수록 아버지의 표정은 점점 착잡해져 갔다. 스무 살이 넘은 뒤로는 좀처럼 아들인 왕과 마주하려 하지 않았다. 왕은 왕대로 스스로의 처지가 한심했다. 아랫사람들이나 신하들 보기에도 면목 없었다. 왕이기 전에 스무 살이 넘은 장부인데 아비의 앵무새 노릇만 하고 있으니 창피한 노릇이었다.

왕이 직접 나라를 다스려야겠다고 결심한 것은, 아버지에게서 권력을 찾아와야겠다는 생각에서만은 아니었다. 왕의 자리는 가장 먼저 나라 안팎의 소식을 접할 수 있는 자리였다. 왕은 사신들의 보고를 꼼꼼히 챙기고, 새로운 세계와 문물에 관한 책들도 열심히 읽었다. 청년다운 호기심에 국왕다운 책임감이 더해졌다. 그 가운데 왕이 판단한 것은, 다른 나라와 교류를 거부하는 아버지의 정책을 계속 유지한다면 조선은 더욱 고립되고 위태로워지리라는 것이었다. 조선처럼 작은 나라일수록 여러 나라의 사정을 잘 살펴, 어느 쪽에도 휘둘리지 않고 중심을 잡는 것이 중요하다고 생각했다.

혼란스럽고 어렵긴 나라 안도 마찬가지였다. 아버지는 많은 일

50

을 의욕적으로 벌였으나 그럴수록 나라 곳간은 비어만 갔다. 양반에게도 세금을 걷겠다 하여 백성들의 환영을 받았지만, 막상 양반의 저항이 만만치 않자 이전의 왕들처럼 백성들에게 더 부담 지우는 쉬운 길을 택해 버렸다. 아버지에 대한 칭송은 차츰 원망으로 변했다. 서슬 푸르기는 하나 올곧으리라 믿었던 아버지의 권력은 십 년 사이에 성마르고 탁해져 갔다.

마침내 왕은 큰 결심을 했다. 자신이 직접 나라를 다스리겠다는, 어찌 보면 너무나도 당연한 친정(親政)을 선포한 것이다. 1873년 겨울, 왕이 스물두 살 되던 해였다.

조정의 반발은 대단했다. 아버지는 입궐도 하지 않은 채 양주 별장으로 내려가 버렸다. 신하들은 만백성의 아비인 왕에게 어버이의 뜻을 거스르지 말라고 감히 훈계했다. 삼강오륜이 무너진 조정에서 더 이상 일할 수 없다며 사직 상소를 들이밀기도 했다. 자신의 세력을 차근차근 키워 온 아버지와 달리 미처 지지 세력을 만들지 못한 젊은 왕이 의지할 곳이라고는, 박규수 대감을 비롯한 경연의 옛 스승들과 처가 민씨 가문뿐이었다. 아버지를 지지하는 조정의 정승 판서가 어깃장을 놓으며 입궐하지 않을 때면, 왕은 처가의 젊은 관료들과 더불어 나랏일을 직접 챙겼다.

왕비는 자주 수심에 잠겨 있는 왕을 위로하고 도우려 애썼다. 대놓고 아들을 공격하지는 못하는 시아버지의 견제와 독설을 직접 받았고, 차마 아버지에게 맞서지 못하는 왕을 대신해 대원군 세력을 공격하기도 했다. 조정에 치맛바람을 일으킨다 하여 신하들과 백성들의 눈총과 미움도 많이 받았다. 왕을 도와 나랏일을 하던 왕비의 양오라버니 민승호가 폭발물로 죽음을 당했는데, 세간에는 대원군이 보낸 것이라는 이야기가 떠돌았다. 왕은 자신을 대신해 곤욕을 치르는 왕비가 안쓰러우면서도 미더웠다.

왕의 자리에 오른 지 십팔 년, 직접 나라를 다스리기 시작한 지도 구 년 째였다. 한순간도 마음 편히 지낸 적 없는 날들이었다. 왕의 눈가에는 이른 주름이 패어 있었다. 산더미처럼 쌓인 상소문에서 왕이 아버지의 얼굴을 떠올리는 것도 무리는 아니었다.

늦은 낮수라를 뜨는 둥 마는 둥 하다가 물리고 난 뒤였다. 내관이 방문 앞에서 길게 아뢰는 소리가 들려왔다.

"전하, 김옥균 들어 있사옵니다."

"그래? 어서 들라 하라."

내내 침울하게 가라앉아 있던 왕의 표정이 모처럼 환해졌다. 왕의 밝은 목소리에 미닫이문을 미는 궁인들의 손길도 한결 매끄러웠다.

김옥균은 조심스러운 걸음으로 들어와 왕에게 절을 한 다음 옷매무새를 단정히 하고 앉았다. 푸른 관복을 입으니 해사한 얼굴이며 몸가짐이 더욱 끼끗했다. 백송 사랑을 드나들던 때보다 수염이 많이 짙어졌고, 주름이 한둘 잡히기 시작한 이마와 눈매가 깊고 진중해 보였다.

김옥균을 보는 왕의 눈빛이 따스했다. 왕은 자신보다 한 살 많은 김옥균에게 유달리 친근감이 들었다. 어릴 때부터 북촌 양반가에 신동이라 소문난 김옥균이었기에, 경연의 스승들이 하는 이야기를 왕도 들은 바 있었다. 스승의 칭찬도 받는 데다 부모 형제와 함께 궐 밖에서 평범하게 살고 있는 제 또래의 김옥균이 왕은 부러웠다. 원래 김옥균의 집안은 조촐했으나 세도 있는 숙부 밑에 양자로 들어갔다고 한다. 왕은 또한 궁금했다. 친아버지와 인연이 끊어진 심정은 어떠할까. 그러나 그런 궁금함이 왠지 죄스러워 왕은 괴롭기도 했다. 김옥균이 당당히 장원 급제하여 대궐에 들어왔을 때는, 처음 보는데도 내심 반가웠다. 왕이라 해도 자신은 하고픈 말을 다 하지 못하는데 언제나 주저함 없이 할 말을 하는 김옥균의 모습이 보기 좋았다. 나라 안팎을 바라보는 눈과 조선의 앞날에 대한 생각이 같았고, 앞에서나 뒤에서나 외로운 처지의 왕을 도우려 애쓰니 미덥고 고마울 따름이었다.

왕이 먼저 물었다.

"그래, 동래(東萊)에서는 무슨 기별이 있더냐?"

"예. 홍영식에게서 기별이 왔사온데, 모두 무사히 도착하였다 합니다. 선박을 알아보고, 일기가 고른 날을 정해 조만간 떠날 것이라 하옵니다."

"진작 출발했어야 하는데, 나라에 일이 많다 보니 늦어지게 되었구나. 내탕고°에서 경비를 내어 전하라 했으니 지금쯤 도착했을 게다."

"성은이 망극하옵니다."

김옥균은 이마가 바닥에 닿도록 머리를 조아렸다. 군주가 고루하면 아랫사람들이 일하기 어려운 법이다. 그런데 왕이 먼저 나서서 신하들의 고루함을 일깨워 주고, 세세한 것을 파악해 경비까지 직접 내어 챙기고 있으니, 그저 망극할 따름이었다.

날마다 올라오는 상소문들을 읽고 답을 내리는 한편으로, 왕은 김옥균을 비롯한 젊은 신하들과 조선의 모습을 바꾸어 가기 위해 노력했다. 뒤늦게 살펴보니 병자년에 일본과 맺은 조약은 조선에 불리한 점투성이였다. 미국 함대의 위협으로 조약을 맺을 수밖에 없었던 자신들의 쓰린 경험을 살려 일본이 치밀하게 준비한 반면, 조선은 지난날 왜관°에서 상대하던 느긋한 심정으로 회담장에 나갔다. 찾아온 손님을 앞에 두고 어찌 문구 하나하나를 박절하게 따지겠느냐며 넘어갔고, 그깟 글귀 하나가 무어 그리 대수냐고 호기도 부렸다. 그런 인정이나 허세보다는 서양이나 일본이 다른 나라에 했던 것 같은 위협과 속임수가 차라리 이익이 되는 세상임을 몰랐던 것이다. 젊은 왕과 신하들은 그렇게 몰라서 당하는 일이 두

● 내탕고(內帑庫) | 조선 시대에 왕실의 재물을 넣어 두던 창고.
● 왜관(倭館) | 조선 시대에 입국한 왜인들이 머물면서 외교적인 업무나 무역을 행하던 관사.

54

번 다시 없도록 다른 나라의 조약들까지 세심하게 살펴보며 연구했다.

나랏일을 새롭게 해 나가기 위해서는 새로운 기구도 필요했다. 고루한 대신들이 모여 있는 의정부와 육조에서, 왕과 젊은 신하들이 추진하는 정책들을 모조리 반대하고 퇴짜를 놓아 도무지 일을 해 나갈 수가 없었다. 왕은 지난해 말 '통리기무아문'이라는 기구를 만들어 외국과 교류는 물론, 군사와 통상과 재정까지 폭넓게 맡겼다. 현판까지 직접 써서 내리고 청사에도 자주 찾아가 볼 정도로 왕의 관심과 애착은 각별했다. 하지만 산하 조직을 어떻게 꾸리고 어떤 일들을 해 나가야 할지 막막한 점도 있었다. 고심 끝에 왕은 기무아문의 젊은 관리들이 일본 행정기관의 모습을 직접 살펴볼 수 있도록 시찰단˙을 보내기로 했다. 어렵게 조약을 맺었지만 도무지 조선에 비집고 들어갈 틈이 없어 초조해하던 일본은 시찰단의 방문을 적극 환영했다.

그러나 그 전까지는 통신사를 파견하여 앞선 문명을 전해 주던 조선이 거꾸로 왜의 문물을 배우러 찾아간다는 것은 받아들이기 어려운 일이었다. 더구나 오랑캐 문물을 배척하라는 상소문이 빗발치고, 날마다 궐문 앞에 유생들이 엎드려 있는 때였다. 결국 비밀리에 시찰단을 보내기로 하고, 경비도 나랏돈을 쓰지 않고 왕의

˙ 시찰단(視察團) | 시찰을 목적으로 조직된 단체. 1881년 파견 당시에는 직접적인 언급을 피해 '신사유람단(紳士遊覽團)'이라고 불렀다.

개인 창고인 내탕고에서 마련했다. 시찰단으로 떠날 열두 명의 관리들에게는 동래 암행어사라는 직책이 내려졌다. 졸지에 암행어사가 된 이들은 은밀히 동래에 모여 출발하기로 했는데, 거느린 수행원들까지 포함하면 60명이 넘는 대규모 일행이었다. 통리기무아문의 군무사에서 일하는 홍영식도 임무를 맡았다. 일본 육군성을 시찰하여 조선의 군사 제도 개혁과 운영에 참고가 되도록 하는 것이었다.

감격에 겨운 김옥균의 목소리가 떨려 나왔다.

"일본이 서양에 시찰단을 파견한다는 이야기를 들었을 때, 소신 몹시 부러웠습니다. 우리 조선은 언제 앞선 문물을 배우고 돌아와 나라를 부강하게 만드나 싶었는데……. 이제 우리도 이렇게 나라 밖으로 시찰단을 보내게 되었으니 감개무량하옵니다."

"아니다. 좀 더 일찍 보냈어야 했는데……. 저마다 세세한 임무를 주었으니, 돌아와 문견(聞見)을 보고받을 날이 벌써부터 기다려지는구나. 두고 보아라, 앞으로 또 더 보낼 것이다. 큰 바다 건너 서양이라고 못 보내겠느냐?"

"전하……."

김옥균은 그저 머리를 숙일 뿐 말을 잇지 못했다. 조심스레 용안을 우러르는 김옥균의 눈길과 왕의 눈길이 마주쳤다. 젊은 임금과 젊은 신하의 뜨거운 눈빛 앞에, 상 위에 놓인 상소문은 더 이상 거대한 산 무더기가 아니었다. 머지않아 바스러지며 주저앉을 검불

더미에 불과했다.

대궐을 나온 김옥균은 운종가 쪽으로 발걸음을 돌렸다. 아래대 유대치에게 가려는 것이다. 관복 차림이 편치 않긴 했지만 가마꾼을 물리고 천천히 걸어가기로 했다.

늘 드나드는 금호문을 나올 때 보니 대궐 정문인 돈화문 쪽이 소란스러웠다. 궐문 앞에 엎드려 있던 유생들도 이제 곧 하루 일과를 파할 모양이었다. 서너 명의 늙은 유생들이 앞으로 지나갔다. 오래도록 손질하지 못한 겨울 도포는 엉망으로 구겨져 있었고 시장기와 피곤에 전 걸음은 힘이 없었다. 제 몸 하나 가눌 기운도 없으면서 거세게 불어오는 변화의 바람을 막아 보겠다고 나선 늙은 유생들이 안쓰러웠다. 상소 운동이 거세게 벌어진 것은 지난겨울부터였는데, 그새 겨울 가지에 새순이 움트고 잎이 돋아 세상은 바야흐로 온통 신록이었다.

유대치의 약방은 여전했다. 예전보다 서랍 달린 약장이 많이 줄어든 대신 서가와 방바닥에 꽂아 놓고 뉘어 놓은 책들이 늘어나 있었을 뿐이다. 지체 높은 김옥균이 윗자리로 간다, 유대치가 아래로 내려와 먼저 문안 올린다 하는 번거로운 격식 없이, 두 사람은 환한 얼굴로 눈인사를 주고받았다. 그리고 유대치는 앉은 자리 그대로, 김옥균은 맞은편에 앉았다.

"동래에서 무슨 기별이 없는지, 전하께서 하문하셨습니다." 옥

체는 구중궁궐에 계셔도 성심(聖心)은 자꾸만 동래로 향하시나 봅니다."

김옥균이 먼저 입을 열었다. 스승에게 하듯 깍듯한 높임말이었다. 오 년 전에 박규수 대감이 세상을 떠나고, 이태 전에는 역관 오경석마저 과로로 세상을 떠났다. 그런 뒤 김옥균과 유대치는 각별히 서로 의지하며 지내고 있었다. 김옥균이 유대치의 집을 오가자 백송 사랑을 드나들던 젊은이들도 자주 왔고, 젊은 양반들은 중인 유대치를 기꺼이 스승으로 대접했다.

"왜 그러시지 않겠소. 얼마나 오랫동안 벼르고 준비하신 일이오? 이번 상소 파동으로 주춤하시지 않을까 염려했는데, 그대로 추진하신 걸 보니 전하의 뜻이 얼마나 확고한지 잘 알겠소. 앞으로 더 많은 일들을 하시리라 믿소."

젊은 양반 김옥균은 깍듯하게 말을 높였으나, 중인 유대치는 차마 아주 말을 내리기는 어려운 모양이었다. 적당히 높이고 적당히 내려 말했다.

두 사람은 생각뿐 아니라 성격도 잘 맞았고 마음먹은 것을 곧장 실행에 옮기는 추진력도 뛰어났다. 박규수 대감과 역관 오경석이 젊은 양반들의 생각을 차츰 틔워 주고 변화시켜 나갔다면, 유대치와 김옥균은 젊은이들의 가슴을 뜨겁게 하고 실제로 움직이게 했

• 하문(下問)하다 | 윗사람이 아랫사람에게 묻다.

다. 새로운 문물을 알리는 일에 이들은 신분이나 지위가 높고 낮음을 신경 쓰지 않았다. 집안의 하인이나 부리는 어린 종들에게도 입단속을 하는 한편으로 바깥세상의 이야기를 들려주곤 하였다.

유대치는 오경석이 남긴 책들을 부지런히 읽고 정리했다. 그중 볼만한 것은 은밀하게 여러 본을 만들어 두었다가 찾아오는 사람들에게 돌렸다. 그늘진 마음으로 약방 사랑에 드나들던 서얼과 중인 벗들의 가슴에도 새로운 불을 일으켰다. 북촌의 젊은 양반들과 어우러진 이즈음 아래대 약방 사랑은, 우울한 한숨과 끈끈한 탄식 대신 뜨거운 눈빛과 젊은 활기로 가득했다.

김옥균은 대궐 안팎에서 뜻을 같이할 만한 사람들을 적극적으로 찾아냈다. 왕과 왕비를 곁에서 모시는 내관과 상궁 들과도 가까이 지냈고, 왕비의 조카 민영익과도 생각을 같이했다. 어릴 때부터 총명한 데다 그림 잘 그리기로 이름이 났던 민영익은, 왕비의 양오라버니 민승호가 폭발 사고로 세상을 떠나자 그의 뒤를 이을 양자로 선택되었다. 왕과 왕비가 각별히 아낀 덕에 민영익은 갓 스물이 넘은 나이에 조정의 높은 지위를 두루 거쳤고, 통리기무아문에서 일하면서 시찰단을 보내는 일을 맡았다. 호기심 어린 눈빛으로 지세의를 들여다보던 소년 부마 박영효도 어느새 수염이 거뭇거뭇한 청년으로 자랐다. 호위가 삼엄한 청년 부마 금릉위의 저택은 사람들의 눈을 피해 김옥균과 벗들이 자주 모이는 장소가 되었다.

"유 진사댁 아드님도 동래에 무사히 도착하셨다 합니까?"

유대치의 물음에 김옥균이 웃으며 대답했다.

"예. 결국 떠난 모양입니다."

유 진사의 아들 유길준은 과거를 보지 않겠다 하여 이름난 학자 집안의 어른들을 실망시키더니, 시찰단의 수행원으로 가겠다고 나섰다. 일본에서, 죽은 옛 학문이 아닌 살아 있는 신학문을 배우겠다는 것이었다. 수행원들은 대부분 중인이었지만 명문 양반가 자제 유길준은 그에 아랑곳하지 않았다. 집안의 반대를 무릅쓰고 몰래 동래로 내려간 것이다. 수행단에는 열일곱 살 난 소년 윤치호도 끼어 있었다. 유길준과 윤치호를 비롯한 수행원 몇 사람은, 시찰단이 임무를 마친 뒤에도 일본에 남아 유학할 예정이었다.

이즈음 유대치는 벗 오경석 생각이 간절했다. 젊은이들과 이야기를 나누다 보면 어느새 창호지 문밖이 희번해질 때가 많았다. 여럿이 새날을 맞이하노라면 피곤한 줄도 몰랐는데, 지난날 새벽녘에 바라본 벗의 검은 얼굴은 왜 그리 안되어 보이던지. 시찰단의 수행원을 보내느라 분주하던 무렵엔 오경석의 얼굴이 부쩍 자주 떠올랐다. 약방 저 뒤, 벗이 낡은 약장 서랍에 등을 기대고 앉아 있는 것만 같았다. 피로한 기색은 덜했고 얼굴빛도 그리 검지 않은 게 생기 있었다. 가만히 앉아 젊은이들이 주고받는 이야기에 귀 기울이고 있었는데, 얼핏 벗의 눈에 글썽이는 눈물을 본 듯도 했다. 그럴 때면 유대치도 왠지 목이 메었고, 어리둥절해진 젊은 벗들은 유대치의 눈길이 머무르는 곳을 향해 방 안을 한 번씩 뒤돌아보곤

했다.

1881년 10월 23일.

시찰단의 임무를 마치고 돌아온 홍영식은 전날에 이어 초하루 아침에도 일찍 입궐했다.

오월 초에 일본으로 떠나 다시 동래에 도착한 것이 팔월 말이니, 근 넉 달에 걸친 여행이었다. 시찰단의 관리들은 돌아오는 배에서도, 그 후 따로따로 흩어져 서울로 올라오는 길에도, 왕에게 올릴 보고문을 쓰느라 귀향의 푸근함을 느낄 겨를이 없었다. 홍영식도 마찬가지였다. 돌아오자마자 일본 육군성을 시찰한 내용을 정리하여 『일본육군총제』를 완성했다. 날이 밝아오는 가운데 마지막 장을 쓰고 나니, 피곤하기보다는 어서 전하께 보이고 싶다는 마음이 간절했다.

돌아와 보니 왕은 여전히 유생들의 상소에 둘러싸여 외로운 싸움을 하고 있었다. 왕에 대한 공격은 상소문의 독설로 끝나지 않고 새로이 왕을 세우려는 역모로까지 이어진 모양이었다. 전날도 입궐했는데, 대궐 안이 뒤숭숭한 탓에 홍영식의 순서는 다음 날로 미루어진 것이다.

역모에는 서형*인 이재선이 연루되어 있어 왕의 충격이 컸다.

• 서형(庶兄) | 정실에게서 난 아들이 첩에게서 태어난 형을 이르는 말.

글공부는 않고 어린아이들과 어울려 다닌다고 아버지께 늘 꾸지람을 듣던 형이었다. 배다른 형제이긴 해도 열 살 아래 아우에게 자상하여, 연 날리는 법이며 연실에 사금파리 풀을 먹이는 법을 신명 나게 일러 주곤 했다. 고지식하고 미욱한지라 그런 엄청난 일에 스스로 나설 인물은 못 되었고, 뒤에는 당연히 아버지가 있을 터였다. 어리석어 말 잘 듣는 아들을 허수아비 왕으로 세우고, 다시 한번 시퍼런 권력을 휘두르고 싶어 한 아버지였다.

한참을 기다린 끝에 낮뒤도 훨씬 지나서야 홍영식은 편전에 들었다. 반년 만에 우러르는 용안은 몹시 초췌해 보였다. 엎드려 고개를 숙이는데 마음이 저려 왔다.

"잘 다녀왔느냐? 어디 몸이 탈 난 데는 없느냐?"

왕의 물음이 자상했다.

"예. 하해와 같이 넓고 깊게 배려해 주시어 소신, 무사히 다녀왔사옵니다."

목이 메어 간신히 대답했다.

홍영식을 보는 왕의 눈길이 따스했다. 옥에 갇혀 있는 형을 생각하니 마음이 울적해 일과를 그만 마치고 싶었는데, 시찰단의 홍영식이 기다리고 있다 하여 들라 이른 것이다. 복잡한 조정 일 속에 간간이 듣는 시찰단 소식은 머릿속을 맑게 해 주는 바람과도 같았다. 김옥균을 대하면 명쾌한 논리와 단호한 말투에 가슴이 시원해졌고, 홍영식을 만나면 왠지 대견한 마음이 들고 기분이 좋아졌다.

분주히 다니다 들어와 제 한 일을 자랑스레 보고하는 아우를 보는 듯했다.

"그래, 일본은 제도가 고루 갖추어져 있고 나라 살림이 부강하다고 하는데, 과연 그러하더냐?"

왕이 말했다. 다른 관리들에게도 한 물음이었다.

"예. 제도가 세밀하고 체계가 잡혀 있었사옵니다. 벌이는 사업이 많아 재정이 부족하다고 근심하지만, 해 놓고 보면 나라와 백성의 부(富)로 다시 돌아오게 될 것이옵니다. 위와 아래가 한마음이 되어 나라의 부강을 위해 쇄신하였다는데, 우리 조선에서도 어려운 일은 아니라는 생각이 듭니다."

시원시원한 대답에 왕의 얼굴에 웃음이 번졌다. 홍영식이 또 말했다.

"일본에는 군사를 길러 내는 학교뿐 아니라, 여염의 아이들을 가르치는 소학교가 있었사옵니다. 가르치는 내용도 나라에 필요한 것이 많았는데, 미리 배운 사람을 쓰면 나랏일도 한결 더 잘될 것입니다. 양반 자제라 하여 모두 명석하고, 상민의 아이라 하여 반드시 어리석은 것은 아니지 않사옵니까?"

홍영식의 목소리가 차츰 높아지는 것을 보며 왕은 또 웃었다. 사실 옛 문장 외우기나 잘하는 양반 자제들과 일을 하자니 여간 답답한 것이 아니었다. 세상이 바뀐 만큼 나랏일을 하기 위해서는 변화된 의식이 필요한데, 부족함 없이 자란 명문가 자제들에게는 그런 자각이 없었다. 상민의 아이라 할지라도 처음부터 제대로 가르친다면……. 허나 왕의 생각은 더 이어지지 않았다. 상것들에게 분수에 맞지 않는 일을 시킨다며 또 상소문이 들이닥칠 것이 뻔했기 때문이다. 그 같은 일을 의논해 벌일 사람도, 비용도 없었다. 제 집안 챙기는 데만 골몰하던 세도 정권과 무리한 공사를 벌이던 대원군 시절을 거치고 나니, 나라 곳간은 텅 비었다. 하고 싶은 일도 많고 해야 할 일도 많은데 필요한 자금이 없는 것이 왕은 늘 안타까웠다. 재정이 부족한 것을 근심하지만 해 놓고 보면 결국 나라와 백성의 부로 돌아올 것이라는 홍영식의 말이 되새겨졌다. 과연 그러할까.

가볍게 한숨을 내쉬던 왕은 붉은 보자기로 두툼히 싸 놓은 홍영식의 육군성 시찰기를 내려다보며 말했다.

"너희들의 문견과 시찰기를 살펴보니, 내용이 방대하면서 또한 세밀한 게 정말 애를 많이 썼더구나. 여러 기관의 운영 방식을 꼼꼼히 써 놓아 직접 가서 보는 듯 상세했다. 앞으로 기무아문의 일을 하는 데 큰 도움이 될 것이다."

"소신, 하나라도 놓칠세라 꼼꼼하게 보고 듣고 기록하였사옵니다."

홍영식의 목소리에 뿌듯함이 묻어났다. 시찰단에 관한 이야기를 하다 보니, 왕의 얼굴에 어린 근심이 조금이나마 가시는 듯해 마음이 한결 놓였다.

일본에 있을 때 가장 부러웠던 점은 나랏일 하는 사람들끼리 쓸데없는 논쟁을 벌이느라 시간과 노력을 낭비하지 않는다는 것이었다. 그 나라라고 갈등이 없지는 않았지만, 서양의 앞선 문물을 따라 배워 그만큼 부강해야 한다는 각오만큼은 일치되어 있었다. 조선 왕과 마찬가지로 임자년(1852) 생이라는 일본의 천황은 나라의 문을 열고 개혁해야 한다는 커다란 전제에 동의할 뿐, 세세한 일들은 신하들이 맡아 했다. 그런데 조선에서는, 나라의 발전을 위해 왕이 먼저 생각하고 연구하건만, 번번이 완고한 신하들에게 무시당하거나 반대에 부딪히고 있었다.

마주 보는 왕과 신하의 얼굴에 웃음이 어렸다. 서로의 안타까운 마음을 잘 아는 듯 친근하면서 쓸쓸하기도 한 미소였다. 어느덧 늦가을 해가 뉘엿뉘엿해지며 마지막 남은 빛을 두 사람에게 보내 주었다. 문틈으로 들어오는 찬바람도 조금 잦아들어 노을에 젖은 편전 안에 일렁였다.

겨울바람이 스산하게 불어오는 음력 섣달의 깊은 밤이었다. 벗들과 함께 아래대에 있던 김옥균은 대궐에서 급히 찾는다는 전갈을 받았다. 소식을 전한 머슴 편에 아예 관복까지 들려 보냈기에 그 자리에서 갈아입고 부랴부랴 입궐했다. 삼경*이 되어 가는 깊

• 삼경(三更) | 하룻밤을 오경(五更)으로 나눈 셋째 부분. 밤 11시에서 새벽 1시 사이.

은 밤이라 궁인들이 잠든 궐 안은 고요했고 편전 주위만 불빛이 환했다. 잔뜩 쌓인 문서 더미를 앞에 두고 왕은 골똘히 생각에 잠겨 있었다.

왕의 얼굴은 그새 더욱 상했다. 서형 이재선의 역모 사건이 마무리된 지 얼마 지나지 않은 때였다. 가엾은 형의 목숨만은 살려 주려 왕은 무던히 애를 썼다. 자신이 무슨 일을 저질렀는지 뒤늦게 알게 된 형은, 제정신이 아니었으니 죽여 달라며 머리를 짓찧고 울부짖었다. 제정신으로 한 일이 아니니 죽일 수는 없다며, 왕은 신하들의 반대를 무릅쓰고 유배형을 내리려 했다. 죽여 달라는 형과 차마 죽일 수 없다는 아우. 형제의 가슴에는 피눈물이 일었지만 아버지는 모르는 척 외면했다. 허나 왕이 아무리 애를 써 봐도, 군왕을 몰아내고 그 자리를 차지하겠다는 자를 살려 둘 수는 없었다. 그나마 아우인 왕이 형에게 할 수 있는 마지막 배려는, 목을 베어 참하지 않고 사약을 내리는 것이었다. 형에게 죽음을 내리던 그날, 왕은 마음속에서 아버지도 지웠다. 아버지를 의식하며 망설이던 자신의 소심함도 버렸다. 왕은 결심했다. 이제 어떤 일에건 머뭇대며 에돌아가지 않으리라. 좀 더 과감하게, 좀 더 적극적으로, 조선과 조선의 앞날만 바라보며 나아가리라.

시찰단의 문견 기록과 시찰기를 꼼꼼히 읽은 왕은 통리기무아문을 개편했다. 일본에 다녀온 관리들을 시찰 경험에 맞게 기무아문 아래의 각 사(司)에 배치하고, 다른 나라와 교류를 맡은 부서도 다시 개편했다. 청나라와의 관계를 담당하던 사대사와 그 밖에 다른 나라를 상대하던 교린사로 갈라져 있던 것을 동문사로 통합한 것이다. 이제 조선에게는 공손히 받들어 섬길 '사대'의 나라와 그 아래 '교린'의 나라들이 따로 있지 않았다. 오직 조선과, 조선이 관계 맺을 동등한 나라들이 있을 따름이었다.

이윽고 왕이 입을 열었다.

"이번엔 네가 일본에 다녀오너라. 공식 사절로 가는 것이 아니라 개인 자격으로, 은밀히 다녀와야 한다. 가서 일본의 의중을 알아보아라. 과연 조선이 문을 열고 개혁하는 것을 일본이 진정으로 원하는지, 그렇다면 조선에게 필요한 것을 지원해 줄 수 있는지 알아보고 오너라."

김옥균은 두근거리는 가슴을 누를 수 없었다. 언젠가 조선 바깥 세상을 살펴보고 싶었지만, 이렇게 갑작스레 찾아오리라고는 생각지 못했다. 자신을 믿고 큰일을 맡겨 준 왕의 마음 씀에 가슴이 벅찼다. 당황하기도 하고 흥분되기도 하여 말을 잇지 못하고 있는데, 왕의 말이 이어졌다.

"정식 수신사로 가는 것이 아니니, 여러 가지 불편한 점이 많을 게다. 때로는 네가 그 자리에서 판단하고 직접 해결해야 할 일도 있을 것이다. 허나 너라면 충분히 해낼 수 있으리라 믿고 맡기니, 가서 한번 부딪쳐 보아라."

김옥균은 머리를 깊이 숙이며 떨리는 목소리로 아뢰었다.

"전하, 성은이 망극하옵니다. 소신, 최선을 다해 임무 받잡겠사옵니다."

왕은 믿음직스러운 눈으로 김옥균을 바라보았다. 정식으로 명을 내리고 임무를 맡기면 가서 일하기야 편하겠지만, 그랬다가는 오랑캐에게 아쉬운 소리를 한다며 나라 안이 또 한바탕 시끄러워질 것이었다. 가 보지 않은 곳에서 해 보지 않은 일을 해내는 것, 왕은 김옥균의 능력을 믿었다.

신사년(1881) 한 해가 저물어 가고 있었다. 단 하루도 조용한 날이 없던 해였다. 문을 닫아걸고 녹슨 무기나 벼려 나라 울타리를 지키자는 세력은 왕을 위협할 만큼 여전히 드세었다. 바깥세상과 교류하여 부강을 이루자는 젊은 세력은 아직 미약했다. 젊은 왕과 젊은 신하들은 이제 조선 바깥, 낯선 세상 낯선 문명 속으로 막 걸음을 내딛는 중이었다. 저만치 임오년(1882) 새해가 밝아 오고 있었다.

3.

도쿄, 낯선 하늘 아래

1882년 5월 31일.

일찌감치 저녁상을 물린 김옥균은 히가시혼간지(東本願寺)의 도쿄 아사쿠사 별원 문밖을 나섰다. 사찰이라 저녁밥이 일렀다. 해초를 넣어 끓인 밍밍한 일본식 된장국과 다른 양념 없이 소금 간만 한 채소 절임도 이제는 그런대로 입맛에 맞는 편이었다. 배앓이가 심해 내내 고생하던 서광범의 얼굴도 차츰 원래 빛깔을 찾아가는 게, 이곳의 풍토와 음식에 적응이 되는 모양이었다.

김옥균이 머무르고 있는 아사쿠사 별원은 예전 조선 통신사가 도쿄를 방문했을 때 묵던 숙소였다. 별원에서 마중 나온 승려와 함께 도쿄로 오는 길 역시 통신사가 거쳐 갔던 길이었으나 예전과는 사뭇 달랐다. 그 옛날 조선 통신사들은 선망의 눈초리로 구경 나온 왜인들을 말 위에서 비스듬히 내려다보았다. 그러나 지금은 조선 일행들이 일본의 넓은 도로와 서양식 건물, 화륜차 들을 부러운 눈길로 바라보느라 정신없었던 것이다.

말로만 듣던 화륜차를 김옥균은 처음 타 보았다. 꽥꽥거리는 소리와 함께 기차가 덜컹이며 출발할 때는 대범한 그였지만 의자 손잡이를 꽉 잡았다. 말을 타고도 꼬박 하루가 걸릴 거리를 한두 시간이면 내달릴 수 있다는 화륜차, 아니 타오르는 불과 펄펄 끓는 물의 힘으로 간다는 기차. 그 속도감이 아찔했다. 병약한 서광범은 배앓이에 차멀미까지 겹쳐 정신을 차리지 못했고, 고약하다는 뱃멀미 한번 하지 않은 김옥균도 달리는 기차 안에서는 어질어질했다. 울렁거리는 속보다 견디기 힘든 것은 마음의 멀미였다. 기차가 앞으로 나아갈수록 뒷걸음치며 멀어져 가는 것은 낯선 나라의 산과 들이 아니라, 이렇듯 놀라운 세상에 대해 알려고도 하지 않는 조선의 모습인 것만 같았다.

어디서나 누구에게나 공평히 흐르는 것이 시간이건만, 일본에서는 그 시간도 저만치 앞서는 듯했다. 갑작스럽게 내려진 명으로 준비를 하는 데에 가는 섣달과 오는 정월을 정신없이 보내고, 김옥균 일행이 일본에 도착한 것은 이월 초순이 되어서였다. 그런데 서양력을 쓰고 있는 일본은 그때가 사월이라 했다. 그림 속의 신선을 좇아 동굴 속에 들어갔다 나온 것도 아닌데, 일본 땅에 발 디디는 순간 두 달이란 시간은 도대체 어디로 사라져 버렸단 말인가. 미리 꼽아 본 일정들이 가늠조차 되지 않았고, 계획은 순식간에 헝클어져 버렸다. 일본에서는 또 하루를 24시간으로 쪼개 놓고, 그 시간을 다시 60개의 분으로 쪼개고 그것을 또다시 60개로 쪼개, 눈꺼풀 한 번 깜박하는 순간에까지 '초'라는 이름을 붙여 놓았다. 기차가 기다리고 있다는 역참에 도착해 보니 점잖은 주인이나 짐을 든 하인이나 모두 허겁지겁 뛰어다니느라 정신이 없었다. 약속된 '몇 시 몇 분'이 되면 기차는 어김없이 출발해 버린다는 것이었다. 담배 한 참도 기다려 주지 않고 그냥 가 버린다니 참으로 야박했다.

시간을 그렇게 쪼개 놓고 살다 보니 드넓은 길에 오가는 사람들의 걸음도 모두 바빴다. 심지어 피고 지는 꽃들도 그랬다. 교토를 거쳐 도쿄로 오는 길을 벚꽃들도 따라왔는데, 어느 순간부터는 꽃들이 화륜차보다 더 빨리 내달리는 듯했다. 조선의 벚꽃나무는 동네 어귀나 언덕 들머리에 한두 그루 서서 꽃철이면 수줍게 꽃망울을 하나둘 터뜨릴 따름이었다. 그런데 '사쿠라'라고 불리는 일본 벚꽃은 수십 그루가 무리 지어 있었다. 꽃이 필 때면 한꺼번에 우르르 피었고, 질 때도 바람 자루로 걷어 낸 것처럼 우르르 졌다. 벚꽃 철엔 사람들이 꽃처럼 거리로 몰려 나왔고, 꽃이 지면 어디론가 사라졌다. 산벚나무 꽃 고운 계절이면 머슴의 지게에 술동이를 지워 벗들과 함께 소풍을 즐기던 홍영식 생각이 났다. 이처럼 숨찬 기세로 다가드는 꽃구경이라면 그도 난감하겠다 싶었다.

"조선도 지금쯤 완연한 봄이겠지요."

"음력 사월에 접어들었을 테니 그럴 게야. 천변 버들이 한층 더 휘어졌겠구면."

"예. 빨래터에 방망이 두드리는 소리도 한창이겠습니다."

서광범의 눈길이 아련해졌다. 이국땅에 와서 내내 몸이 시달리다 회복된 뒤끝이니 고향 생각이 간절한 모양이었다. 그러나 김옥균은 도쿄에 온 뒤 다시 침착해졌다. 양력으로 날짜를 꼽는 것도 적응되고, 십이지(十二支)가 아니라 숫자로 일컫는 시각에도 익숙해졌다.

저물녘, 아라카와 강에서 불어오는 바람이 시원했다. 도쿄는 바다와 접하고 있어서인지 강바람에서도 비릿한 바다 냄새가 묻어났다.

두 사람의 발길은 긴자 거리에서 멈추었다. 조선말로 읽으면 '은좌(銀座)'인데, 원래 은화를 만드는 곳이 있어서 그런 이름이 붙었다고 한다. 잦은 불로 나무로 만든 집과 상점 들이 큰 피해를 입자, 메이지 새 정부는 아예 모든 건물을 불에 타지 않는 서양 벽돌로 세웠다. 높다랗게 쌓은 붉은 벽돌담과 납작한 서양 기와를 민틋하게 이어 놓은 지붕, 창문을 열고 나올 수 있게 만든 2층 난간…… 긴자 거리는 사진으로 보던 서양 거리와 똑같았다. 멀리 보이는 후지 산의 눈 덮인 꼭대기가 아니라면, 이곳이 불과 이삼십 년 전만 해도 긴 칼 찬 무사들이 흙먼지 날리며 활보하던 거리라고는 전혀 생각지 못할 것이다.

저녁 하늘에는 차츰 남빛 휘장이 드리워졌고, 긴자의 붉은색 벽돌 거리도 어둠을 받아들여 갈빛을 띠어 갔다. 주위를 둘러보던 서광범이 들뜬 목소리로 말했다.

"아, 저기 보이는군요."

벽돌담이 끝나는 저편 모퉁이에서 기다란 막대기를 든 남자가 천천히 걸어오고 있었다. 장대로 길가 쇠기둥 위의 유리 상자 속 등잔에 불을 붙이며 왔다. 팔에는 토시를 끼고 성냥과 부시를 넣은 주머니를 치마처럼 앞에 두른 점등꾼의 차림은 우스꽝스러웠지만 걸음만은 엄숙했다. 유리 상자 안에 장대를 밀어 넣는 손놀림도 경건했다. 쇠기둥 안에는 석탄을 태운 가스가 흐르고 있어 가스등이라 했는데, 등잔에 일일이 기름을 채우고 심지를 갈아 끼울 필요가 없었다. 날이 저물면 기다란 막대기로 불꽃을 옮겨 등을 밝히고, 날이 새면 심지를 눌러 불을 끄면 되었다.

이처럼 길모퉁이 끝에서부터 하나씩 차례로 불이 밝혀지는 모습은 꽤 볼만했다. 멀리서 보면 저무는 하늘 저 끝에서부터 등잔의 행렬이 차츰 다가오는 것 같았다. 오랫동안 기다리던 것, 간절히 바라는 것이 이루어지는 순간처럼 가슴이 두근거렸다. 김옥균과 서광범은 길모퉁이를 천천히 돌아 나가는 점등꾼의 모습이 보이지 않을 때까지, 불의 행렬이 우아하게 나아가는 것을 그 자리에 서서 오래도록 바라보았다.

아침상을 물린 뒤 두 사람은 방 안에서 책을 읽었다. 전날 밤 늦게까지 도쿄 밤거리를 돌아다니느라 고단했던 것이다. 간밤에는 다소 꿉꿉하다 싶었던 다다미가 봄날 아침 햇살에 기분 좋게 마르고 있었다.

낯선 일본 글자들 사이에 징검다리처럼 놓여 있는 한자만 따라가며 보던 일본 책도 이젠 꽤 잘 읽혔다. 서양 문물이나 제도를 설명하는 데 그친 중국 책에 비해, 서양을 샅샅이 둘러보고 쓴 일본 책은 훨씬 구체적이고 생생했다. 서양 문물을 받아들이는 두 나라의 태도 차이도 느껴졌다. 세상의 중심이라는 자존심도 지켜야 하고, 편리해 봐야 오랑캐 것이라는 멸시를 떨쳐 버리지 못한 중국 책은 아무래도 새 문물을 대하는 태도가 어정쩡했다. 이에 비해 서양의 문물과 그 속에 담긴 정신까지 탐욕스러우리만치 제 것으로 만들고자 하는 일본 책들은, 주장이 더욱 분명하고 시원스러워 읽을 만했다.

"안에 계십니까?"

낯선 조선 사람 목소리가 크게 들려왔다. 의아한 표정으로 서광범이 문을 열자 조선 옷을 입은 선비 한 사람이 들어섰다. 순간 서광범은 얼싸안듯 그의 앞으로 다가섰다.

"아니, 자네!"

"잘 지냈는가? 예까지 오는 동안 불편함은 없었고?"

웃는 얼굴로 서광범의 손을 마주 잡은 청년은 유길준이었다. 김옥균의 반가움도 컸다. 낯선 나라에서 신학문을 배우고 있다는 유길준의 소식이 안 그래도 몹시 궁금하던 터였다.

"이게 얼마 만인가? 이국에서 공부하느라 고생하지는 않았는가?"

김옥균의 말에 유길준이 시원스레 대답했다.

"고생이라니요. 자고 나면 날마다 새로워 그야말로 눈이 번쩍 뜨이는 것 같습니다."

그러면서 그는 말을 이었다.

"후쿠자와 선생이 뵙기를 청합니다. 데라다 상에게 모셔 오라 하셨는데, 얼른 뵙고 싶어 저도 함께 왔습니다."

그 말에 옷을 갖추어 입고 나와 보니 인력거들이 늘어서서 기다리고 있었다. 김옥균과 서광범, 그리고 이들을 데리러 온 유길준과 데라다는 각각 인력거에 올라타고 후쿠자와가 기다리고 있는 미타의 게이오기주쿠로 향했다.

후쿠자와 유키치는 김옥균도 꼭 한번 만나고 싶던 사람이었다. 여러 차례 서양에 다녀온 경험을 책으로 썼는데, 말하듯 쉬운 글투 덕분에 널리 읽혔다. 그리고 많은 사람들에게 일본도 서양처럼 모습을 바꾸고 발전해야 한다는 확신을 심어 주었다. 김옥균과 조선 젊은이들에게도 인상 깊었던 것은 『학문을 권함』이라는 책이었다. "하늘은 사람 위에 사람을 만들지 않고, 사람 아래 사람을 만들지 않았다."라는 첫머리부터 놀라웠다. 사람은 타고난 신분에 의해서가 아니라 학문을 하려 하는가 그렇지 않은가에 따라 현명한 사람과 어리석은 사람으로 갈라진다고도 했다. 후쿠자와는 신분에 관계없이 배우려 한다면 누구나 입학할 수 있는 학교도 만들었다. 바로 유길준이 다니고 있는 게이오기주쿠였다.

게이오기주쿠는 도쿄 남쪽, 바닷바람이 불어오는 언덕 위에 있었다. 인력거꾼이 끄는 대로 흔들리며 가다 보니, 멀리 보이는 아라카와 강변은 사쿠라가 지고 난 뒤 이제 버드나무 신록이 한창이었다. 길가 앵두나무 꽃 진 자리에 하나둘 앵두 열매가 맺히고, 철쭉은 진홍빛으로 화려했다. 패랭이꽃, 붓꽃 들은 조선에서 보던 것보다 키가 크고 색깔도 짙어 낯선 느낌이 들었다.

이국에 무르익은 봄날의 풍경을 구경하던 서광범은 점점 숨소리가 거칠어지는 인력거꾼의 등과 내달리는 발에 눈길이 갔다. 땀에 젖은 옷자락이 등에 달라붙어 있었고, 발끝이 갈라진 다비*는 해어져 너덜너덜한데 부르튼 발가락이 밖으로 비죽이 나와 있었다. 도쿄에는 멋진 벽돌 거리와 휘황한 등불, 세련된 기차 객실과 신식 옷을 차려입은 사람들만 가득할 줄 알았다. 여전히 헐벗은 차림으로 땀 냄새를 풍기며 고된 노동을 하는 사람들이 있으리라는 생각은 솔직히 하지 못했다. 제 몸 하나에 의지해 힘들게 살아가야

* 다비〔足袋〕| 일본의 전통 버선.

하는 이들의 운명은 새로운 문물을 받아들인 이곳도 마찬가지인가 보았다.

항구가 가까운지 멀리서 뱃고동 소리가 들려왔다. 호기심 많은 물새들이 더러 뭍 깊숙이 날아오기도 했다. 비릿한 바다 냄새가 실린 바람은 시원했으나 가파른 오르막길을 내달리는 인력거꾼의 숨소리는 점점 더 거칠어졌다. 언덕 위에 서 있는 오래된 건물 앞에 손잡이를 내려놓고 인력거꾼은 그제야 수건으로 땀을 닦았다. 기둥에는 '경응의숙', 즉 게이오기주쿠라 쓰인 편액이 걸려 있었다. 막부 시대의 지방 영주 다이묘의 저택이었다는 기주쿠에는 나무로 만든 오래된 저택과 새로 지은 학교 건물들이 섞여 있었다.

후쿠자와는 김옥균 일행을 문 앞에서 정중히 맞이했다. 일본 정부에 정식으로 통보하거나 공식 직함을 단 것은 아니지만, 김옥균의 이번 방문이 얼마나 중요한 의미를 지니는지 후쿠자와는 알고 있었다. 새로운 문물을 받아들이려는 조선의 젊은 국왕과 신하들이 본보기를 일본에서 구할지, 여전히 청에 의존할지, 아니면 서양과 직접 교류해 얻을지 이번 방문을 통해 살펴보고 결정하려 한다는 사실을 파악한 것이다.

종이 바른 문을 밀고 들어온 늦봄 햇살은 집주인의 은근한 환대처럼 은은했다. 바닥에 깔린 다다미의 마른풀 향기가 햇살과 어우러져 포근한 느낌을 주다가도, 다다미 이음새의 진갈색 직선이 선뜩했다. 후쿠자와가 입고 있는 전통 옷 기모노의 주름은 부드러웠지만, 짧게 깎아 귀 뒤에서 끊어진 단발은 날카로웠다. 머리를 깎아 본 적도, 머리 깎은 사람을 본 적도 없던 조선 젊은이들의 마음이 철렁 내려앉았다. 올해 마흔여덟이라는 후쿠자와는 왼 가르마를 타서 머리칼을 뒤로 빗어 넘겼고, 그 아래 드러난 넓은 이마가 시원스러웠다. 짙은 눈썹과 쏘아보는 눈빛은 형형했다. 우뚝한 코 아래 깊이 팬 인중은 길었고, 거무스름한 얼굴빛처럼 입술도 검붉었다. 앉은 체구가 큰 편이었는데 단단한 바위 같은 인상을 주는 게 유대치와 닮은 듯했다. 흰옷에 흰 머리칼의 유대치가 어딘가 신령스러운 느낌을 준다면, 진회색 기모노에 각진 앉음새의 후쿠자와는 전쟁터 막사 안의 노련한 사령관 같다고나 할까.

"먼 길 오시느라 고생했습니다. 숙소가 불편하지 않으십니까?"

"괜찮습니다. 도쿄까지 오는 동안 여러 가지로 살펴 주신 것 잘 알고 있습니다. 조선 유학생들까지 돌보아 주셔서 정말 감사합니다."

후쿠자와의 말에 김옥균이 정중하게 대답했다. 통역은 유길준이 맡았는데 어느새 일본어가 유창했다.

"조선 학생들은 정말 훌륭합니다. 하나라도 더 배우려는 열의가 대단하고 능력도 뛰어납니다. 유길준 군은 두어 달 만에 일본어를 익혀 교지에 글을 기고하더군요. 우리 선생과 학생 들이 다 같이 놀랐습니다."

제 이야기가 나오자 유길준의 얼굴이 붉어졌다. 김옥균도 조선 젊은이들을 칭찬하는 이야기가 나오자 기분이 좋았다. 조선 유학생들의 뛰어난 학습 능력은 일본 사람들 보기에 경이로웠다. 앳되고 평범해 보이는 젊은이도, 한문 해독만큼은 일본의 전문 학자에 버금가는 실력이었던 것이다. 말과 글이 다른 공부를 오랫동안 해온 조선 선비들은 일본어를 배우는 것도 그리 어려워하지 않았다.

김옥균이 후쿠자와에게 말했다.

"선생의 이야기는 오래전부터 듣고 있었습니다. 위로는 조정의 대신들에서 아래로는 백성들까지, 나라 안 사람들의 생각을 모두 바꾼 왕성한 저술과 활동이 놀랍기만 합니다. 선생의 귀중한 경험을 앞으로 조선에도 많이 전해 주십시오. 조선과 일본 그리고 중국, 우리 삼국이 다 같이 백성을 편안하게 하고 나라를 부강하게 만든다면, 바다 건너 서양 세력을 어찌 두렵다고만 하겠습니까?"

"……."

후쿠자와는 대답 대신 머리만 조금 끄덕였다. 언뜻 보기에는 귀공자처럼 해사해 보이지만, 사람을 어려워하지 않고 곧게 쏘아보는 김옥균의 눈길은 예사롭지 않았다. 일본과 어깨를 나란히 하겠다는 것이 가소로우면서도, 중국에 대해서도 주눅 들지 않고 당당하게 말하는 것은 서늘했다. 조선 소식을 알려주는 측근들에게서 김옥균이라는 젊은 관료가 개혁에 뜻을 두고 사람들을 모으고 있다는 이야기를 들었는데, 과연 보통 인물이 아니구나 싶었다. 일본에 온 뒤 날마다 보아 왔을 새롭고 신기한 것에 들뜬 기색 없이 침착하기만 했다. 눈앞에 있는 젊은이의 찬찬한 머리와 가슴에, 여태껏 일본에서 보고 들은 것이 어떻게 담겨 있을지 궁금한 한편으로 긴장되었다.

후쿠자와는 조선이 쇄국의 빗장을 풀어 일본이 자유롭게 드나들 수 있게 되고 장차 중국으로 가는 통로가 되기를 바라지만, 제도와 문물을 개혁하여 부강을 이루는 것까지는 바라지 않았다. 아니, 위로부터 아래까지 부정과 부패가 만연하고 눈속임이 능한 조선인들이 그리할 수 있다고 생각해 본 적도 없었다. 그런데 눈빛이 예사롭지 않은 이 젊은이의 포부는 심상치 않았다. 조선뿐 아니라 삼국의 안녕과 화합까지도 말하고 있었다. 학교를 세워 수많은 학생들을 가르쳐 온 후쿠자와는 김옥균을 보면서 여러 생각이 들었다. 영민한 젊은이를 만날 때면 드는 대견함과, 그가 일본이 아닌 조선의 젊은이이기에 드는 착잡함이었다. 후쿠자와의 눈길은 오래도록 김옥균에게 머물렀다. 김옥균 역시 곧은 눈길로 후쿠자와가 던지는 시선을 담담히 마주 보았다.

"어떻습니까? 과연 대단하신 분 아닙니까?"

후쿠자와의 집에서 대접을 잘 받고 조선 젊은이들이 막 기주쿠 문을 나선 길이었다. 저녁놀 빛을 머금고 불어오는 바닷바람이 시원스러웠다. 후쿠자와에게서 서양 이야기를 생생히 듣고 난 젊은이들의 얼굴빛도 저녁놀처럼 붉게 상기되어 있었다. 유길준이 다시 말했다.

"해외에 다녀온 일본인들은 많지만 후쿠자와 선생처럼 왕성하게 활동하는 사람은 없습니다. 선생은 책을 쓰고, 사람들 앞에서 강연하고, 학교를 세워 학생들을 가르치고, 신문을 만들어 나라 안팎 소식을 널리 알리고 있습니다. 일본 관리들도 수시로 찾아와 선생의 이야기를 듣고 가는데, 정부의 높은 대신들보다 실로 더 큰 일을 하고 계신 듯합니다."

후쿠자와의 배려로 그 집에 머물며 학교에 다니는 유길준의 감탄은 열렬했다.

김옥균이 보기에도 후쿠자와는 대단한 인물이었다. 누구보다 박식하면서도, 누구나 친근하게 다가갈 수 있을 만큼 소탈했다. 하지만 어딘가 개운치 않았다. 이웃인 조선과 중국, 일본이 힘을 모아 서양에 맞서 나가자고 했지만, 후쿠자와에게는 어디까지나 제 나라 일본이 중심이었다. 일본이 서양의 문물을 받아들여 먼저 부강을 이룩해 냈다는 자부심도 대단했다. 과연 조선과 중국을 진정한 이웃으로 생각하고 있는지도 의심스러웠다. 오히려 어깨를 나란히 해 사귀고 싶은 것은 서양인 듯했다.

'하긴 내가 너무 큰 기대를 하는 것인지도 모르지. 여기는 조선의 대치 선생 사랑방이 아닌 것을……. 일본 사람인 후쿠자와와 조선 사람인 내가 어찌 서로에게 단박에 흔쾌한 마음일 수 있겠는가. 후쿠자와가 일본을 먼저 생각한다면, 나는 조선에 이로운 것을 먼저 찾아 취할밖에.'

김옥균은 마음을 가볍게 먹기로 했다. 김옥균과 서광범, 유길준, 그리고 유길준의 매부이며 함께 기주쿠에 다니고 있는 유정수, 이 네 사람은 윤치호를 찾아가는 길이었다. 윤치호는 게이오기주쿠와 함께 일본의 명문 학교 중 하나인 도진샤에 다니고 있었다. 그곳까지는 제법 먼 거리였지만, 오랜만에 마음속에 고여 있던 조선말을 풀어놓느라 다들 힘든 줄 몰랐다.

　형님뻘인 네 사람의 방문을 윤치호는 환한 낯으로 반겼다. 조선에 다녀온 지 얼마 안 되었다며, 떠나올 때 어머니가 구메구메 싸주신 음식을 끌러 놓았다. 은은한 연분홍빛 오미자 다식과 연둣빛 송화 다식을 보는 젊은이들의 눈길이 아련해졌다. 일본 과자는 빛깔이 선명하고 모양도 앙증맞은 데다 단맛이 강해 한두 개만 먹어도 이내 질렸다. 그러나 조선 다식은 빛깔이 은은하고 단맛도 은근해 보기에도 먹기에도 좋았다.

　일본에 올 때 집안의 반대 때문에 애를 먹었던 젊은이들과는 달리, 윤치호는 아버지의 권유로 유학길에 올랐다. 윤치호의 아버지 윤웅렬은 서얼 출신의 무인으로, 일본 군대를 본떠 조선의 신식 군대 별기군을 앞장서 만든 사람이었다. 지켜야 할 가문도, 받들어 모실 명분도 없는 홀가분한 서얼의 처지가 아들의 장래를 생각하는 데 오히려 더욱 자유롭고 적극적이게 한 것인지도 모른다. 조선에 돌아가면 문중 어른들 앞에 꿇어앉아 귀가 닳도록 꾸지람을 들어야만 하는 젊은 양반들에게는 부러운 일이었다.

그리움을 담은 목소리로 서광범이 먼저 물었다.

"그래, 조선은 어떠하더냐? 집안 어른들이며 대치 선생은 무고하시겠지?"

"예. 아래대 약방 사랑은 여전하고, 다들 이곳의 안부를 궁금해하였습니다."

잠시 생각에 잠기던 윤치호는 다시 입을 열었다.

"예전에는 몰랐는데…… 여기 있다 가 보니 조선은 숨죽인 듯 고즈넉하기만 하더군요. 도쿄는 사람들과 마차며 인력거 들이 바삐 오가고 모습이 날마다 달라지는데, 조선의 초가와 흙담, 고관들이 행차할 때마다 길에 엎드린 백성들의 모습은 그대로입니다."

다들 조선 생각에 가슴이 무거운데, 윤치호는 다부지게 말을 이었다. 얼마 전부터 쓰기 시작한 안경알 너머로 두 눈이 빛났다.

"처음에는 그저 아버님 분부를 따라 왔지만, 이번에 떠나올 때는 각오를 단단히 하였습니다. 이곳에서 한 시각도 허투루 보내지 말고 부지런히 배워, 조선에 보탬이 되겠다고 다짐했습니다."

방 안의 젊은이들은 고개를 끄덕였다. 김옥균이 집안의 큰형님처럼 자상하게 물었다.

"공부하는 데 어려움은 없느냐? 듣자니 이곳은 농업이니 양잠이니 군사니 배움에 따라 학교도 달리 간다는데, 앞으로 무엇을 배울지 정했느냐?"

"아버님은 군사 학교에 가라고 하시지만 아무래도 저와 맞지 않는 것 같습니다. 농업 학교에 들어갈까 했습니다만, 조선에 다녀온 뒤로 생각이 바뀌었습니다…….."

윤치호는 말끝을 흐리더니 결심한 듯 다시 말했다.

"영어를 본격적으로 배워 보려 합니다."

젊은이들은 깜짝 놀랐다. 서양의 말을 배우려면 서양 사람과 직접 접촉해야만 했다. 중국 사람이나 일본 사람을 만나는 것은 스스럼없어졌는데, 어쩌다 서양 사람을 마주하게 되면 아직 꺼려졌다. 생각이 트인 젊은이라 해도 서양인을 직접 상대하는 것은 물결 거센 강 하나를 더 건널 각오를 해야 하는 일이었다. 작년에 온 시찰단 관리들에게 일본어뿐 아니라 영어도 배우고 싶다는 이야기를 꺼냈다가 윤치호는 크게 꾸지람을 받은 적도 있었다.

잠자코 있던 김옥균이 입을 열었다.

"잘 생각했다. 일본이 달라진 것도 결국 서양 문물을 받아들였기 때문 아니겠느냐? 서양의 말과 글을 직접 익힌다면 우리도 필요한 것을 더욱 빠르게 배울 수 있을 게다. 어린 네가 정말 장한 결심을 했다. 너의 공부가 조선을 위해 크게 쓰일 것이니 열심히 배워 두어라."

"예. 명심하겠습니다."

지난번처럼 꾸지람을 듣지 않을까 염려했는데 오히려 큰 격려를 받고 보니 윤치호의 얼굴이 붉어졌다. 다른 젊은이들도 고개를 끄덕였다. 일본에서 공부하면서 앞선 문물에 놀라고 감탄만 했을 뿐, 그 문물이 온 서양의 언어를 직접 배워야겠다는 생각은 한 번도 해 보지 않았다. 이제 겨우 열여덟 살 난 소년이 그런 결심을 한 것이 놀라웠다. 어쩌면 윤치호도 그의 아버지처럼, 가문이나 체면 같은 거추장스러운 옷을 입고 있지 않아 자유로이 생각할 수 있는 것인지도 몰랐다. 무거운 겨울 솜옷처럼 자신들의 어깨를 내리누르는 거대한 관습의 무게에, 명문 양반가 청년들은 저도 모르게 한숨을 내쉬었다.

유리 바람막이가 불빛을 그대로 전해 주는 남폿불이 환했다. 연분홍, 연둣빛 다식도 불빛 아래 제 은은함을 잃지 않았다. 한쪽의 밝기가 눈부시다 하여 다른 한쪽이 묻히는 법 없이 서로가 제 모습을 드러내는 게 보기 좋았다. 서로 다른 문명끼리도 그러할 수는 없는 것일까. 젊은이들은 남포 불빛 아래 더욱 빛깔이 고와진 다식을 입으로 가져갔다. 송홧가루 풋풋한 향내가 입 안 가득 고이면서 무르지도 딱딱하지도 않은 과자가 부드럽게 녹아내렸다.

1882년 6월 21일.

아사쿠사 별원의 조선 양반 숙소는 분주했다. 김옥균을 수행해 온 충직한 하인 점돌은 풀 먹인 옥색 진솔 두루마기를 다려 온다, 갓을 손질한다, 갓신을 닦는다 하며 아침부터 바빴다. 조정의 명을 받아 온 것이 아니기에 관복을 입지는 않았지만, 점돌이 손질한 옷을 입는 김옥균의 표정도 여느 때보다 진중했다.

조선 선비가 옷을 제대로 갖추어 입는 절차는 여인네 차림새 못 지않았다. 바지저고리를 입고 수눅 선이 마주 보게 버선을 신은 다음, 발회목 위로 대님도 반듯하게 조여 매었다. 무릎 아래 행전*을 동이고, 점돌이 펼쳐 들고 있는 도포 소매에 팔을 꿰었다. 동정 선이 단정하게 옷깃을 여미고, 매듭의 네 귀가 분명히 드러나도록 고름도 반듯하게 묶었다. 허리를 가로질러 맨 쪽빛 술띠가 도포의 옥빛을 더욱 돋보이게 해 주었다. 개켜 놓으면 평면이었다가 걸치면 몸에 감겨드는 곡면이 되고, 다 차려입고 나면 다시 반듯한 직선이 살아나는 게 조선 선비 옷이었다. 큰 갓 쓰고 갖신까지 신고 나서니 김옥균의 흰 얼굴에 옥색 도포가 잘 어울렸다. 서광범이 입은 가짓빛 도는 청색 도포는 얼굴을 검어 보이게 한다 싶었지만, 역동적인 젊은 기운을 그런대로 받쳐 주었다.

김옥균 일행이 일본 '흥아회'의 초대로 연회에 참석하는 날이었다. 흥아회는 일본과 중국 그리고 조선, 아시아의 세 나라가 힘을 모으고 친목을 이루어 가자는 취지로 만든 단체였다. 일본에 있는 청나라 공사와 관리들도 가입했고, 수신사나 시찰단으로 온 조선 관리들도 초대받아 참석했다. 삼국의 친목을 위해 만들었다지만 일본이 중심이었고, 그 때문에 심사가 뒤틀린 중국 관리들은 점차 참석이 뜸해지기도 했다.

● 행전(行纏) | 바지를 입을 때 정강이에 감아 무릎 아래 매는 물건.

김옥균의 마음은 초조하기 그지없었다. 도쿄에 온 지도 어느새 두 달이 되어 가고 있었던 것이다. 그간 일본 각계의 사람들을 많이 만나긴 했지만, 자신이 이곳에 온 것은 사교를 위해서가 아니었다. 뚜렷한 소임이 있었던 것이다. 조선의 개혁을 일본이 진정으로 원하는지, 그렇다면 철도와 도로를 놓을 수 있게 도와주고, 편리한 새 문물로 조정과 백성을 설득할 수 있게 자금을 지원할 의사가 있는지를 알아보기 위해서였다. 그러나 아직까지도 일본의 대답을 들을 수 없었다.

'오늘은 일본 정부 사람들이 여럿 온다고 하니 반드시 책임 있는 답변을 들어야겠군!'

연회가 열리는 긴자 츠키지로 가는 인력거 위에서 김옥균은 생각했다. 정말이지 겪어 보면 볼수록 일본 사람들의 속내는 알 수 없었다. "하이, 하이." 하고 고개 끄덕이고 맞장구치기에 일이 다 되었다 생각했는데, 다음에 만나면 얼버무리거나 냉담하게 굴기 일쑤였다. 오늘은 반드시 구체적인 답변을 들으리라. 김옥균은 다시 한 번 마음을 다잡았다.

연회 장소에는 이미 많은 사람들이 와 있었다. 물결이 퍼지듯 잔잔한 서양 음악이 넓은 홀 안에 가득 흐르고 있었다. 악사들도 모두 짧은 머리에 검은 바지저고리 양복을 입었고, 정부 관리들이 많아 그런지 대부분 검은 양복 차림이었다. 흡사 까마귀 떼가 몰려든 것 같은 홀 안의 풍경을 김옥균과 서광범은 열없이 바라보았다.

"김옥균 선생, 오셨습니까?"

눈에 띄는 옷차림을 한 조선 일행 쪽으로 후쿠자와가 다가와 인사했다. 그는 집에서와 마찬가지로 여전히 진갈색 기모노 차림이었다. 서양 문명을 받아들이는 데 앞장서면서도 기모노를 즐겨 입는 모습이 대범하고 소탈해 보였다.

"어서 오십시오. 이렇게 참석해 주셔서 고맙습니다."

흥아회 부회장이라는 와타나베도 와서 인사했다. 조선 관리들에 대한 흥아회의 환대는 예전부터 극진했다. 거드름 피우며 상국

으로 섬길 것만 요구하는 중국에 비해, 일본은 웃는 얼굴로 손 내
밀며 아세아 삼국의 발전을 함께 이루어 가자고 권했다. 감격에 취
한 조선 선비들은 붓을 들어 삼국의 우애와 화평을 다지는 시를
지었다. 김옥균의 이름난 문장과 글씨에 대해 들어 알고 있는 와타
나베는, 흥아회 기관지에 싣겠다며 글을 청했다. 하지만 그는 붓을
들 마음이 나지 않아 사양했다. 그 대신 대장성이나 외무성 관리를
소개받으면 김옥균은 에두르지 않고 곧장 물었다.

　"일본은 늘 조선의 개혁을 원한다고 이야기합니다. 그런데 이를

위해서는 자금이 필요합니다. 일본 정부는 조선에 자금을 지원할 생각이 있습니까?"

그들은 당황하면서 얼버무렸다.

"물론 우리는 조선의 개혁을 원합니다. 이웃 나라와 문명 개화의 길로 함께 나아가는 것이 어찌 아름답지 않겠습니까?"

더러 노골적으로 되묻는 사람도 있었다.

"조선이 진정 개혁할 의지가 있습니까? 일본과 조약을 맺은 지가 언제인데, 약속한 항구는 왜 아직도 열지 않는 것입니까?"

이렇게 말끝을 흐리기도 했다.

"그 문제는 제 소관이 아니어서……."

김옥균이 멀어져 가면 그들끼리 이렇게 말했다.

"저자가 그렇게 말하고 다닌다지? 일본이 아세아의 영국이라면, 조선은 아세아의 불란서가 될 것이라고……."

"조선이 불란서가 된다? 겁쟁이 조선이 나파륜(나폴레옹)의 나라 불란서가? 하핫, 하하하……."

김옥균의 뒷모습을 보며 그들은 비웃었다.

일본에 와 있는 조선 유학생들도 한자리에 모여 있었다. 그들과 함께 있던 서광범의 귀에 자꾸만 걸리는 말이 있었다. '시나'였다. 별원의 승려들도 그 말을 자주 했고, 후쿠자와의 집에서도 들었고, 이곳에서도 벌써 여러 번 들려왔다. 그 말을 할 때 사람들의 표정에는 조롱이라 할지 경멸이라 할지, 그런 빛이 어려 있었다. 서광범은 유길준에게 물었다.

"도대체 '시나'란 말이 무슨 뜻인가? 짐작으로 맞추어 보려 해도 도저히 알 수 없구먼."

"시나 말인가? 하하……."

"하하하……."

유길준뿐 아니라 다른 젊은이들도 모두 웃었다. 서광범이 겸연쩍어하는 것을 보고 유길준이 부드럽게 말했다.

"나도 처음엔 그 말이 낯설었다네. 시나는 중국이야. 일본에서는 중국을 '주고쿠〔中國〕'라 부르지 않고 시나라 한다네."

"저희끼리나 중국이지, 아무도 저들이 세상의 중심이고 으뜸이라 여기지는 않아. 우매한 조선 노인네들이나 떠받들 뿐이지."

유정수도 거들자 서광범의 눈이 휘둥그레졌다. 확실히 일본에서 사람들이 중국을 대하는 말투와 표정은 달랐다. 한때의 전성기가 지나고 난 뒤 쇠약해져 버린 노인을 대하는 젊은이들의 자신만만하고 오만한 느낌, 그것이었다.

"서양인들은 지나를 '차이나'라고 한답니다. 중국이라는 말 그대로 '미들 킹덤'이라 부르지는 않아요. 차이나는 고대 진(秦)나라 때부터 부르던 말이라는데, 그간 지나의 왕조가 수없이 바뀌었어도 서양은 자신들이 편한 대로 부를 뿐이지요."

얼마 전부터 도쿄 대학의 서양 교수 부인에게서 영어를 배우고 있다는 윤치호도 다부진 목소리로 말했다. 조선 유학생들은 '시나'의 한자음을 조선식으로 읽어 '지나(支那)'라 했다.

　"여기 공사관의 지나인들은 그나마 말이 통하는 편이지만, 그들의 옷차림을 보십시오. 머리꼬리를 길게 늘이고 기다란 치마를 입고 있는 꼴이라니. 게다가 콧대 높은 저들의 태도는 또 어떻습니까. 영불 함대에 그처럼 호되게 당하고도 여전히 저들이 대국이라 여기는 것은 변함없지요. 허나 지금 세상에서 누가 지나를 두려워하고 인정해 주기나 한답니까? 그런데도 조선에서는 수신사가 올 때마다 지나 공사관부터 먼저 찾아가 문안을 드리고 있으니……."

　"지나야 어떻든지 간에 저는 이 상투머리와 갓과 두루마기를 제발 좀 벗었으면 좋겠습니다. 길에 나설 때마다 구경거리가 되는 데다 도무지 거추장스러워 견딜 수가 있어야지요. 부모님만 아니라면 상투를 잘라 버렸을 텐데……."

　조선 젊은이들이 주고받는 이야기를 듣자니 서광범은 혼란스러워 견딜 수 없었다. 중국을 거침없이 지나라 부르는 그들이 경박스럽게 느껴지는가 하면 자유로워 보이기도 했다. 자신은 고루한 사람이 아니라고 자부해 왔건만, 이곳에 와 보니 한참 뒤떨어진 것만 같았다. 입고 있는 가짓빛 도포를 다시 내려다보았다. 일본에 온다고 신경 써 새로 마련해 입었건만, 이곳의 벗들에게는 그처럼 거추장스러워 벗어던지고 싶은 옷일 줄이야.

　김옥균은 지친 표정으로 조선 젊은이들 쪽으로 다가왔다. 일본인들은 마치 매끄러운 미꾸라지 같았다. 나긋나긋한 말투로 살갑

게 다가오다가도 본격적인 이야기가 나오면 지느러미 한번 잡혀주는 법 없이 매끄럽게 빠져나갔다. 오늘도 마찬가지였다. 듣고 싶은 답변은 듣지 못하고 술잔만 거푸 받느라 얼굴만 불콰해졌다. 너라면 해내리라 믿는다, 떠나오기 전 당부하던 왕의 말이 귓가에 쟁쟁해 마음 편히 취하지도 못했다. 김옥균의 쓰린 가슴과 서광범의 헛헛한 마음으로 알지 못할 서양 음악만 뭉글뭉글 굴러다녔다.

"내가 처음 미국 갔을 때 이렇게 물어보았소. 지금 화성돈(워싱턴)의 자손은 어찌 지내고 있느냐고……."

후쿠자와의 집에는 여러 사람들이 모여 있었다. 무작정 시일만 보낼 수 없어 김옥균 일행은 조선으로 돌아가려는 참이었다. 후쿠자와는 떠날 차비를 하는 김옥균을 집으로 초대했다. 조선 유학생들과 기주쿠의 일본 선생들도 자리를 함께했다. 칠월도 중순에 접어들어 섬나라 일본은 더위가 한창이었고, 습도까지 높아 온몸이 땀으로 끈적거렸다. 후쿠자와는 하던 이야기를 계속했다.

"그 나라 대통령이 사년마다 한 번씩 갈린다는 것은 알고 있었지만, 나라를 일으킨 집안의 자손이라면 대단하리라 생각했지. 도쿠가와 가문처럼 화성돈의 가문과 자손도 큰일을 하고 있으리라 생각했던 거였소."

후쿠자와가 일본 함선 간린마루를 타고 처음 미국에 간 이야기를 유길준은 벌써 여러 번 들었다. 서양에 대해 모르는 것이 없어 보이는 후쿠자와 선생도, 일본식 상투머리에 폭 넓은 무사 옷을 입고 긴 칼까지 찬 채 휘둥그레진 눈으로 미국 샌프란시스코 거리를 둘러보던 시절이 있었던 것이다. 매번 들어도 재미있고 가슴 두근거리는 이야기였다. 조선말로 재빨리 통역한 뒤 유길준이 물었다.

"그래, 무어라 대답하던가요?"

"퉁명스럽게 말하더군. 딸이 하나 있다고 들은 것 같은데 지금 어디 살고 있는지는 모르겠다고."

"하하하……."

방 안 사람들은 모두 웃었고, 서광범은 얼떨떨했다.

'아니, 화성돈의 자손이 어찌 되었는지 모른다니……. 딸이 하나라면 대가 끊겼단 말이 아닌가? 어찌 건국 가문을 돌보지 않고 그리 내버려 둘 수 있을까?'

이해가 가지 않았으나 다들 웃고 있기에 잠자코 있었다. 옆에 있는 김옥균을 힐끗 쳐다보았지만 이야기를 듣고 있는지조차 알 수 없었다. 창밖으로 보이는 아기자기한 일본 정원에 눈길을 주는 듯한데, 자세히 보면 그런 것 같지도 않았다.

"그 이듬해 구라파에 갔을 때는 이런 일도 있었지."

다들 웃는 얼굴로 후쿠자와를 바라보았다.

"그곳에는 보수당이니 자유당이니 하는 도당이 있는데, 서로 권력을 잡으려고 엎치락뒤치락 불꽃 튀는 경쟁을 벌인다네. 그런데 한창 싸움 중이라면서 전쟁 기운이라고는 볼 수 없는 게 이상했어.

서로 적이라는 사람들이 웃는 얼굴로 함께 술도 마시고 밥도 먹는 모습을 도무지 이해할 수 없더군."

"왜 칼을 뽑아 들고 싸우지 않는지 궁금하셨던 거지요?"

유길준이 웃으며 장단을 맞추었다.

"하하하……."

방 안 젊은이들은 이번에도 소리 내어 웃었다. 굳이 대답을 듣지 않아도 알고 있는 이야기, 통하는 이야기인가 보았다. 이십여 년 전 청년 후쿠자와가 품었던 의문에 이번에도 서광범 혼자 공감할 따름이었다.

"그러니까 얼마 전까지 일본을 시끄럽게 했던 자유 민권 운동이라는 것도, 서양처럼 여러 도당을 만들자는 것이지요?"

"당도 만들고, 무엇보다 의회를 만들자는 것입니다. 의회에 나가 정치할 사람을 백성들이 뽑도록 하자는 것인데……."

윤치호의 조심스러운 물음에 기주쿠 선생이 대답했다. 윤치호가 일본어도 유창하고 영어도 제법 한다는 것을 알았지만, 의회라든가 정당이라든가 하는 말을 그에게 설명해 주기는 난감한 듯했다. 미간을 찌푸린 채 후쿠자와는 자기 앞에 놓인 술잔을 끌어당기며 말했다.

"의회라니? 아직은 일러! 나라를 쇄신하고 정부의 기틀을 잡은 지가 얼마나 되었다고……. 이토 히로부미 공이 천황 폐하의 조칙으로 십 년 후에 국회를 개설하겠다며 무마한 건 잘한 일이야."

“선생님이 나서지 않은 것은 뜻밖이었습니다. 서양 문물을 앞장서서 알리셨으니 당연히 의회를 만드는 것에도 적극 찬성하실 줄 알았습니다.”

기주쿠 선생의 이야기에 후쿠자와는 다시 입을 열었다.

“언젠가 우리 일본도 의회를 만들어야겠지만 당장 할 필요는 없어. 정부가 앞장서서 개혁을 추진하고 있는 지금은 나라의 안정이 우선이네. 더구나 중국과 조선이 완고하게 뒤처져 있으니 아세아의 운명도 우리 일본이 걸머지고 있는 셈이야. 그런데 우리가 나라 안의 문제로 혼란스러워서야 되겠나? 이토 공이 서양을 방문하여 여러 나라의 헌법과 의회를 살펴보고 있다는데, 그러면 우리에게 맞는 때와 방식을 선택해 잘 추진할 것이라 믿네.”

비워진 술잔을 채우게 하더니 후쿠자와는 단숨에 들이켰다. 그러고는 김옥균에게로 눈길을 돌렸다. 조선과 일본의 연결 매듭을 단단히 하지 못한 것이 후쿠자와도 아쉬웠다.

“김옥균 선생, 일이 잘되지 않았다고 너무 실망하지 마십시오. 지금 일본 사정이 아주 복잡합니다. 이토 공이 있었다면 좀 더 책임 있는 답변을 들을 수 있었을 텐데……. 그래도 중국의 속국에서 벗어나 개혁을 이루겠다는 조선 왕실의 결심과, 그러기 위해 일본에 도움을 요청하려는 생각을 알게 되었으니, 앞으로 두 나라 사이가 더욱 돈독해질 것입니다. 내 마음이야 당장이라도 도와드리고 싶지만 아쉽게도 그럴 여력이 없군요. 좀 더 확실한 계획을 가지고, 또 조선 정부의 정식 사절로 다시 한 번 와 주십시오. 그때는 성사되도록 나도 미리 손을 써 놓겠습니다."

속국이니 도움 요청이니 하는 후쿠자와의 말이 거슬렸으나 김옥균은 잠자코 있었다. 착잡한 마음을 애써 다잡는 중이었다. 그래도 성과가 아주 없지는 않았다. 이곳 사정을 두루 보았고 일본 조정의 형편도 이해할 수 있었다. 돌아가 왕에게 보고한 뒤, 다른 방도를 마련해 다시 오리라 생각했다. 조선이 새로 조약을 맺은 미국과 영국 등 서양 여러 나라의 형편에 대해서도 더 잘 알아보아야겠다고 마음먹었다.

김옥균과 서광범이 돌아간다고 하니 유길준과 윤치호의 마음도 허전했다. 번화한 일본의 모습을 부러워하면서도, 매일 아침 다다미 위에서 눈뜰 때마다 간절히 생각나는 것은 조선의 따스한 온돌이었다. 습기 없이 선선한 조선의 바람도 그리웠다. 조선 젊은이들의 아쉬움과 그리움이 오가는 가운데 도쿄에서의 마지막 하루가 저물고 있었다.

1882년 7월 30일.

"큰일 났습니다! 큰 변이 났습니다!"

도쿄를 떠난 김옥균 일행은 시모노세키에 도착했다. 갈아탈 배를 기다리며 쉬는 동안 김옥균은 문서들을 뒤적이며 일본 방문을 정리하던 중이었다. 문을 왈칵 열고 들어온 서광범의 얼굴빛이 하얗게 질려 있었다. 목소리도 떨렸다.

"큰일이라니? 도대체 무슨 일인가?"

"조선에 큰 변란이 일어났습니다. 군사들이 난리를 일으켜 여러 사람이 죽고, 대원군이 다시 대궐로 돌아왔다 합니다. 전하께서는 대원군에게 나랏일을 모두 맡기고 뒤로 물러나셨답니다!"

"뭣이?"

김옥균은 놀라 앞에 있던 서안을 왈칵 밀어젖혔다. 그 바람에 보던 책과 종잇장 들이 어지러이 흩어졌다. 왕 앞에 산처럼 쌓여 있던 상소 더미들이 떠올랐다. 날마다 왕을 에워싸고 죄어 오던 상소들이 때를 만난 모양이었다. 김옥균은 직감했다. 이는 불만에 찬 군사들이 일으킨 단순한 폭동이 아닐 것이다. 새로운 것을 몰아내고 낡은 것이 다시 그 자리를 차지하려는 회오리바람이 한바탕 불어오리라. 어지러이 흩어진 종잇장들을 보며 눈을 질끈 감았다. 젊은 그들이 해 온 일들도 저처럼 무너지고 흩어질지도 몰랐다. 떨리는 목소리로 김옥균이 말했다.

"어서 배편을 알아보게. 한시라도 빨리!"

"알겠습니다."

들어올 때처럼 서광범이 황망히 문을 열고 나갔다. 무덥고 습한 이국의 바닷바람이 대번에 방 안 공기를 끈끈하게 했다. 꼿꼿이 앉아 있는 김옥균의 등줄기로도 끈끈한 식은땀이 흘러내렸다.

4.
아버지와 아들

"중육이 있느냐? 중육이 이리 들라 일러라!"

퇴궐하여 사랑문을 들어서자마자 영의정 홍순목 대감은 고함부터 질렀다. 평소에는 '참의'라 하거나 '작은사랑'이라 이르지 이처럼 대놓고 아들 홍영식의 자(字)를 부르는 일은 드물었다. 교자를 타고 왔다 해도 불볕더위에 마른 흙먼지를 뒤집어써서 기진맥진하련만, 가슴에 이는 노여움이 더 컸던지 예순일곱 노인의 목소리가 쩌렁쩌렁했다. 아이종은 얼른 기별하러 아랫사랑으로 내려갔

- 참의(參議) | 조선 시대에 육조(六曹)에 둔 정삼품 벼슬.
- 교자(轎子) | 조선 시대에 높은 벼슬아치들이 타던 가마. 앞뒤로 두 사람씩 네 사람이 낮게 어깨에 메고 천천히 다녔다.

고, 청지기는 대감의 안색을 살피며 갈아입으실 옷을 내 오라, 소세할 물을 내 오라 지시하느라 분주했다. 봄부터 시작된 가뭄으로 나라 안이 바싹 타들어 가던 임오년 음력 유월의 초닷새였다.

막 아래대로 걸음을 하려던 홍영식은, 아버님이 퇴궐해 찾으신다는 이야기를 듣고 윗사랑으로 올라왔다. 앞뒤로 활짝 열어 둔 창호지 문이 무색하게 바람 한 점 드나들지 않는 여름 낮의 사랑채는 적막했다. 빳빳하게 재양쳐* 지은 모시옷으로 갈아입고 정자관을 쓴 대감은, 물수건을 든 아이종에게 손을 맡긴 채 골똘히 생각에 잠겨 있었다. 검버섯이 핀 손목이 앙상했고, 광대뼈가 불거진 마른 얼굴에는 흰 눈썹만 가끔씩 꿈틀거렸다. 무언가 언짢은 일이 있어도 단단히 있는 듯했다. 그 앞에 조심스레 앉으며 홍영식이 말했다.

"아버님, 찾으셨습니까?"

"⋯⋯."

대감은 눈을 감은 채 말이 없었다. 흰 눈썹 사이로 비어져 나온 검은 터럭이 꼿꼿했다. 묵묵히 앉아 있던 홍영식이 무료함을 깨느라 흠흠, 헛기침을 했다. 대감의 감은 눈이 비로소 뜨였다. 노여움이 가득한 눈빛이었다.

"경망스러운 녀석!"

• 재양(載陽)치다 | 풀을 먹인 모시 따위를 반반하게 펴서 말리거나 다리다.

"......"

홍영식의 동그란 얼굴이 벌겋게 달아올랐다. 언제나 얼굴에 기분이 그대로 드러나는 아들을 마땅찮은 표정으로 바라보던 대감은 다시 눈을 감았다.

어디서부터 잘못되었던가. 아들을 두고 생각하면 후회되는 일이 한두 가지가 아니었다. 후사가 없는 큰집에 양자로 보낸 맏이 만식 뒤로 십삼 년 만에 얻은 아들이었다. 불혹의 나이에 얻은 아들인지라 웃음소리가 계집아이처럼 잔망스럽다 나무라면서도 사랑스러운 기색을 감추지 못했다. 무슨 일에건 호기심이 많은 아이는 배움도 빨랐다. 일찍부터 사랑의 책을 펼쳐 보더니 이내 이웃 박규수 대감의 사랑을 드나들었다. 홍 대감은 아들이 이웃 사랑에 드나드는 것을 탐탁지 않게 여겼다. 그 댁을 드나드는 젊은이들의 처신이 가볍고 경솔해 보였던 것이다. 새로운 학문이랍시고 경박한 책들이나 돌려 보고, 여기저기 어울려 다니는 게 마음에 들지 않았다. 과거 공부에나 열중하라고 꾸지람도 많이 했다. 그런데 뜻밖에도 아들 홍영식은 스물이 못 된 나이에 과거에 장원 급제했다. 그제야 대감은 그간 소원했던 박규수 대감을 만나 뿌듯한 마음으로 술잔을 기울였다. 아들이 조정 일을 하게 되었으니 앞으로 자신은 조언이나 하며 살아가리라 작정도 했다.

그러나 대감의 기대와 달리 아들은 조정 일에 흥미를 느끼지 못했다. 대궐을 오갈 때면 낯빛이 어두웠고 걸음새가 힘이 없었다.

그 대신 이웃 백송 사랑에서 나올 때면 얼굴이 환했고, 낯선 나라의 잡스러운 이야기가 담긴 문집 따위를 잔뜩 빌려 오곤 했다. 때로는 눈이 부리부리한 아래대의 천한 하인이 책 심부름이며 글 심부름으로 찾아오기도 했는데, 그들과 함께 나간 날이면 늦도록 돌아오지 않았다.

그래도 전하께서 아들을 아끼시는 듯하니 다행이라 해야 할까, 아니라 해야 할까. 홍순목 대감은 왕도 마땅치 않았다. 젊은 왕이 직접 나라를 다스리겠다고 했을 때는 불가하다며 벼슬을 내놓고 말렸다. 신미년 양이의 난리를 수습한 지도 얼마 안 되었고, 조선의 사방에 양이와 왜인의 기세가 등등했다. 그런 때일수록 노련하고 배포 큰 인물이 나랏일을 맡아야 한다고 생각했다. 홍선군이 적임이었다. 그이기에 외척의 횡포가 드세었던 조선을 이만큼이나마 다시 일으킬 수 있었던 것이다. 갓 대원군이 되었을 때만 해도 세력이 약했던 홍선군을, 홍순목 대감은 일찍부터 선뜻 지지하고 나섰다. 홍선군에 대한 기대는 아직도 컸다. 열두 살 어린 나이에 대궐에 들어와 『소학』부터 배우기 시작한 왕이 국정을 감당하기는 어려워 보였다. 일국을 다스리는 일이 갓 스물 난 왕과, 왕비의 젊은 인척들이 방담하듯 할 수 있는 게 아니었다. 결국 젊은 왕의 뜻대로 나라를 다스리게 되었으나 그로부터 십 년, 조정의 기강은 해이해졌고, 국고는 텅 비었고, 조약을 맺은 왜인들은 활개를 쳤다. 급기야는 '소중화' 조선이 섬 오랑캐 왜인들의 문물을 배우겠다며 시찰단까지 보내기에 이르렀던 것이다.

아들이 시찰단으로 간다 했을 때 아버지는 극구 말렸다. 지금 왜인에게 기우는 것은 신기한 것에 빠져드는 한때의 불장난에 불과하다고 언성을 높였다. 그러나 지난해 봄날 새벽, 아들은 사랑에 들어오지도 않고 마당에 엎드려 절을 한 뒤 표표히 떠나 버렸다. 돌아온 뒤로는 아버지의 사랑에 오래 머무르지 않으려 했다. 대신 왕이 새로 만든 통리기무아문에서 일하면서 젊은 관료들과 대궐에서 자주 밤을 새우는 눈치였다. 노대감으로서는 젊은 그들의 혈기를 막을 수도, 마냥 내버려 둘 수도 없었다. 그저 아들의 처신이 진중해지라는 뜻에서 지어 준 자, '중육(中育)'을 부르고 또 부를 뿐이었다.

아들과 언쟁으로 사이가 또 벌어지고 싶지 않은 대감은 마음을 가라앉혔다. 나이 들고 기운이 없어질수록 아들과 버성기게 되는 것이 왠지 마음에 걸렸다. 표정을 바꾸고 목소리를 낮추어 대감은 물었다.

"어젯밤 도봉소에서 벌어진 일은 알고 있느냐?"

"예? 아…… 들어 알고 있습니다."

"그래, 너는 그 일을 어떻게 생각하느냐?"

"뭐, 군졸들이 한때 소란을 일으킨 모양인데…… 선혜청°의 민

● 선혜청(宣惠廳) | 조선 시대에 대동미와 대동목, 대동포 등 궁중에 바치는 공물의 출납을 맡아보던 관아.

겸호 영감이 주동자들을 잡아 가두었다 하니, 곧 가라앉지 않겠습니까?"

"쯧쯧……. 네 눈엔 이 일이 정녕 곧 가라앉을 소란으로 보이는 게냐? 그 많은 군졸의 급료가 일 년이나 밀렸고 뒤늦게 준 한 달 치에도 모래와 겨가 반이나 섞였다는데, 앞에 나선 몇 놈 잡아 가둔다 해서 주춤하고 수그러들겠느냐?"

젊은 아들의 안이한 생각이 아버지는 답답했다. 그러니 너희가 아직 어리고 미숙하다는 게다, 역정이 솟는 것을 억지로 누르며 대감은 다시 말했다.

"임술년(1862)의 진주 민란도 시작은 별것 아닌 것처럼 보였다. 네 말처럼 본보기로 몇 놈 잡아 가두고 나면 가라앉을 것이라 했다. 그런데 순식간에 삼남 일대로 번져 수많은 관리들이 죽고, 여러 달 동안 조정의 큰 근심이 되지 않았더냐? 젊은 너의 생각이, 너희가 못마땅해하는 옛 신하들과 어찌 그리 같단 말이냐?"

"……."

"오늘 입궐해 전하께도 아뢰었다. 몇 사람 잡아 가둔다 해서 가라앉을 일이 아니라고. 이런 가뭄이면 반드시 흉년으로 이어질 터, 굶어 죽게 생긴 데다가 받아야 할 것을 받지 못하고 있는데 과연 가만히들 있겠느냐? 두고 보아라, 군졸들만의 소동으로 끝나지 않을 것이다."

"……."

아들 홍영식은 말을 잇지 못했다.

어젯밤 아래대에서 벗들과 함께 있을 때, 선혜청 창고 도봉소에서 일어난 일을 듣긴 했다. 그러나 다들 그리 심각하게 생각하지 않았다. 모래와 겨를 섞어 곡식 양을 부풀린 말단 관리의 농간을 한심하게 여겼을 뿐, 이내 화제는 일본에 있는 김옥균과 서광범의 소식으로 옮겨 갔던 것이다. 이제껏 굶주림을 겪어 보지 못한 홍영식으로서는 사실 흉년이 얼마나 두려운지, 막다른 상황에 몰린 사람들의 절망과 분노가 어떻게 폭발되는지 짐작하기 어려웠다. 아버지가 다시 말했다. 좀처럼 마음이 누그러지지 않는지 화가 치미는 목소리 그대로였다.

"나라 형편이 이러한데 나랏일 한다는 젊은것들은 눈을 밖으로만 돌리고 새로운 것을 들여온다, 신식 군대를 만든다, 조정을 뜯어고친다, 공연히 수선이나 피우고 있으니…… 도대체 시찰이다 뭐다 해서 들인 비용만 해도 얼마가 되느냐? 제 백성 굶주리는 것은 모르고 나랏돈을 그렇게 허튼 데다 쓰고 있단 말이냐?"

"그거야 나랏돈을 쓴 게 아니고 전하께서 내탕고의 사비를 내시어……"

아들은 말끝을 맺지 못했다. 기어코 아버지가 역정을 내시니 자신도 언짢았다.

이런 논쟁이 벌써 몇 번째인지 몰랐다. 언제부턴가 아버지와는 서로 이야기만 했다 하면 얼굴을 붉히고, 큰소리가 나오고, 꾸지람을 듣고, 감정이 틀어졌다. 대궐 일을 의욕적으로 하게 된 뒤로는 더욱 그랬다. 통리기무아문의 젊은 관료들이 퇴궐하지 않고 밤늦도록 머리를 맞대고 있는 것조차 아버지는 못마땅해했다. 의정부와 육조로도 충분히 나라를 다스릴 수 있건만, 경박한 젊은이들이 새것만 좋아하여 이리저리 이름을 바꾸고 지위를 누리려 한다는 것이다. 아들은 그런 아버지가 답답했다. 자신들이 밤잠 자지 않고 궁리하고 의논하는 것도 나라의 힘을 기르고 백성들이 평안하게 살 수 있게 하기 위해서였다.

그런데 지금 아버지의 이야기를 듣고 보니 혼란스러웠다. 아버지가 말하는 백성과 자신이 생각하는 백성은 다른 것 같았다. 아버지는 흉년으로 굶주리고 있는 지금의 백성들에 대해 이야기하고 있었다. 그러나 자신과 기무아문의 동료들은 앞날의 백성들 모습을 그려 보기 좋아했다. 장차 조선이 개혁하여 제도와 문물이 바뀌고 나면, 백성들은 깨끗하고 좋은 옷을 입고 드넓은 거리를 웃는 얼굴로 활보할 것이었다. 밤이면 가스등 불이 거리를 환하게 밝히고, 신분의 구별 없이 아이들은 열심히 배우고 어른들은 부지런히 일할 터였다. 꽥꽥거리며 달리는 화륜차에 올라타 신기하다는 듯 창밖 풍경도 구경하리라. 그런 나라, 그런 백성들의 모습을 그려 보노라면 밤을 지새워야만 하는 일들도 힘들게 느껴지지 않았다.

그러나 앞날의 계획이 아무리 원대하고 높다 하더라도, 부당한 대우를 받으며 굶주린 백성들이 지금 겪고 있는 어려움을 어떻게 해결해 줄 수 있을까. 앞선 문물을 들여오면, 더 많은 나라들과 교류하면, 바깥에서 자금을 마련해 오면, 나라의 제도가 새로 정비되면……. 지금 어려움은 모두 해결될 것이니 조금만 더 참고 기다리라고 이야기할 수 있을까.

아버지의 이야기가 길어지면 아들의 이야기도 길어지고 아버지의 목소리가 높아지면 아들의 목소리도 차츰 높아지는 게 영의정 대감 댁 사랑의 모습이었다. 그런데 그날따라 젊은 아들은 별말이 없었다. 맥이 빠지기는 눈을 감고 있는 아버지도 마찬가지였다. 해도 많이 기울어 서늘한 바람 한 줄기 들어올 법도 하련만, 여름날 뜨거운 공기는 방 안에 가라앉아 빠져나갈 줄 몰랐다.

1882년 7월 23일.

점심때가 조금 지난 무렵이었다. 갑자기 하늘이 내려앉고 먹장 구름이 달려온다 싶더니 이내 쌘비구름이 되어 비가 내리퍼붓기 시작했다. 그야말로 억수 같은 비였다. 이른 봄부터 계속된 가뭄에 왕이 선농단°에 나가 기우제를 지낸 것도 여러 차례였다. 하지만 기다려도 기다려도 비 소식은 없었다. 양이가 이 땅과 하늘의 정기를 앗아 가서 그렇다는 말도 떠돌았고, 군주가 그릇된 데 한눈을 팔아 하늘이 돌아앉았다는 이야기도 흉흉하게 나돌았다. 그런데

● 선농단(先農壇) | 조선 시대에 왕이 직접 나아가 풍년 들기를 기원하던 제단.

근 다섯 달 만에, 백성들이 거리로 쏟아져 나오면서부터 비가 내리다니 웬지 예사롭지 않았다. 하늘도 떨쳐 일어난 백성들 편인 것만 같았다.

"와아, 비다! 비야!"

"비다! 비로구나! 하늘이 우리를 도우시는구나! 와아―."

일단 운종가 큰길로 쏟아져 나오긴 했으나 갈 곳을 정하지 못해 주춤하던 군중 속에서 함성이 터져 나왔다. 한더위에 지친 사람들의 눈이 비를 보는 순간 빛이 났다. 다들 하늘을 우러르며 비를 맞았다. 점심은커녕 아침도 먹지 못하고 나온 사람들이 대부분이라 빗물로 허기진 속을 달래고 갈증도 채웠다. 잔치라도 벌어진 것처럼 빗속을 뛰어다니길 얼마나 했을까. 군중 사이에서 다시 고함이 터져 나왔다.

"포도청으로 갑시다. 가서 억울하게 갇혀 있는 사람들을 구해 냅시다!"

"좋소, 갑시다!"

쏟아지는 비에 옷도 미투리도 다 젖었지만 사람들의 얼굴에는 생기가 돌았고, 이는 열기로 이어졌다. 정식으로 창칼을 든 군졸들도 있었으나 쇠스랑과 곡괭이를 든 여염 백성들도 많았다. 제멋대로 무장한 대오였지만 눈에서 빛도 나고 몸에서 열기도 나니 제법 정연해 보였다. 내리퍼붓는 장대비를 맞으며 대오는 포도청 쪽으로 향했다.

왕은 직접 나라를 다스리면서 군대도 장악하기 위해 대원군의 영향력이 강하게 남아 있는 훈련도감과 옛 군영들을 없애고 무위영과 장어영 체제로 개편했다. 옛 군영 병사들은 새로 생긴 군영에 편입되긴 했지만, 즉위 초부터 왕의 호위를 맡아 왔던 무위소 출신 병사들과 같은 대우를 받지 못했다. 나라 살림이 넉넉지 않으니 군영도 궁핍했는데, 왕의 친위군 출신들은 군복과 무기를 제대로 갖추었고 급료도 먼저 받았다. 왕과 대신들 앞에서 절도 있는 동작으로 시범을 보이고 갈채를 받으며 생기는 군인다운 자부심도 그들 몫이었다. 게다가 별기군까지 만들어 높은 보수를 주고 데려온 일본인 교관에게 훈련받게 하니, 옛 군영 출신 장수와 군졸 들의 불만은 커져만 갔다. 자신들에게 지급된 요미*에만 모래와 겨가 섞여 있기도 했지만, 그 일이 아니더라도 언제든 폭발할 수 있는 상황이었다.

도봉소에서 앞장서 항의하던 동료들이 잡혀 들어가자 나머지 군졸과 가족 들도 나섰다. 군기를 잡기 위해 갇힌 사람들의 목을 벨 것이라는 이야기까지 돌아 절박한 심정이었다. 먼저 무위 대장 이경하를 찾아가 석방을 호소했다. 그러나 무위 대장은 군졸들을 잡아 가두라는 영을 내린 선혜청의 민겸호 영감에게 가 보라고 미루었다. 민겸호의 재동 집을 찾아갔으나 입궐하고 없어 우왕좌왕

• 요미(料米) | 관아의 구실아치들에게 급료로 주던 쌀.

하던 중, 도봉소에서 모래 섞인 곡식을 나누어 주며 거만하게 굴던 고지기*가 으스대며 집 안으로 들어가는 것을 보았다. 흥분한 군중들은 따라 들어가 고지기를 때려 죽인 뒤, 민겸호의 집도 부수고 불태워 버렸다. 열에 들뜬 군중들 위에 근 몇 달 만에 비가 쏟아져 내렸다. 장대비였다.

비와 함께 움직이는 군중들 뒤에서 그들을 따라가지도, 그렇다고 돌아가지도 못하고 젊은 선비 한 사람이 망연히 서 있었다. 홍영식이었다. 검은 베로 만든 고급스러운 박쥐우산은 내려뜨려진 채였고, 큰 갓도, 포돗빛 도포 자락도, 갖신도, 모두 빗물에 젖어들었다. 이웃한 민겸호 영감 댁이 봉변을 당했다는 이야기를 듣고 밖으로 나와 본 것이다.

장날 구경 한번 제대로 한 적 없는 홍영식으로서는 이처럼 많은 군중을 보는 것은 처음이었다. 아무렇게나 묶은 상투머리에 헐벗은 옷차림을 한 백성들과, 군복이라 할 수도 없는 꾀죄죄한 옷을 걸친 군졸들의 행렬을 그저 놀라운 눈으로 바라보았다. 노인도 있고 어린 티를 벗지 못한 소년도 있었다. 무엇이 저들을 거리로 나오게 했는지, 무엇이 저들을 저리 뜨겁게 하는지, 홍영식은 온전히 이해할 수 없었다. 그러나 젊은 그의 피도 그들을 따라 저절로 끓어오르는데, 자신의 끓는 피가 어디로 나아가야 할지 몰라 그는 홀

* 고지기 | 관아의 창고를 보살피고 지키던 사람.

로 외로웠다.

군중들이 몰려오고 있다는 소식에 운종가 상점들은 황급히 문을 닫았다. 장대비로 한쪽이 기우뚱하게 내려앉은 상점의 긴 처마 밑에서 두 사람이 옥신각신하고 있었다. 낡아 빠진 삼베 적삼을 입고 허연 머리를 말 그대로 봉두난발한˚ 늙은 아버지와, 군복을 입었어도 해진 차림으로 보자면 그보다 나을 것 없는 젊은 아들이었다. 비를 잔뜩 맞은 아버지는 기침까지 심하게 하고 있었다.

"아부지, 아부지는 이제 그만 들어가시라니까요! 몸도 불편하신데 어디를 가신다고 그래요?"

"아니다…… 마을 행수˚가, 늙고 어리고 간에 한 사람도 빠짐없이 모여야 한다고 당부하지 않더냐?"

"그건, 우리가 한 사람이라도 더 몰려가 대장님과 영감님을 뵙고 공손히 풀어줍쇼, 할 때지요. 지금은 아부지도 보시다시피 난리가 벌어진 거 아니요, 난리가."

"그래, 이놈아! 네 말대로 난리가 벌어졌다. 그러니 이 난리 통에 늙은 놈만 살아남아 무엇하겠느냐?"

"글쎄, 아부지가 이리 나선다 해도 아무 도움이 안 돼요. 내가 아부지 몫까지 다 하고, 죽지 않고 살아 돌아올 테니까! 얼른 들어가세요, 제발!"

• 봉두난발(蓬頭亂髮)하다 | 머리털이 쑥대강이같이 헙수룩하게 마구 흐트러지다.
• 행수(行首) | 한 무리의 우두머리.

속이 터진 아들의 목소리에는 울음기까지 맺혔다. 막무가내로 고집을 부리던 아버지는 그제야 기세를 늦추고 긴 한숨부터 내리쉬었다.

"휴우……. 그래, 이왕 떨쳐나선 길이니 잘되면야 얼마나 좋겠냐? 난 더도 안 바란다. 밀린 요미나 받아 당분간 입에 풀칠할 수 있으면 좋으련만……. 헌데, 우리 같은 무지렁이들이 못살겠다고 들고일어나 봐야 좋게 끝난 적이 없었어. 신미년(1811) 평안도 난리 때도 그랬고, 임술년 삼남에서도 그랬지. 식자깨나 든 놈들만

나중에 저편에 붙어 살아남았고 그렇지 않으면 모두 죽어 버렸어. 그렇게 싹 다 잡아 죽이고 난 뒤에야 더는 안 되겠던지 가진 놈들의 기세가 조금 누그러졌을까 말까지. 어쨌건 정작 떨쳐 일어난 사람들은 살아서 좋은 끝을 보지 못했다……."

사람들이 몰려가고 있는 한길에는 여름비가 기세 좋게 쏟아지고 있건만 아버지의 이야기는 겨울비처럼 구슬펐다. 쿨럭쿨럭, 참아 온 기침을 길게 뱉은 뒤 아버지가 다시 말했다.

"지금 네가 가는 길은 살러 가는 길이 아닐 게다. 허나 말리지는

않으마. 그저 그 길을 같이 가겠다는 게야. 가서, 네 앞에 오는 칼을, 할 수 있으면 내가 받겠다는 것뿐이야. 너 간 꼴을 남아 보는 것도 싫은데, 너 죽은 뒤 저놈들이 짓밟는 꼴까지 보고 싶지는 않구나. 어미한테는 삼돌이 데리고 외가로 가 있으라 일렀다. 우리 부자 목숨 값을 어린 삼돌이라도 누렸으면 좋겠구나."

"아부지, 흐흑—."

아들은 더 이상 늙은 아버지를 말리지 않았다. 해진 소매 끝으로 굵은 눈물을 훔칠 따름이었다. 두 사람은 서로 의지하고 부축하며 저만치 앞서간 행렬을 따라 빗속으로 나아갔다. 살러 가는지 죽으러 가는지 알 수 없다는 그 길을, 아버지와 아들이 한 걸음으로 가는 모습이 애잔하면서도 뭉클했다.

그들의 실랑이를 지켜보던 홍영식은 가슴에서 뜨거운 것이 치밀어 올랐다. 밀린 요미나 제대로 받게 되면 그뿐 더 이상 바라는 것이 없다는 늙은 아버지의 이야기가 자꾸만 귓가에 맴돌았다. 혼란스럽기도 했다. 이제까지 조정에서 일하는 동안 자신의 녹봉이 밀린 적은 없었다. 아버지도 그러했고, 기무아문의 동료들도 그러했다. 그런데 저 많은 군졸들에게는 왜 그 당연한 일이 무시되고 미뤄져야 했단 말인가. 밀린 급료를 지불하라는 요구가 틀린 것인가? 그것을 매로 다스리고 감옥에 가두어 버린 것이 틀린 일 아니던가? 잘못된 일이 버젓이 일어나고 있는데, 저 행렬 속에 나와 동료들은 왜 없는 걸까? 대궐에서 밤을 지새우며 수없이 이야기해 온 백성은 저들과 다른 존재였던가. 지금 분노하고 고함지르며 앞으로 나아가고 있는 저들이 바로 이 나라의 백성 아니던가. 뜨거운 피가 도는 청년 홍영식의 걸음은 자신도 모르게 군중들에게로 향하고 있었다.

"서방님, 서방님!"

어느새 곁에 온 아범이 홍영식의 젖은 옷자락을 잡아끌었다. 그리고 새로 들고 온 박쥐우산을 펴 앞을 가렸다.

"큰일 나십니다. 지금 무위영과 감영*의 고관들이 난병*들에게 큰 변을 당하고 있다 합니다. 이런 옷차림으로 길에 계시다가는 큰 화를 입기 쉽습니다. 대감마님께서도 서방님이 어디 가셨느냐며 역정을 내고 계십니다. 얼른 집으로 돌아가셔야 합니다."

아범의 목소리는 다급했다. 홍영식은 더 나아가지도 아범을 따라가지도 못했다. 그 자리에 서서 멀어지는 행렬을 안타까이 바라볼 뿐이었다. 빗물인지 눈물인지, 눈에서 뜨거운 물줄기가 자꾸만 흘러내렸다.

그날 저녁, 운현궁 안 대원군의 사랑채에는 여느 때와 달리 허름한 옷차림을 한 상사람들이 들었다. 비에 젖은 옷이 입은 채로 말라 가느라 그런지, 임금의 아버지인 대원위 대감 앞이라 긴장되어

● 감영(監營) | 조선 시대에 관찰사가 직무를 보던 관아.
● 난병(亂兵) | 반란을 일으킨 병사.

그런지, 엎드린 몸들을 조금씩 떨고 있었다. 도봉소에서 항의하다 감옥에 갇힌 군졸들의 가족이었다. 어마지두*에 여기까지 쫓아오기는 했지만 운현궁 솟을대문 안으로 들어설 수나 있을까, 사실 자신 없었다. 그런데 선선히 문이 열리고 사랑까지 들어 이렇게 대원위 대감을 마주하게 되다니, 꿈만 같았다. 하긴 꿈 같은 게 어디 이뿐일까. 며칠 새 벌어진 일들이, 특히 그날 하루는 온전히 꿈인 듯했다.

포도청에 갇혀 있는 사람들이 죽게 생겼으니 살려 달라고 다 함께 호소해 보자는 통문*을 돌릴 때만 해도, 일이 이렇게 번지리라고는 생각하지 못했다. 밀린 급료를 받아 빈 굴뚝에 밥 짓는 연기를 피워 보리라는 기대는 접은 지 오래였다. 그저 한 집안의 가장이자 아들인 이들이 살아 돌아오기 바라는 마음뿐이었다. 그런데 뜻밖에도 사람을 죽이고 고관의 저택을 부수고 불태웠으니, 도봉소에서 벌어진 일이 문제가 아니었다. 감옥에 갇힌 사람들은 물론, 통문에 순순히 따라나선 수많은 군졸들과 고을 사람들까지 자칫 무리죽음을 당할 수도 있었다. 앞장선 자신들이라도 어떻게든 감당하고 수습해야겠기에 답답한 마음에 운현궁을 찾아온 것이다. 옛 군영의 군졸과 그 가족들이 의지하는 상관은 신식 훈련을 받은 친위 군대에만 관심 갖는 젊은 왕이 아니라, 한때 자신들을 통솔하

● 어마지두 | 무섭고 놀라서 정신이 얼떨떨한 판.
● 통문(通文) | 여러 사람의 성명을 적어 차례로 돌려 보는, 통지하는 문서.

116

고 거느렸던 대원위 대감이었다.

대감은 한참 동안 그들을 내려다보고 있었다. 권력에서 물러난 뒤 생긴 화로 흰머리가 부적 늘긴 했지만 예순셋이라는 나이에 비해 정정한 편이었다. 앞으로 튀어나온 이마가 고집스러워 보였고 쌍꺼풀져 우묵하게 들어간 눈 때문에 좀처럼 마음을 읽기 어려웠다. 마침내 대감이 입을 열었다. 쇳소리 섞인 목소리가 기운차고 카랑카랑했다.

"그래, 너희들은 어쩌다 일을 이 지경으로 만들었느냐!"

순간 엎드린 사람들은 맥이 풀렸다. 기대와 달리 대감이 자신들을 나무라는 것 같았기 때문이다.

"소인들이 어리석어…… 앞을 바라보지 못하고 무턱대고 일부터 벌였나이다. 변을 당한 민 영감 댁의 노여움은 소인들이 받겠사오니, 부디 대감마님께서 선처하시어 어리석은 목숨들이 더 상하지 않도록 돌보아 주시옵소서."

감옥에 갇혀 있는 옛 훈련도감의 포수 김춘영의 늙은 아버지의 목소리에 울음기가 맺혔다. 나머지 가족들의 얼굴도 벌겋게 달아올랐다. 운현궁 대감마저 자신들을 외면한다면 더 이상 기대 볼 곳이 없었다. 비를 맞으며 아직도 거리를 누비고 있을 수많은 군졸과 가족 들의 모습이 떠올랐다. 먹먹한 마음으로 엎드려 있는데 대감이 다시 입을 열었다. 한결 누그러진 말투였다.

"모든 일은 순리대로 해야 하는 법이다. 아비에게는 아비의 할 일이 있고, 아들에게는 아들의 도리가 있는 게다. 순리를 거스르면 반드시 화로 다가오는 법, 헌데 지금 세상은 그런 이치를 아는 자가 없으니, 쯧쯧."

알쏭달쏭한 이야기였다. 아들의 구명을 위해 나선 늙은 아비를 나무라는 것 같기도 하고, 아비를 섬기지 않는 젊은 아들을 탓하는 것도 같았다. 풀이 죽은 가족들은 그저 머리를 조아렸다. 이처럼 알 듯 모를 듯한 이야기를 하려고 군이 사랑까지 들라 한 것인가 싶기도 했다. 혀를 차며 탄식하긴 했어도 대감의 얼굴에는 생기가 돌았다. 새 군영도, 민씨 집안도, 왕과 왕비까지도 군졸과 백성 들의 거센 움직임에 당황하여 전전긍긍하고 있는데, 운현궁만은 예외였다. 대원위 대감과 운현궁 사람들은 모처럼 활기를 띠었고, 운현궁의 등불은 예전의 빛을 되찾아 밤늦도록 휘황했다.

대감의 눈길이 바른편에 묵묵히 앉아 있는 사람에게로 향했다. 챙이 좁은 갓을 내려쓰고 있어 좀처럼 표정을 짐작할 수 없지만 쏘는 기운이 왠지 서늘한 사내였다.

"허 서방, 아무래도 이 사람들로는 안 되겠네. 자네가 따라가 보아야겠어. 앞서 보낸 아이들로도 감당이 안 될 게야. 그러니 자네가 직접 가 보게."

"예, 합하°! 분부 받잡겠사옵니다."

° 합하(閤下) | 정일품 벼슬아치를 높여 부르던 말.

118

군말 없이 대답하는 사내는, 대원군이 저잣거리 난봉꾼으로 손가락질받던 젊은 시절부터 곁에서 모셔 온 허욱이었다. 주인과 더불어 머리칼이 희끗희끗해졌지만 날렵하고 절도 있는 움직임만은 여전했다. 대감이 덧붙였다.

"모두 옷을 바꾸어 입고 가게. 데리고 갈 아이들에게도 훈련원 군졸 옷을 입히도록 하고……. 상감께서 자칫 놀라실라. 헛허, 허허허허!"

대감은 끝내 너털웃음을 터뜨렸다. 허욱은 얼빠진 얼굴로 앉아 있는 사람들에게 눈짓했다. 돌아가는 일을 파악하지 못한 춘영의 늙은 아비는 여전히 얼굴에 근심이 가득했으나, 방 안의 사내가 함께 간다는 것을 안 젊은 가족들의 얼굴은 환해졌다. 역시 대감은 자신들을 나무라는 게 아니었다. 더구나 대감의 심복과 운현궁 사람들까지 딸려 보내신다 하니, 그 뜻을 알 만했다. 자신들은 이제 앞만 보고 나가면 될 터이고 뒷일은 운현궁의 대원위 대감이 다 맡아 해 주실 것이었다.

내내 꿇어앉아 있어 제대로 펴지지도 않는 다리를 주무르며 가족들은 높다란 돌계단을 기다시피 해 간신히 내려왔다. 궁을 지키는 수직사 행각에서 건장한 젊은이들이 어느새 군졸 옷을 입고 나와 마당에 정렬해 있었다. 허욱도 이내 훈련원 옷으로 바꾸어 입고 나왔다. 이들과 함께 운현궁 문을 나서노라니, 허공에 뜬 듯 허청거리던 걸음이 땅바닥에 쩍쩍 달라붙는 듯 짱짱해졌다. 비에 잔뜩 젖은 채 조마조마한 마음으로 운현궁 문을 들어설 때와는 완전히 딴판이었다.

그새 비가 그치고 어둠이 내린 도성 곳곳에 화톳불이 이글거렸다. 그간 부당한 대우를 받으면서도 불만을 삭여 왔던 것은, 맨 처음 불씨를 일으키는 일이 어렵고 두려웠기 때문이다. 그러나 도봉소에서 한 번, 재동 민겸호의 집에서 또 한 번 불꽃이 일자 불길은 거세게 번져 갔다. 처음에는 지켜만 보던 백성들과 난전의 상인들까지 합세하여 대오는 더욱 커졌다. 아버지와 아들의 권력이 바뀌면서 이랬다저랬다 갈피를 잡지 못하는 나랏일로 살기 어렵고 불안하기는 다들 마찬가지였던 것이다. 뒷일을 염려한 가족 대표들이 대원위 대감 앞에 엎드려 있는 동안, 군영의 무기 창고를 습격하여 무장을 갖춘 대오는 기세 좋게 거리로 나아가 포도청과 의금부의 옥문을 부수고 갇힌 사람들을 구해 냈다. 별기군 훈련장에서 도망가는 일본인 교관을 죽이고 일본 공사관도 불태웠다. 운현궁에서 나온 사람들도 곧 이곳저곳으로 흩어져 군중과 합세했다. 밤새도록 도성 안은 고함과 비명, 황급히 피신하는 고관 가족들의 말 달리는 소리로 어지러웠다.

잦아드는 모닥불 위로 뿌옇게 여명이 밝아 오고 있었다. 임시로 쳐 놓은 천막마다 피어오르는 새벽밥 짓는 연기가 간밤의 흥분과 불안과 긴장을 푸근히 덮어 주었다. 대오를 이끄는 지휘관들은 대원군의 지지를 얻었다는 말에 마음이 든든해졌지만, 헐벗고 굶주린 군졸과 백성 들은 창자 깊숙이 스며드는 밥 짓는 냄새에 새로 기운이 났다.

아침이 되자 지휘관들이 군중을 이끌고 나아간 곳은 대궐이었다. 전날 밤, 상감께서 놀라실 테니 옷을 바꾸어 입고 가라는 대원군의 말은 이 일을 염두에 두고 한 모양이었다. 포도청과 감영을 습격해 얻은 무기로 무장한 데다, 감영 창고의 곡식으로 배를 불린 군중의 고함은 전날보다 더욱 높았다. 거침없이 앞으로 나아가던 군중들은 마침내 으리으리한 대궐 앞에 다다랐다. 미리 약속되어 있었던지 오래 기다리지 않아 궐문은 쉽게 열렸다.

"와아—."

대궐에 들어갈 엄두가 나지 않아 주저하던 사람들도 막상 문이 열리자 알 수 없는 힘에 빨려 들어가듯 순식간에 몰려갔다. 번뜩이는 눈빛들이 행렬을 이끌었다. 군졸 옷으로 갈아입은 운현궁 사람들이었다. 대궐 지리를 잘 아는 그들은 전각 곳곳으로, 심지어는 내전까지 군중들을 끌고 갔다.

"민겸호가 대궐에 숨어 있다. 우리 곡식 빼돌린 민겸호를 찾아라!"

"중전을 끌어내라! 중전이 민씨네를 감싸고돌아 나라가 이리 되었다!"

더 이상 망설임도 두려움도 없었다. 닥치는 대로 휩쓸었다. 감히 대궐까지 침범했으니 이제는 죽이지 않으면 죽을 것이었다. 앞을 가로막는 내관들과 궁인들이 여럿 목숨을 잃었고, 관복을 입고 있다 봉변당한 관리들도 많았다. 궐 사람들도 함부로 드나들지 않는 내전에 궁인들의 비명이 가득 찼고, 그들이 흘린 피로 중궁전은 온통 아수라장이었다. 하늘에는 뜨거운 해가 이글거리고 대궐 곳곳에도 불길이 치솟고 있었다. 임진년(1592) 왜란 이후 궐이 침범당한 것은 처음 있는 일이었다. 더구나 외적도 아닌 제 나라 백성들이 쳐들어온 것이다. 더욱 서늘하고 무서운 일이었다.

그 시각, 편전에는 왕과 신하들이 모여 있었다. 군졸들의 움직임이 심상치 않다는 이야기에 왕은 무위 대장과 선혜청과 도봉소의 관리들을 모두 파직했다. 대궐 안에서도 밤새워 매 시각 어명을 내리고 조치를 취하였지만, 상황은 좀처럼 진정되지 않았다. 급기야 군중이 대궐 안까지 들어오게 된 것이다.

편전에 모여 있는 신하들은 전날에 비해 반도 채 되지 않았다. 황급히 식솔을 피신시킨 관료들이 있다더니 아예 자신도 몸을 피한 모양이었다. 침통한 얼굴로 자리를 지키고 있던 몇 안 되는 신하들 중에서 이런 이야기가 나왔다.

"궐 안에 이미 운현궁 사람들이 많이 보인다 합니다. 난병들도 이미 돌이킬 수 없는 망극한 일을 저지른지라, 운현궁에 기대를 걸고 그쪽만 바라보고 있습니다. 이 일을 수습할 만한 사람은…… 아무래도 대원군밖에 없는 듯합니다."

"……"

다들 말이 없었다. 바깥에서는 계속하여 함성과 비명이 위협처럼 들려왔다. 눈을 감은 왕의 머릿속에는, 통리기무아문을 만들고 외국과 조약을 맺고 시찰단을 보내느라 애쓴 지난 십 년의 세월이 두루마리처럼 굽이굽이 펼쳐지고 있었다. 그 끝에 닿아 있는 것은 저 바깥에서 이는 함성과 불길이었다. 왕으로서는 도저히 막을 수도 잡을 수도 없었다. 왕이 아끼는 관료들도 여럿 목숨을 잃었다고 했다. 한 식경°쯤 묵묵히 있었을까. 마침내 왕은 입을 열었다.

"그리하라. 지금부터 크고 작은 모든 일을 대원군과 의논하여 처리하도록 하라."

"전하……"

통리기무아문의 젊은 관료들이 울먹이며 입을 열었으나 말을 더 잇지는 못했다.

"쉬고 싶구나. 그리 알고 물러들 가라."

신하들은 뒷걸음질하며 물러갔다. 울먹이던 젊은 신하는 편전을 나서며 끝내 통곡했다.

홀로 남은 왕의 휴식은 오래가지 않았다. 모든 일을 대원군과 의논하라는 명을 내린 지 얼마 되지 않아 새로 관직을 내릴 사람들의 명단이 올라왔다. 미리 준비라도 하고 있었던 것처럼 돌아가는

• 식경(食頃) | 밥을 먹을 동안이라는 뜻으로, 잠깐 동안을 이르는 말.

일들이 참으로 신속했다. 들고 온 승지의 얼굴이 낯설었는데, 왕 곁에서 번을 서던 승지마저 이미 바꾼 모양이었다. 낯선 승지의 얼굴을 물끄러미 바라보며, 왕은 그리하라 일렀다.

이어 대신들이 들어와 문안했다. 왕비의 행방을 알 수 없어 왕과 신하가 함께 근심하고 있는데, 승지가 다시 들어와 아뢰었다. 눈길은 왕의 발치에 둔 채였고, 목소리가 떨렸다.

"전하, 중전마마의 승하를 반포하고, 한시바삐 국상 준비를 해야 할 것 같사옵니다."

"국상이라니…… 그게…… 무슨 소리냐?"

차마 입에 담기도 참담한 이야기인지라 편전 안이 웅성대었다. 그러나 운현궁에서 보낸 전갈이라는 말에 다들 주춤했다.

불과 한나절이었다. 여태 안부를 알 수 없어 애태우긴 했지만 왕비의 신변에 치명적인 일이 생겼으리라고 보기는 힘들었다. 그런 참담한 일이 벌어졌다면 핏자국이나 옷가지 등 흔적이 남아 있을 터였다. 그러나 난병들이 대궐로 들어온 이후, 왕비를 찾는 거친 무리는 보았지만 쓰러진 왕비를 보았다는 사람은 없었다. 왕비의 행적을 수소문하기도 전에 난리가 벌어진 그날로 국상부터 거론할 일이 아니었다. 이처럼 망극한 일이 벌어지고 있건만 대신들은 입을 열지 않았다. 한시바삐 곤란한 자리에서 벗어나고 싶은 듯 안절부절못했다. 왕비의 삶도, 죽음조차도 지켜 줄 수 없는 것은 왕도 마찬가지였다.

대궐 안에서 핏발 선 눈빛으로 왕비를 찾아다니던 무리와, 왕비의 죽음을 정해진 사실로 만들고 국상부터 선포하려는 무리는 한 패인지도 몰랐다. 설사 왕비가 살아 있다 하더라도 죽은 목숨으로 만들어 버리는 것, 그리하여 다시는 대궐에 발을 들여놓지 못하게 하고, 한쪽 팔이 꺾인 왕이 내내 불구로 살아가게 하는 것이 그들의 목적인가 보았다. 왕비의 국상을 치른 다음에는 누구 차례일까. 어차피 적통으로 승계하지도 않은 왕위, 대신할 사람을 세우는 일도 어렵지 않을 것이다. 왕의 권력이 청청할 때도 왕의 서형을 옹립하려는 역모를 서슴치 않았는데, 다시 허수아비가 된 왕 하나쯤 바꾸는 일이 무어 그리 어려울까. 피식, 왕은 헛웃음을 지었다. 그리고 내던지듯 짧게 말했다.

　"그리하여라."

　승지와 함께 대신들도 허둥대며 물러났다. 갑작스러운 국상 선포에 대궐이 부산해진 듯했다. 시신도 없는 장례를 어찌 치르겠다는 것인지, 울지도 웃지도 못할 이 희극 판을 벌이고 있는 아버지를 생각하자 왕은 새삼 그가 몸서리치게 미웠다. 왕이 좀처럼 진정하지 못하고 있는데 승지가 다시 들어와 엎드렸다. 한더위에 어디를 얼마나 다녔던지, 땀에 흥건하게 젖은 관복이 등에 달라붙어 있었다.

　"또 무엇이 남았느냐?"

　언짢은 기색을 숨기지 않고 왕이 물었다.

"전하, 통리기무아문을 혁파하고 의정부와 삼군부를 복구해야 하옵니다."

"으음……."

통리기무아문은 왕이 각별한 애착을 기울여 만든 기구였다. 이제까지 생각하고 준비해 온 것, 나라의 정치와 외교에 대한 왕의 모든 구상, 아끼는 신하들이 모두 그곳에 있었다. 심장이 부서지는 듯했다. 승지는 왕의 눈길을 피했고 왕도 승지의 얼굴을 보지 않았다. 그리하라, 짧게 일렀다.

저녁 햇살이 기울어 가고, 왕의 얼굴에 칠흑빛 어둠이 먼저 다가왔다. 어둠은 편전 안에도 슬금슬금 스며들었다. 내관이 불을 밝히려는 것을 그냥 두라 일렀다. 여름날 긴 하루가 저물고 있었다. 대궐이 난병들에게 짓밟히고, 왕비의 행방이 묘연해지고, 지금까지 왕이 해 온 모든 일이 수포로 돌아간 하루였다.

다음 날, 왕은 늦도록 편전으로 나가지 않았다. 침전에 머물러 왕비가 보던 책을 뒤적이고 있었다. 늘 어둑새벽부터 편전에 나가 일과를 시작하던 왕이 조반도 물리고 별다른 기척이 없자 늘어선 상궁과 내관 들의 근심은 컸다.

왕비도 없는 침전에서 왕은 지난 세월을 돌아보았다. 무엇을 해야 하는지도 모르면서 왕 노릇을 하던 어린 시절과, 나라를 직접 다스린 십 년 세월이 스쳐 지나갔다. 스스로 나라를 다스리겠다고 결심한 것도, 나라의 문을 열고 앞선 문물을 받아들이려 한 것도,

모두 백성을 아끼고 위하는 마음에서였다. 그 같은 뜻이 아니라면 타고나지도 않은 데다가 과히 내키지도 않는 왕 노릇을 계속할 이유가 없었다. 억울하고 비참한 처지를 호소하고 싶었다면 백성들은 왜 대궐 문을 두드리지 않고 운현궁으로 찾아간 것일까. 야속하고 서운하기만 했다.

'중전은 지금 어디 있을까?'

왕은 쓸쓸히 생각했다. 광대놀음 구경하듯 자포자기 심정으로 국상을 선포하긴 했으나, 왕비가 이 세상 사람이 아니라고 여겨지는 않았다. 왕비는 어딘가로 몸을 피해 있을 뿐, 숨을 놓아 버린 저세상 사람이 결코 아닐 것이다. 그러한 믿음만이 지금 왕의 유일한 위안이었다.

밖에서 내관의 조심스러운 목소리가 들려왔다.

"전하, 승지 들어 있사옵니다."

왕의 얼굴이 찌푸려졌다. 다 바꾸고 다 없앴으면 그만이지, 아직도 하고 싶은 일이 남았단 말인가. 하룻밤 사이에 승지의 얼굴이 폭삭 늙어 보였다.

"또 무엇이냐?"

"예……. 대행왕비˚ 마마의 소렴˚과 대렴˚을 해야 하온데 어찌

• 대행왕비(大行王妃) | 왕비가 죽은 뒤 시호(諡號)를 올리기 전에 높여 이르던 말.
• 소렴(小殮) | 운명한 다음 날, 시신에 수의를 갈아입히고 이불로 쌈.
• 대렴(大殮) | 소렴을 한 다음 날, 입관을 위해 소렴한 시신을 베로 감싸 매듭을 지음.

하오올지……."

"헛허……. 소렴과 대렴이라? 헛허허……."

왕은 헛웃음을 웃었다. 왕비는 어느새 '대행왕비'라 불리며 죽은 이로 치부되고 있었다.

"소렴이고 대렴이고, 옥체도 없이 어떻게 한다는 게냐? 그것은 운현궁에서 일러 주지 않으시더냐?"

"그, 그럴 경우, 입으시던 옷을…… 가지고 하면 된다고……."

승지는 얼굴이 흙빛이 되어 머리를 조아렸다. 말까지 더듬었다. 명을 받아 전하는 것이라 해도 차마 아뢰기 어려운 이야기였던 것이다.

"입던 옷으로? 하핫, 핫하하하……. 그리하려무나. 그리하시라 일러라."

승지가 물러간 다음에도 왕은 여러 번 허탈하게 웃었다. 소렴, 대렴을 마치면 조만간 상복을 입어야 한다고 조를 것이다. 그러면 왕은 온통 흰 상복을 입은 신하들과 궐 사람들에게 에워싸여 지내야만 한다. 살아 있는 왕비 대신, 왕비 옷이 죽은 몸이 되어 무덤 속으로 들어간다. 왕 역시, 살아도 죽은 몸이 되어 앞으로의 시간을 보내게 되리라. 가늠할 수 없는 그 시간들이 참으로 아득했다.

1882년 8월 13일.

근 보름간 홍영식은 재동 집 사랑에 틀어박혀 출타하지 않았다.

아래대 벗들을 찾아갈 의욕도 나지 않았다. 기무아문이 폐지된 지는 보름이 넘었고, 함께 일하던 동료들은 뿔뿔이 흩어졌다. 조정은 대원군 시절의 옛 제도를 복구하느라 정신없었다. 대궐 안이 바뀐 것처럼 홍 대감 댁 사랑 모습도 바뀌었다. 아들이 바깥출입을 하지 않고 집에만 틀어박혀 있는 대신, 아버지 홍순목 대감은 한번 입궐하면 늦도록 퇴궐하지 않았다.

사랑 윗목에는 관복이 가지런히 개켜진 채 놓여 있었다. 언제 입궐할지 몰라 내당에서 준비해 둔 것이다. 국상이 선포되었기에 관복도, 관모도, 띠도 모두 흰색이었다. 행방을 알 수 없는 왕비의 상이 아니라 십여 년간 젊은 그들이 해 온 모든 일에 대한 초상인 듯해 이를 볼 때마다 속이 쓰렸다. 아이를 불러 얼른 치워 버리라 이르려는데, 기별도 없이 문을 열고 누군가 쑥 들어섰다. 순식간에 윗목의 옷을 입고 나타난 것처럼 흰 관복에 흰 관모 차림이었다.

"아니, 자네……."

놀란 홍영식의 눈에 이내 눈물이 어렸다. 반년 전 떠난 이래, 특히 난리가 난 뒤로 하루도 생각하지 않은 적 없던 벗 김옥균이었다. 조만간 돌아오리라 여겼지만 이처럼 불쑥 나타나니 뜻밖이고도 반가웠다. 목이 메어 오는 홍영식과 달리, 반년 만에 보는 김옥균은 수삼일 전에 만난 것처럼 심상하게 말했다.

"소란스럽게 기별하지 말라 일렀네. 이리로 오기 전 아래대에도 들렀는데 대치 선생이 자네 걱정을 많이 하시더군. 어차피 우리 일

이 늘 순조로울 수는 없지 않겠나? 상황이 바뀌면 바뀐 대로 또 해
나갈 방도를 찾아봐야지."

김옥균의 목소리는 여전히 카랑카랑하고 시원스러웠다. 변란
소식을 듣고 놀라긴 했으나 조선에 돌아온 뒤 다시 침착한 모습을
되찾았다. 홍영식은 앞이 안 보인다 하여 방에만 틀어박혀 지낸 이
즈음의 생활이 갑자기 부끄러워졌다. 김옥균이 일본에 간 것을 알
만한 사람은 다 아는데 이리 활보해도 되는지, 벗의 신변이 걱정스
럽기도 했다.

"부끄럽네, 이런 모습 보여……. 그런데 자네, 이렇게 다녀도 되
겠는가? 대궐 안팎 모두 양이 바람, 왜 바람이 든 사람을 찾아낸다
며 눈이 벌겋다네. 벌써 지방으로 몸을 피한 사람도 있어. 백성들
도 그런 자를 찾아내겠다며 야단이라네."

홍영식의 말끝에는 힘이 없었다. 그날 운종가에서 본 백성들의
모습은 놀라웠다. 그러나 권력을 잡은 대원군의 한마디에, 그처럼
격렬하던 기세를 접고 순순히 무기를 내리는 모습은 도로 낯설어
졌다. 침울한 홍영식과 달리 김옥균의 말은 시원스러웠다.

"나는 괜찮네. 이리 상복을 입고 다니니 기찰*이 덜하더군."

벗을 안심시킨 다음 김옥균이 말을 이었다.

"두고 보게. 대원군이 권력을 다시 잡긴 했으나 오래가지 못할

* 기찰(譏察) | 범인을 체포하려고 수소문하고 염탐하며 행인을 검문하던 일.

것이네. 십 년 세월에 사람도 세상도 얼마나 바뀌었는가? 지금 아래대는 이런 헛초상이 아니라 줄초상이 나서 난리더군. 상인들이 쌀이며 옷감을 잔뜩 사재기해 나라와 백성이 궁핍해졌다며, 시전 상인들을 수없이 잡아가 베어 버렸다고 하네. 대원군도 이젠 나이가 드셨는지 너무 조급해지셨어. 하긴 같이할 만한 사람은 다 수염 허연 노인들이고 일은 더디기만 하니, 그 성미에 갑갑하실 테지. 그렇다고 십 년 세월도 그처럼 다 베어 버릴 수 있겠는가? 서슬 푸른 그 칼날에 당신이 다치실 것이네."

대원군의 성미가 강파른 것은 널리 알려져 있었지만, 시전 상인들을 그처럼 잔혹하게 처벌하다니 뜻밖이었다. 탐욕스러운 상인들을 미워하던 백성들도 입 밖에 나오는 소리를 뚝 끊어 버렸다. 봇물 터지듯 넘쳐 나오던 불만과 함성은 다시 잦아들고 침묵이 흘렀다. 대원군이라 해서 백성들의 마음을 다 얻은 것 같지 않았다. 김옥균의 이야기는 길었다.

"난리가 일어났다는 소식에 급히 배편을 알아보는데, 마침 하나부사 공사가 자리를 내주어 함께 왔네. 저희 사람이 여럿 죽고 공사관까지 불탔으니, 일본은 가만있지 않을 것 같아. 조선의 사죄를 받고 배상도 단단히 얻어내리라 하더군. 제물포항에는 청나라 배도 들어와 있던데 그쪽 분위기도 심상찮아. 이번 일을 트집 잡아 일본이 자칫 조선을 유구처럼 손아귀에 넣으려 하지 않을까 신경을 곤두세우고 있던데……. 청나라는 군대를 데리고 직접 조선에 들어올 생각도 있는 모양이야. 게다가 영국 배와 미국 배도 제물포 근처를 어슬렁거리더군. 이 같은 난국에 빗장 지르는 것밖에 모르는 대원군이 권세를 잡았으니……."

홍영식은 정신이 번쩍 들었다. 또 한 차례 서늘한 비를 맞은 것 같았다. 열 발짝 앞으로 나아간 조선이 그보다 더 뒤로 물러나게 되었다고 홀로 탄식만 하고 있을 때가 아니었다. 나아가건 물러나건 조선 혼자 그럴 수도 없었다. 조선을 둘러싼 세계는 열 걸음, 백 걸음도 더 앞서 나가며, 우왕좌왕하는 조선을 거칠게 잡아채려 하고 있었다. 돌아온 대원군의 공포 정치도 그러했지만 여러 나라 군함들이 제물포항으로 속속 들어오고 있는 것도, 그날 비를 맞으며 떨쳐 일어난 백성들이 원했던 일은 아닐 것이다. 아무도 원하지 않고 그 누구도 알지 못하는 방향으로 조선이 자꾸만 휩쓸려 가는 듯했다.

그 뒤 조선에서 벌어진 일들은 정신을 차리지 못할 정도였다. 하나부사 일본 공사는, 외국인은 허락 없이 도성 안에 들어올 수 없다는 조선의 법을 무시하고 병사들을 거느린 채 대궐에까지 들어왔다. 그러고는 군란으로 일본이 입은 피해에 대해 배상금을 지급하라며 무엄하게도 왕 앞에서 으르딱딱거렸다. 게다가 앞으로는 도성 안에 일본 병사들을 주둔시키겠다고 제멋대로 선언했다.

청의 사신 마젠충과 함대 제독 우장칭도 삼천여 명의 병사와 함께 도성 안으로 들어왔다. 이처럼 많은 병력의 청나라 군대가 조선에 들어온 것은 병자년(1636) 호란 이후 처음이었다. 찾아오는 사신의 문안과 조공을 받으며 점잖게 앉아 있기에는 조선을 둘러싼 상황이 너무나 급박했던 것이다. 순순히 말을 듣지 않고 다른 나라에 자꾸 눈을 돌리는 젊은 조선 왕도 탐탁지 않았지만, 세상의 흐름을 거스르는 고집불통 대원군은 더욱 미덥지 않고 위험해 보였다. 조선에 눈독 들이는 일본과 서양에게도, 조선이 청의 속방*임을 분명히 보여 줄 필요가 있었다. 청나라는 조선에 고문관*을 파견하여 직접 통치하기로 결정했다.

그런 줄도 모르고 대원군과 조정 대신들은, 청나라가 나서서 일본의 무리한 요구를 중재해 주리라 기대했다. 인사차 우장칭의 막사에 찾아간 대원군은, 그 자리에서 청나라 톈진으로 납치당하다시피 끌려가 버리고 말았다. 다시 권력을 잡은 지 불과 33일 만의 일이었다.

이어 청나라 군인들은 소란을 일으킨 난병들을 징계한다며, 군졸들이 모여 사는 왕십리와 이태원을 무참하게 공격했다. 청나라의 신식 해양 함대 군사들은 바다 위에서 오래 삭여야만 했던 갑갑증을, 조선 땅에 상륙하여 조선 백성들에게 마음껏 풀었다. 어른 아이 할 것 없이 고을 사람 모두가 그 총칼 아래 쓰러져 갔다. 그때

● 속방(屬邦) | 종속국.
● 고문관(顧問官) | 자문(諮問)에 응하여 의견을 말하는 직책을 맡은 관리.

떨쳐나선 길이 살러 가는 길이 아닌 것 같다던 삼돌이의 할아버지도, 차마 다른 나라 군대에 짓밟히게 되리라고는 생각지 못했을 것이다. 도봉소에서 항의하던 김춘영과 그의 늙은 아비도, 대원군을 찾아갔던 가족들도 모두 군란을 주동했다는 죄명으로 붙잡혀 처형당했다. 짓밟히긴 조선 조정도 마찬가지였다. 조선에 들어온 청나라 군대는, 그간 조선이 공손히 받들어 모시던 인자한 천자의 군대가 아니었다. 세계 곳곳에 수많은 식민지를 거느린 서양 여러 나라들과 똑같이, 속국을 통치하는 제국의 침략군으로서 조선에 들어온 것이다.

5.
슬픈 자주국

1882년 12월 26일.

아침부터 편전 바깥은 사람들로 붐볐다. 번을 난 궁인들은 처소로 돌아가지 않고 공연히 편전 주위를 어슬렁거렸고, 새로 번을 드는 궁인들도 맡은 소임지로 곧장 가지 않고 에돌아가며 편전을 흘 끗거렸다. 나어린 궁인들에게는 경망스럽다 꾸지람을 내렸지만, 그보다 지긋한 궁인들의 은근한 호기심은 대전 상궁과 내관 들도 어쩌지를 못했다.

"아직 오지 않았니?"

"오지 않았나 보아."

웃어른들의 눈과 귀를 피해 어린 나인들은 조그맣게 속삭였지만, 동짓달 한추위에 입 밖으로 호호 뿜어져 나오는 입김은 감출 수 없었다.

수선스러운 궁인들뿐 아니라 점잖게 꾸지람을 내리는 상궁과 내관들도 내심 기다리는 사람은, 청국인과 함께 온다는 서양인이었다. 대궐에서 양인을 보는 것도 처음인데, 더구나 왕께서 친히 그를 뵈옵고 큰 벼슬을 내려 나랏일을 맡길 것이라 했다. 긴장하고 있기는 편전에 먼저 들어 있는 조선 관료들도 마찬가지였다. 고문이라는 이름으로 양인에게 조선 정치를 맡기겠다는 청나라의 조치도 뜻밖이었고, 아무리 청국의 뜻이라 해도 양인이 조정까지 들어오게 된 것을 받아들여야 할지 말아야 할지 고심하는 대신들도 많았다. 젊은 관리들은 청나라의 위세를 등에 업고 오는 양인이 못마땅하면서도, 그가 먼 바다 건너 서양에서 온 사람이라는 것에 은근한 호기심이 일었다.

점심 무렵이 되자 구름장을 걷고 내려온 겨울 햇살이 조금씩 활기를 띠어 갔다. 편전 바깥도 소란스러웠다. 끓는 물방울처럼 수선스러운 중국말이 간간이 들리는가 싶더니, 중국 관리들이 안으로 들어섰다. 고깔 모양의 관모를 쓰고 폭이 좁고 긴 중국식 비단 두루마기를 입은 사람은 일행의 우두머리인 마젠창이었다. 갓 마흔쯤 되어 보였는데 양무에 뜻을 둔 리훙장의 측근이라 고루함은 덜한 듯했지만, 조선 관료들을 비스듬히 내려 보는 눈길에는 상국의 우월함이 실려 있었다.

함께 온 양인의 나이는 짐작하기 어려웠다. 바싹 깎은 머리에 굵은 눈썹, 움푹 들어간 눈에 우뚝 솟은 코가 신기했다. 여덟팔 자로 손질한 콧수염은 제법 무성했으나 파르스름한 수염 자국만 남아 있는 맨턱이 맨송맨송했다. 손등을 덮은 북슬북슬한 털은 제멋대로 내버려 두었는데, 바깥의 궁인들이 낮게 비명을 지르던 것은 그래서인가 보았다. 몸에 착 달라붙는 검은색 윗도리와 가랑이까지 째진 좁은 바지는 볼수록 망측했다. 안팎의 눈길이 모두 그에게 쏠려 있었다. 허나 십 년 이상 중국에서 지냈다는 독일 출신 양인 관리는, 자주 겪어 온 반응이었던지 표정에 별다른 변화가 없었다.

양인의 제 나라 이름은 묄렌도르프였고 목인덕(穆麟德)이라는 중국 이름도 가지고 있었다. 중국 개항장에서 주로 세관 업무를 맡아 하던 독일의 젊은 외교관이었다. 청나라 외교를 담당하는 북양 대신 리훙장은, 영사 승진에서 번번이 탈락해 실의에 젖어 있던 묄렌도르프를 눈여겨보았다. 자신의 참모가 되지 않겠느냐는 리훙장의 제의에, 묄렌도르프는 망설이지 않고 독일 공관에서 나와 톈진의 리훙장 관저로 들어갔다. 그 뒤 중국을 대신해 조선 정부의 자문관이 되라는 임무가 주어졌다. 속국의 정치에 개입하지 않는 것이 오랜 관례라, 중국인보다는 중국의 뜻을 관철시킬 수 있는 외국인을 보내는 게 더 나았던 것이다. 그 역할에 이미 리훙장의 관저에 들어와 있던 독일인 묄렌도르프만큼 적당한 사람은 없었다. 중국에 와 있는 어느 공사보다도 높은 보수를 받고 조선의 어떤 대신보다도 강력한 지위를 지닌다는 조건은, 야심이 가득한 서른다섯 살 젊은 외교관의 마음을 끌기에 충분했다.

높은 어좌에 앉아 있는 왕 앞에 서자 묄렌도르프는 자기도 모르게 긴장했다. 이방의 군주를 만나는 것은 처음이었기 때문이다. 다른 신하들처럼 이마를 땅에 대고 엎드려 절하는 대신, 묄렌도르프는 선 채로 왕에게 고개를 세 번 깊이 숙였다. 양이의 그런 인사법에 노발대발하던 중국 황제와 달리, 조선의 젊은 왕은 천천히 자리에서 일어나 답례했다. 그리고 왕 앞이라 벗어 두었던 안경을 다시 쓰라 했다. 조선 왕에 대한 첫인상은 좋은 편이었다. 위엄 있으되 친절하고 관대해 보였다. 미리 연습해 두었던 조선말로 묄렌도르프는 왕에게 아뢰었다.

"신(臣)이 귀국에 와 불러 보시니, 감축(感祝)하와, 갈력(竭力) 진심, 하올 것이니 귀주(貴主)께서도, 강신(降臣)에, 신임하옵시기를, 바라나이다."

"호오!"

왕의 얼굴에 웃음이 어렸다. 가까이에서 양인을 보기는 왕도 처음이었거니와 양인의 입에서 조선말이 나오리라고는 생각지도 못했다. 그가 청나라에서 온 고문관이라는 사실이 왕도 탐탁지 않았지만, 부임의 첫 소감을 조선말로 아뢰는 것이 가상했다. 왕은 눈앞에 서 있는 양인을 아쉬운 마음으로 바라보았다. 지난봄에 미국을 비롯해 서양 여러 나라와 조약을 맺었는데, 그때마다 나라 간 새로운 관계에 서투른 조선의 현실을 절감했기에 자문을 구할 사람이 꼭 필요했던 것이다.

'그대가, 청이 아닌 조선을 위해 진심을 다해 줄 수는 없겠는가?'

허나 왕은 묻지 않았다. 앞에 있는 양인의 푸른 눈과 흰 귀는 청나라의 것이고, 그의 입에서 나올 말도 청나라의 것이라는 사실을 알고 있었기 때문이다.

난리가 일어난 것을 빌미로 군대를 앞세우고 들어온 청나라는, 조선과도 다시 관계 맺기로 마음먹었다. 그간 중국과 조선은 조선이라는 왕조가 서기 훨씬 전부터도 아비와 아들, 왕과 신하의 나라였다. 굳이 말로 표현하거나 문서를 만들어 주고받을 필요도 없었다. 그런데 새롭게 나타난 서양은 물었다. 조선이 누구의 것이냐고. 청의 것이라면 증명해 보여 달라 했다. 남의 나라에 와서 마구 횡포를 부릴 때마다, 서양인들은 무슨 무슨 조약을 들먹이며 문서를 쓰자고 졸랐다. 수천 년 이어져 온 지엄하신 천자의 권위도 문서 한 장만 못했고, 그 어떤 군대나 무기보다도 종이쪽지 한 장의 위력이 더 대단했다. 저들 세계의 '국제법'이라 했다. 그들의 조름에 못 이겨 화압하고* 나면 모든 것이 달라졌다. 함포 소리가 그치고 병사들이 물러나도 종이는 그대로 남아, 군대나 무기보다 더한

---

* 화압(畫押)하다 | 자기 이름이나 직함 아래에 자필로 글자를 직접 쓰다. 서명하다.

힘을 과시했다. 종잇장 하나에 남쪽 항구 샹강(홍콩)을 내어 주고, 종잇장 하나에 다시 광저우와 푸저우를 열어 줄 수밖에 없었다.

청나라는 조선과도 바로 그 국제법을 흉내 내어, 두 나라가 종주국과 속국임을 문서로 밝혀 두기로 했다. 청나라가 내민 문서는 '장정'이었다. 속방인 조선과는 나라끼리 맺는 '조약'을 체결할 수 없으니, 청나라 지방 정부에게 하듯 장정을 내리겠다는 것이다. 장정을 맺는 당사자도 각각 청의 대신과 조선 국왕으로, 조선 왕을 청나라 황제의 신하와 같은 위치에 두었다. 또한 자신들이 서양에 당한 불평등하고 치욕적인 경험들을 그대로, 아니 그 이상으로 조선에 적용했다. 조선과 청나라가 맺은 장정의 긴 이름은 '조청상민수륙무역장정'이었다. 조선의 바다와 육지 어디건 물자를 마음대로 사고팔 수 있는 권리를 청나라 상인들에게 보장한다는 내용이 담긴 것이었다. 서양이 조선에 대한 관심을 본격적으로 내보이지 않고, 일본이 아직은 조선을 차지할 힘을 기르지 못한 사이 청나라는 조선에서 자신들의 이익을 확실히 챙기려 했던 것이다. 허약한 조선 조정으로서는 청나라가 내민 문서에 그저 동의해 줄 수밖에 없었다.

그러니 청나라를 대신해 조선 정치를 일일이 간섭하게 될 묄렌도르프가 조선을 위해 일할 리는 없었다. 언어에 관한 재능이 탁월하여 중국의 지방어까지 유창하다는 묄렌도르프였지만, 왕에게 아뢴 인사말 외에 조선어를 더 익힐 생각은 없어 보였다. 이제 조선은 청의 것이었고 중국어에 능통한 조선 관리와 역관은 넘쳐났기에, 작은 나라 조선의 말을 더 배울 필요가 없었던 것이다.

진골 금릉위 대감 저택은 이른 아침부터 부산스러웠다. 전날부터 가마솥에서 고아지고 있는 사골 냄새가 구수했고, 데치고 볶고 부치느라 가득 밴 기름 냄새는 좀처럼 안마당을 빠져나갈 줄 몰랐다. 준비하고 차리는 음식들을 보면 큰 명절이라도 맞은 것 같지만, 으리으리하기는 마찬가지인 이웃들 사이에서 홀로 부산스러워 괴이쩍기도 했다. 음력으로 1882년 11월 30일, 특별할 것도 없고 을씨년스러운 동짓달 그믐이었다.

옹주마마께서 일찍 세상을 떠나신지라 안주인 없는 집이 어설프고 스산하기도 하련만 안채나 사랑채나 대청마루 아래 댓돌까지, 인색한 겨울 햇살 아래서도 어디나 반질반질 윤이 났다. 금릉위 댁 큰살림을 도맡아 하는 이는, 젊은 부마의 외로운 처지를 안타까이 여겨 대비전에서 특별히 내린 나인 범 씨였다. 범 씨는 드넓은 저택을 두루 살피면서도 기척 내지 않는 몸가짐이나, 입을 크게 벌리는 법 없이 말끝이 점점 더 잦아드는 궁중 어투가 여전히 몸에 배어 있었다. 그래서인지 금릉위 댁은 여느 대갓집과 다른 기품에 진기한 것을 즐기는 젊은 부마의 취향까지 더해, 다녀온 사람들의 입에 두고두고 오르내렸다.

금릉위 박영효는 군란으로 입은 피해를 위로하고 사죄하는 수신사로 석 달간 일본에 다녀왔다. 수신사로 가기에는 정일품 부마의 신분이 지나치게 높았으나 기꺼이 응했고, 사절단 대표가 되기에는 스물두 살이라는 나이가 너무 어렸으나 왕은 특별히 명을 내렸다. 종사관으로 서광범이 수행했고 김옥균도 비공식 수행원으로 함께 갔다. 수신사 일행이 귀국한 뒤에도 김옥균은 조선의 개혁 자금 마련을 위해 일본에 남아 있었다. 박영효가 왕에게 다녀온 보고를 한 것이 엊그제였는데, 피로를 풀 새도 없이 사람들을 집으로 청한 것이다.

돌아오는 배 안에서 양력을 쓰는 일본인들은 정월을 맞았다며 설음식을 나누었다. 찹쌀로 만든 일본 떡국 오조니*와 갖추갖추 화려한 오세치* 요리까지 층층 찬합에 차곡차곡 담아 조선 사절에게도 대접했다. 새해를 맞아 들뜨고 부산한 저들이 박영효는 부럽기만 했다. 조선은 이제 겨우 십일월 동짓달일 텐데 그만큼 뒤처진 듯해 조바심도 났다. 지금 조선이 보내야 할 시간도, 밤하늘 달의 흐름을 따라가는 태음력이 아니라 세상을 환히 비추는 해를 따라가는 태양력의 날들이어야 할 것 같았다. 그래서 손님맞이로 정월 음식을 준비하라 일렀고, 금릉위 말씀을 차질 없이 받잡는 범 씨는 때아닌 설음식 준비에 부산했던 것이다.

• 오조니〔お雜煮〕| 맑은 장국이나 된장국에 떡을 넣어 끓인 일본의 명절 요리.
• 오세치〔お節〕| 일본에서 명절 때 먹는 음식으로 우엉, 연근, 당근, 토란 따위를 조려 찬합에 보기 좋게 담아 먹는다.

손님들은 정오가 다 되어 금릉위 사랑에 차례로 도착했다. 안 그래도 칸수가 넉넉한 사랑에 장지까지 열어 놓으니 방 하나가 대청마루처럼 드넓었다. 동짓달 바깥바람은 차가웠지만 넉넉히 불을 땐 온돌의 따스한 기운은 콩기름 먹인 장판의 윤기와 함께 흘러 훈훈했다. 문갑과 탁자, 책장 들이 사방 벽에 세워져 있는 것은 여느 대갓집 사랑과 마찬가지였는데, 그 위에 놓여 있는 것이 화병이나 필통 들만이 아닌 게 달랐다. 둥그런 지구의와 망원경, 자명종과 안경, 뾰족한 서양 철필 등 낯설고 진기한 물건들이 그득했다. 특히 눈에 띄는 것은 유리 갓 씌운 남포등이었다. 망원경이며 자명종에도 유리알이 씌워져 있었는데 제 속을 그대로 보여 주는 것도, 방 안 풍경을 거울처럼 볼록하게 담아 다시 되쏘는 것도 왠지 당돌했다.

박영효는 앞에 펼쳐 놓은 네모난 흰 헝겊을 들어 보이며 손님들에게 이야기했다.

"이게 바로 내가 일본 숙소에 내걸었던 깃발이라네. 떠나기 전 전하의 명을 받고 배 안에서 급히 만든 것이야. 세상에는 모두 제 나라를 상징하는 기가 있는데, 바다 위 함선에도 걸어 놓고 다른 나라에 가서는 공관 깃대에 높다랗게 매어 놓지. 이 깃발을 봐야 그 배가 어느 나라 배인지, 그 병사들이 어느 나라 병사인지, 그곳이 어느 나라 공관인지 알 수 있다네."

모두들 고개를 길게 빼고 박영효가 펼쳐 놓은 기를 구경했다. 옥빛이 도는 흰 공단 한가운데 붉고 푸른 비단으로 태극을 박음질해 놓았고, 모퉁이마다 검은 네 괘가 태극을 비스듬히 에워싸고 있었다. 이 기가 조선을 세상에 드러내 보인다니, 다들 공연히 목젖이 뜨듯해져 왔다.

"그런데 청나라는, 용이 그려진 제 나라 기를 본떠 조선 깃발을 만들라고 했다지요?"

불퉁거리는 목소리로 한 젊은이가 말했다.

"그랬다네. 조선은 중국 동쪽의 '좌청룡'이라며 청색 바탕에 용을 그리라 했지. 기는 대부분 사각인데 지나의 황룡기는 삼각 모양이라 한눈에 띈다네. 만약 우리도 삼각 청룡기를 행렬에 앞세우고 숙소에 걸었다면, 온 세상이 그걸 보고 조선은 당연히 지나의 손안에 있는 줄 알 게야."

"으음……."

사람들 사이에서 신음이 흘러나왔다. 박영효의 입에서 나온 '지나'라는 말이 조선 젊은이들에게는 생소했지만, 청나라를 일컫는 말로 청이 싫어한다는 것까지 알게 되니 후련했다.

"내가 일본에 있으면서……."

다시 이야기를 꺼내는 박영효의 목소리는 밝았다.

"여러 나라 관리들을 두루 만났다네. 그렇게 많은 양인들을 가까이에서 본 것은 처음이었어. 영국, 덕국(독일), 미국, 법국(프랑스), 백이의(벨기에), 오국(오스트리아), 노서아(러시아), 화란(네덜란드)…….

일본에 있는 모든 외국 관리들이 나를 방문하고 또 청하였는데, 이 깃발을 숙소 바깥에 높이 걸어 놓고 내 방에도 걸어 놓았네. 그리고 조선은 지나에 종속된 나라가 아니라 독립된 국가라는 것을 강조했지. 그들도 우리 조선이 자주국이라는 사실을 이미 알고 있었고, 지나가 간섭하고 횡포 부리는 것에 함께 분개했다네. 지나가 더 욕심을 부린다면 보고만 있지 않겠다고 했어.”

일본에 머무르는 석 달 동안 조선 청년 박영효가 보고 들은 것은 어마어마했다. 그간 책에서 본 이야기들은 직접 눈으로 보고 겪은 것들에 비할 바가 못 되었다. 그가 받은 환대도 극진했다. 왕의 사위라는 지체 높은 조선 청년에게 일본은 각별한 관심을 보이며 공들여 대접했다. 박영효의 숙소에는 일본 고위 대신들의 방문이 끊이지 않았고, 저마다 연회에 초대하며 환심을 사려 했다. 일본의 극진한 환대는, 개인적으로는 청년 부마 박영효를 흡족하게 했고, 청나라에게서 벗어나기를 원하는 조선의 대표로서도 뿌듯한 일이었다.

일본에 와 있는 서양 외교관들도, 아무도 차지하지 않은 작은 나라 조선에 특별한 관심을 보였다. 푸르고 잿빛 나는 눈동자들을 반짝이며 조선의 귀족 청년을 환한 얼굴로 맞이했다. 일본은 각국 외교관들에게 조선 대표들을 적극적으로 소개했다. 조선은 청나라에 종속된 나라가 아니라 자주국임을 저들이 더 힘주어 말했고, 서양의 외교관들도 고개를 끄덕였다. ‘자주국’이라는 말에 젊은 조선 대표들의 가슴은 뒤로 젖혀졌다. 일본이나 서양으로서는 말 따위야 아무래도 상관없었다. 조선이 어느 한 나라의 손아귀에 있는 게 아니라 아직 아무도 차지하지 않았다는 게 더 중요했다. 앞으로 자신들도 차지할 수 있다는 것을 의미하기 때문이었다.

박영효가 보기에, 조선이 변화하는 세계에 동참하고 부국강병을 이루는 것은 가까운 일본에 의뢰하는 길밖에 없는 것 같았다. 새 문물을 받아들여 옷차림도 머리 모양도 달라진 일본은 서양인들처럼 세련되고 근사했다. 그 옛날 훈도시* 바람으로 조선 해안을 드나들던 미개한 왜구가 아니었던 것이다. 이웃 나라가 문명 세계로 나아가지 못한다면 일본 또한 고립되기에, 이를 방해하는 청나라를 미워하고 그래서 조선을 돕고자 한다는 매끄러운 말도 그럴듯해 보였다. 조선 수신사 박영효는 일본에서 보고 들은 것, 그 가운데 얻게 된 확신을 왕에게 망설임 없이 전했다.

바깥이 분주해지더니 음식상이 들어왔다. 뭇뭇이, 붉게 칠한 은행나무 소반 위에 더운 김 나는 떡국과 몇 가지 음식들이 놓여 있었다. 뽀얀 사골 국물 사이로 설핏 보이는 흰 가래떡과 그 위에 놓인 황백 지단, 쇠고기 꾸미장이 정갈했다. 근 일 년 만에 보는 떡국이 반갑긴 했지만, 떡메 소리 한번 들리지 않는 동짓달에 자신들만 정월 떡국을 먹는다는 것이 새삼 묘했다.

---

* 훈도시〔褌〕| 일본의 성인 남성이 입었던 전통 속옷.

"어서 들게. 우리가 이미 지나가 버린 해를 붙들고 있는 동안, 바깥세상은 정월하고도 여드레가 지났다네."

소맷자락에서 회중시계를 꺼내 보며 박영효가 말했다. 그 말을 들으니 때이른 정월 떡국 앞에서 비장한 기분도 들었다. 박영효가 수저를 들자 뒤이어 모두 수저를 들었다. 떡살은 말랑말랑했고 사골 국물은 감미로웠다. 조상의 신위 앞에 일일이 절을 올리고 난 다음에야 먹던 여느 설날의 식고 퍼진 떡국과는 다르게 느껴졌다.

밥상이 나가자 술상이 들어왔다. 건장한 하인들도 들기 힘들 만큼 푸짐하게 차려진 교자상이었다. 여염집에서는 보기 드문 고명에 정갈하면서도 화려한 음식들을 보니, 범씨가 대궐 음식을 흉내 내어 각별히 신경 쓴 듯했다. 그처럼 화사한 대접을 받고 보니 방 안 젊은이들은 저마다 자신이 귀한 사람이라도 된 것처럼 흡족해졌다.

어느새 갓이 삐뚜름해진 젊은 양반이 거나해져서 말했다.

"그나저나 대감께서도 이제는 본격적으로 나랏일을 하셔야지요. 한 사람이라도 선각자가 더 필요한 마당에 왕실의 인척이라고 꺼릴 게 무어 있겠습니까?"

역시 잔뜩 취기가 오른 목소리가 그 말을 받았다.

"자네가 걱정하지 않아도 그리 될 것이네. 자자, 나랏일은 장차 대궐로 들어가실 금릉위께 맡기고 오늘 우리는 이 사랑에서 술이나 들자고……."

겨울해가 짧다 해도 불을 밝히기에는 이르건만 금릉위는 남폿
불을 밝히게 했다. 유리알을 단박 건너온 불빛이 눈부시면서도 선
뜩했다. 남폿불의 심지를 태우는 낯선 등유 냄새에 방 안 음식들
은 제 향취를 접어 버렸다. 방 안에는 이국의 불빛, 이국의 냄새가
흐르고, 알 수 없는 침묵도 짧게 흘렀다. 1882년 동짓달 그믐, 아니
1883년 1월 8일 저녁이 낯선 불빛 아래 점점 어두워져 가고 있었다.

"전하, 중전마마 납시었사옵니다."

"……."

뻑뻑한 눈을 쓸어내리던 왕의 손길이 잠시 멈추어졌다. 기울어
가는 햇살도 멈칫, 왕의 손등에 걸려 움직이지 않았다. 음력 삼월
봄 햇살이건만, 나라 안에 연이어 흉흉한 일이 생기다 보니 완연할
것도 없고 그리 명랑하지도 않았다. 문밖에서 내관이 한 번 더 길
게 아뢰었다.

"전—하, 중전마마 드셨사옵니다."

"뫼시어라."

왕의 목소리가 퉁명스럽게 흘러나왔다.

문이 열리고 사스락사스락 스란치마 스치는 소리가 들려오더니
왕비가 다가와 앉았다. 뒤따르던 나인이 들고 온 다과상을 내려놓
았다. 단것을 좋아하는 왕의 입맛에 맞게 색색의 경단과 꿀에 조린
정과가 앙증맞았고, 투명하게 곤 배숙에는 왕의 밭은기침을 염려

하는 왕비의 마음이 배어 있는 듯했다. 근심스러운 목소리로 왕비가 말했다.

"낮수라도 젓수시지 않고 그대로 물리셨다 하기에……."

왕비의 안색은 좋지 않아 보였다. 수옹사 궁녀들이 공들여 단장해 주었을 텐데도 애써 펴 바른 백분은 까칠한 얼굴 위에 부옇게 떴고, 난리 통에 부쩍 늘어난 눈가의 주름을 감추지도 못했다. 그리 미인이라 할 수는 없지만 반듯한 이마 아래 눈빛이 영롱하던 예전 모습과는 많이 달랐다. 하긴 지난해 난리 때 군졸들의 칼날에 목숨을 잃을 뻔한 데다, 번히 살아 있는 자신의 초상이 치러지는 것을 보아야만 했던 왕비였다. 대궐을 떠나 시골로 피신한 것은 두 달 동안이었지만 두 해, 아니 그보다 더 오랜 세월이 흘러 버린 것처럼 왕비의 얼굴과 마음은 많이 상해 있었다. 왕비가 다시 입을 열었다.

"경희궁의 화재는 들었사옵니다. 얼마나 상심이 크시옵니까? 불길이 민가까지 번졌다 하니, 이런 망극한 일이 또 어디 있겠사옵니까."

"그러게 말이오. 며칠 전에는 삼척부에서 때아닌 눈사태가 나 백성들이 여럿 상했다는데, 또 이런 일이 일어나다니……. 다 과인이 부덕한 탓이오."

오랫만에 듣는 왕의 목소리였다. 여린 왕은 사람이 상하는 일은 유독 못 견뎌 했는데, 느릿느릿 저며 내는 말투가 아니더라도 마음

150

이 어떠할지 짐작하고도 남았다.

"전하……."

왕비는 말을 잇지 못했다. 상심을 토로하는 왕의 모습을 보니, 지난날 침전에서 날이 새는 줄 모르고 가슴에 담긴 이야기를 나누던 때로 돌아간 것만 같았다. 허나 봄 아지랑이처럼 스러져가 버린 날들이었다.

임오년 여름의 난리는 왕과 왕비의 마음속에 좀처럼 지울 수 없는 상흔을 새겨 놓았다. 온화하던 왕은 부쩍 성미가 급해져 자주 화를 내었고, 대범하던 왕비는 지나치게 소심해지고 매사를 의심하였다. 달라진 왕과 왕비는 모든 일에서 부딪쳤다. 왕이 청나라 관리들의 오만한 태도에 화를 내면 왕비는 지나치다 생각했고, 왕비가 청나라에 호의를 보이는 것을 왕은 못마땅해했다. 도란도란 의좋던 부부의 대화는 얼굴을 붉히거나 싸늘하게 냉기 도는 것으로 끝나기 일쑤였다. 그러다 보니 왕은 왕비와 차츰 얼굴을 맞대는 일 자체를 피하게 되었다. 왕비의 처소를 찾지 않은 지도 오래였다.

왕은 천천히 눈길을 돌려 왕비를 바라보았다. 얼굴이 많이 해쓱해져 있었다. 다시는 대궐로 돌아오지 못하고 외딴 시골에서 곱다시* 죽은 사람으로 지내야 할 줄 알았던 왕비였다. 그러다 왕의 곁으로 돌아왔으니 이제는 서른셋 한창의 나이답게 활짝 피어도 좋

●곱다시│그대로 고스란히.

으련만, 마음이 부대껴 그런지 늘 낯빛이 편치 않았다. 잠시 측은
한 마음이 들었다.

허나 대궐로 돌아온 뒤 달라진 왕비의 태도는 도무지 이해할 수
없었다. 겨우 스물서너 살 된 청의 장수 위안스카이가, 왕을 쏘아
보며 대놓고 거만하게 구는 것을 왕비도 보았을 것이다. 감히 조선
왕을 청나라의 신하쯤으로 여기고, 황제를 대신해 왔노라 거들먹
거리는 청의 관리들에게 어째서 함께 분노하지 않는지 알 수 없었
다. 조선을 부강한 나라로 만들자고, 청이나 일본은 물론 온 세상
에 당당한 자주국으로 만들자고 함께 다짐하던 왕비가 맞는지 의
심스러울 지경이었다.

왕비도 조심스레 왕을 바라보았다. 소년처럼 앳되면서도 후덕
하던 용안은 그새 홀쭉해졌고 주름이 부쩍 늘어나 있었다. 얼굴빛
이 검어지기는 왕도 마찬가지였다. 이즈음 왕의 분노와 초조함을
왕비라고 모르지 않았다. 설핏, 왕비의 눈에 눈물이 어렸다.

직접 나라를 다스린 것은 십 년이 채 되지 않는 세월이었지만,
왕과 젊은 관료들은 많은 일을 해 왔다. 그 속에는 왕비의 시간도
담겨 있었다. 그들의 젊음을 오롯이 바쳐 제도를 개혁한다, 정부
기구를 새로 만든다, 다른 나라와 조약 맺을 준비를 한다 하며 밤
잠을 자지 않고 노력하였다. 허나 그 모든 노력이 무너져 내리는
것은 순간이었다. 더구나 왕비는 홀로 죽음과 망각의 동굴에 갇혀,
왕도 어린 세자도 다시는 못 볼 것 같은 끔찍하고도 절망스러운

날들을 보내야만 했다. 청나라 군대가 들어와 난리가 진압되고 대원군이 톈진으로 끌려간 뒤 모든 것이 제자리로 돌아온 듯했다. 그러나 청나라는 조선의 내정에 노골적으로 간섭하였고, 조선 왕의 권력은 허울뿐이었다. 아버지를 끌고 간 자들의 오만함을 보노라면 아들인 왕도 같은 운명이 되지 말라는 법이 없었다.

왕비는 정신이 번쩍 들었다. 그간 왕과 함께 나랏일을 해 온 사람들을 꼽아 봐야 측근의 젊은 관료들과 친정 민씨 집안의 젊은이들, 대원군을 싫어한다는 것 말고는 속을 알 수 없는 대신들 몇 사람이 전부였다. 그러니 밖에서 휘둘리고 안에서 휘둘리는 것이 당연했다. 무엇보다 왕의 세력을 든든히 확보하는 것이 중요했다. 짧은 시일에 이루어질 수 없는 일이라면 그때까지 믿을 만한 세력에 의지하는 편이 낫겠다는 생각이 들었다. 나라 밖이 정신없이 돌아가고 있는 지금은, 차라리 어느 한편에 기대어 불필요한 혼란을 줄이는 게 현명할 것도 같았다. 왕비가 의지하려는 곳은 청나라였다. 근래 일본이 상냥하게 굴고 있으나 미덥지 않았고, 일본으로는 조정이나 백성들의 지지를 얻기도 어려웠다. 그렇다고 잘 알지 못하는 서양에 의지할 수도 없었다. 이에 비해 청나라 관리들은, 자신들의 울타리 안에만 있다면 조선 왕과 조선의 개방을 어느 정도 인정해 주었다. 왕비 역시 청나라 장수들의 오만한 태도는 불쾌했고, 왕이 겪고 있는 굴욕에는 마음이 아팠다. 하지만 나랏일을 감정만으로 해 나갈 수는 없었다.

난리 통에 모든 것을 잃어버린 무력감에서 왕은 헤어나지 못했다. 좀처럼 큰소리로 화내는 일이 없는 선한 왕이건만, 이즈음 들어 자주 성난 목소리가 밖으로 새어 나왔다. 갑작스러운 호통에 신하들은 어쩔 줄 몰라 했고, 잦은 변덕에 내관과 궁인 들은 전전긍긍했다. 특히 청나라에 대한 적개심과 왕이 느끼는 모멸감은 대단했다. 자신을 내려다보고 무시하는 그들에게 고개 숙이는 일은 젊은 조선 왕의 자존심이 허락하지 않았다. 차라리 조선에게 깍듯한 일본을 상대하는 편이 더 나았다. 북촌 명문가 젊은 양반들의 자존심도 왕처럼 드높았다. 젊은이답게 새로운 것과 새로운 관계에 대한 기대가 더 높기도 했다. 왕비는 점점 성마르게 변해 가는 왕을 볼 때마다 걱정스러웠고, 주위에 있는 젊은 관료들이 예전과 달리 못마땅했다. 한동안 망설이다가 왕비는 입을 열었다.

"지금 한성부에서 도로를 넓힌다며 살림집을 마구 걷어 내어 백성들의 원성이 자자하다 하옵니다. 판윤˚이 할 일은 도성 백성들을 편안하게 해 주는 것인데, 도리어 살림을 파헤쳐 불안하게 만들고 있으니 이를 어찌하면 좋겠사옵니까?"

"……."

왕의 눈치를 살피던 왕비는 다시 말을 이었다.

"금릉위의 열의를 모르는 바는 아니오나, 과유불급이라 하였사

˙ 판윤(判尹) | 조선 시대에 둔 한성부의 으뜸 벼슬.

옵니다. 젊어 의욕만 앞서는 사람에게 너무 큰일을 맡긴 듯하옵니다. 안 그래도 백성들이 살기 힘든데 살림집까지 철거한다니 그 원망이 어디로 가겠사옵니까? 더구나 이번 경희궁 화재로 민가에서도 큰 피해를 보았다고 하니…….”

금릉위 박영효는 일본에서 돌아온 지 한 달 만에 한성부 판윤에 임명되었다. 스물두 살의 젊은 나이에 나라의 도읍인 한성부의 우두머리가 된 것은, 수신사 대표 못지않은 파격적인 인사였다. 일본의 달라진 모습을 직접 돌아보고 왔으니, 뜻한 바를 조선에서 펼쳐 보라는 왕의 믿음과 기대가 담긴 것이었다. 감격한 금릉위는 그를 따르는 젊은이들과 의욕적으로 많은 일을 벌였다. 새로 순경부를 만들어 도성 치안을 살피게 했고, 박문국을 두어 신문 발간을 차근차근 준비해 나갔다. 그리고 조선의 도로를 새로 정비하는 데 특히 열의를 보였다. 도성의 대로는 나라의 얼굴과 마찬가지이기에, 사람과 수레가 쉽게 다닐 수 있도록 크고 번듯하게 만들어 갈 참이었다.

그러나 젊은 판윤의 큰 뜻을 알 리 없는 백성들은, 도로를 침범해 지은 살림집을 철거하겠다는 날벼락 같은 명령에 원망하며 저항했다. 하루 벌어 하루 먹고살기 바쁜 그들에게는 도시 구획이니 문물 유입이니 하는 말은 귀에 들어오지도 않았다. 졸지에 집을 잃게 된 백성들에게 새 터전을 마련해 줄 자금이 한성부에는 없었고, 거기까지 생각이 미치지도 않았다. 다가올 보릿고개를 넘기는 것도 큰일인데 살던 집에서 쫓겨나게 되었으니, 민심은 점점 흉흉해졌다. 서양 바람, 왜 바람이 든 젊은 것들에게만 한성부의 사무를 맡기고, 공무가 끝나면 까마귀 옷같이 검은 양이의 옷을 입고 다닌다는 새 판윤에 대한 원성도 드높아 갔다.

왕을 반대하는 세력들은 기고만장하여, 백성의 어려움을 돌보지 않는다며 금릉위를 규탄했다. 왕비와 민씨 관료들마저 합세했다. 그들이 보기에 왕과 금릉위를 비롯한 젊은 관료들이 추진하는 정책은, 일본에 기대고 일본을 따르려는 것이었다. 나라와 권력의 안정을 위해 청나라에 거슬리는 일은 하지 말아야 하거늘, 경솔히 처신하여 조선과 청나라의 관계가 틀어지기라도 한다면 지금 왕의 자리도 위태로워지리라 여겼다.

"금릉위에 대한 생각이 많이 달라졌나 보구려. 젊은 부마가 홀로 살아가는 모습이 안쓰럽다며 예전에는 자주 불러 챙기더니."

비아냥대는 어조가 왕답지 않았다. 하는 일마다 반대하고 나서는 왕비의 근심스러운 목소리가 이제는 듣기 싫었다. 왕은 금릉위의 열정과 추진력이 감탄스럽기만 했다. 조선의 도로를 바꾸고, 신문을 만들어 백성들에게 새 문물을 알리고 설득하겠다는 금릉위의 포부를 들을 때면, 왕의 가슴도 벅차올랐다. 청나라의 위협과 모욕으로 타들어 가던 조선 국왕의 자존심이 회복되는 순간이기도 했다. 당황한 왕비가 말을 이었다.

"그것이 아니오라……."

"알겠소. 중전의 뜻은 잘 알았으니 그만 물러가시오."

왕은 서안 위에 놓인 문서들을 거칠게 채어 들었다. 왕비는 입술을 깨물며 말을 삼켰다. 다과상은 손대지 않은 그대로였고, 기울어 가는 햇살에 경단과 정과의 화려한 색감과 윤기도 한풀 수그러 들었다. 왕의 눈길 한번 제대로 받지 못한 채 쓸쓸히 자리에서 일어나는 왕비의 마음 같았다.

정오가 지난 뒤 홍영식은 느지막이 대문을 나섰다. 민영익의 집에 가는 길이었다. 저만치 담장 너머로 팔을 길게 내민 백송의 흰 가지가 눈에 띄었다. 나라도 혼란스럽고 마음도 혼란스러운 이즈음은 왠지 나무를 볼 때마다 마음이 아려 와 눈길을 오래 두지 못했다.

얼마 걷지 않아 민영익의 집 앞에 이르렀다. 높고 번듯한 솟을대문 위에는 '통리교섭통상사무아문'이라는 현판이 걸려 있었다. 난리 때 없어졌던 통리기무아문을 다시 개편해 만든 것이다. '외아문'이라고도 부르는 통리교섭통상사무아문은 아예 협판° 민영익의 집에 청사를 두었다. 대궐로 돌아온 뒤 부쩍 친정을 챙기기 시작한 왕비 덕에 민씨 집안은 점점 세를 넓혀 갔다. 특히 왕비의 조카인 민영익의 권세는 대단했다. 재동 민영익의 집은 해가 바뀔 때

● 협판(協辦) | 조선 말에 통리군국사무아문과 통리교섭통상사무아문에 둔 벼슬.

마다 칸수를 늘렸고, 한쪽을 청사로 내주어도 아쉬움이 없을 만큼 드넓었다.

민영익은 연못가에 멋스럽게 지어 놓은 연당에서 손님들을 기다리고 있었다. 무료했던지 서안 위에다 빈 붓질을 하던 중이었다. 오랜만에 난이라도 치고 있었던 것일까. 그가 번다히 대궐에 드나드느라 서화에 몰두하지 않는 것을 아쉬워하는 이가 많을 정도로 어릴 때부터 그림에 뛰어난 민영익이었다. 특히 그가 그린 난은 대원군의 난에 버금가는 것으로 독특한 아취가 있다고들 했다.

"자네도 왔는가?"

홍영식이 들어서는 것을 보며 민영익이 말했다. 자신의 권세 아래 머리 조아리는 사람들을 수없이 상대해 와 그런지, 젊은 나이에도 여유와 위엄이 있었다. 시원스러운 눈매며 환한 웃음은 한창 때의 홍영식을 닮았고, 동안의 외모에 비해 관록이 배어 있는 몸가짐은 그와 어깨동갑*인 금릉위와 비슷했다. 늘 격정적인 금릉위보다 젊은 나이에 세도가의 수장이 된 민영익이 더 노련해 보이긴 했다.

자리에 앉자마자 홍영식이 성급하게 물었다.

"옥균이 크게 담판 지을 일이 있다며 이리로 오라 했는데, 대체 무슨 일인가?"

민영익의 얼굴에 곤혹스러운 표정이 잠깐 스쳐 갔다. 빈 붓놀림

---

* 어깨동갑 | 한 살 정도 차이가 나서 동갑이나 다름 없음을 말하는 것.

을 여전히 멈추지 않은 채 말했다.

"어제 어전에서 소란이 있었다네. 목 참판과 김 공이 전하 앞에서 다투었는데, 낯을 붉히고 목소리까지 높이며 굉장했다네."

"아니, 무슨 일로 그런 망극한 모습을 보였단 말인가?"

"목 참판과 언쟁이 붙었다면 당오전 만드는 일 때문이 아니겠나?"

찌푸린 얼굴로 민영익이 말했다.

그 무렵 조선의 재정은 심각한 지경에 이르렀다. 조정이 지방 수령들을 통제할 능력을 잃은 지는 오래되었고, 지방 관리들의 농간으로 세금이 제대로 들어오지 않아 국고는 텅 비었다. 그런데도 나라에서 써야 할 돈은 점점 늘어나니, 결국 상평통보의 다섯 배의 가치를 지니는 당오전을 새로 만들기로 한 것이다. 당오전 발행을 적극적으로 추진하는 세력은 '목 참판'으로 불리는 묄렌도르프와 민씨 관료들이었다. 그러나 대원군 시절 경복궁을 중건하면서 만든 당백전으로 큰 혼란을 겪었기에 반대하는 의견도 있었다. 특히 일본에서 막 돌아온 김옥균의 반대가 심했다. 자신은 조선과 일본을 오가며 개혁에 필요한 자금을 마련하느라 애쓰고 있는데 조정에서 내놓은 방안이 고작 화폐를 새로 찍겠다는 것이냐며 김옥균의 실망과 분노는 대단했다. 목 참판과 김옥균은 서로 주장을 굽히지 않았고, 왕 앞에서까지 심하게 다투었다. 왕은 민영익에게 두 사람의 의견을 조정해 보라 일렀다. 민영익은 목 참판과도 원만했고 김옥균과도 가까운 편이었다.

민영익과 홍영식이 전날 이야기를 하고 있는데, 김옥균이 먼저 왔다. 역시 도포에 갓 쓴 평복 차림이었다. 옥 같던 흰 얼굴은 많이 상했고, 초조하고 피로한 기색이 날카로운 눈매에 그대로 드러나 보였다.

김옥균이 일본에 있는 동안, 조선의 형편과 벗들의 처지는 더욱 어려워져 있었다. 아무도 청나라 관리들의 뜻을 거스르지 못했고, 그들이 인정하는 세력만 조정에서 자리를 지킬 수 있었다. 금릉위는 결국 광주(廣州) 유수로 좌천되어 갔고, 한성 판윤을 하며 추진하던 모든 개혁들도 헛되이 돌아갔다. 김옥균마저 두 번째 일본행에서도 빈손으로 돌아오자 젊은 양반들의 실망과 초조함은 이루 말할 수 없었다.

조금 뒤 목 참판이 조영하와 함께 들어왔다. 조영하는 청나라에 기대어 조선의 안정뿐 아니라 자신의 안락도 누리려 하는 자였다. 방 안에 있는 조선 젊은이들이 평복 차림인데, 독일인이자 청나라의 고용인인 묄렌도르프, 아니 목 참판이 조선 관복을 입고 있는 게 이상했다. 왕이 직접 하사한 관복은 지위 높은 당상관의 것으로, 가슴에 쌍학이 수놓인 흉배가 붙어 있었다.

조선에 온 지도 반년, 그새 목 참판의 몸은 꽤 비대해졌다. 난리 통에 흉가가 되어 버린 민씨 집안의 빈 저택을 내려 주며 왕은 안되어 했지만, 목 참판은 서양식으로 수리한 저택이 마음에 들었다.

높은 급료에다 진귀한 하사품, 극진한 대우를 받으며 지내는 조선에서의 생활도 만족스러웠다. 조만간 청나라에 있는 가족도 데려올 작정이었다. 셋집을 면치 못했던 톈진 시절을 생각하면 대접받는 이곳 생활을 가족들도 좋아할 것이다.

먼저 와 있는 김옥균을 보자 새로이 화가 치미는지 목 참판은 콧수염을 씰룩거렸다. 조선에서는 자신에게 모두 공손히 대하건만, 얼마 전 일본에서 돌아왔다는 이자는 눈길이 꼿꼿하기 짝이 없었다. 언성을 높이며 자신에게 대드는 사람도 처음 보았다. 싸늘하게 되쏘아보기는 김옥균도 마찬가지였다. 냉기가 도는 방 안 분위기를 수습하려는 듯 떠벌리기 좋아하는 조영하가 수선을 피웠다.

"자, 자, 어제 일은 잊고 이제 두 사람이 화해를 하시지요. 다 조선을 생각하는 마음에서 나온 이야기 아니겠습니까? 민 협판에게 이런 자리를 만들라 당부하신 전하의 뜻도 그러하실 겁니다."

역관이 작은 목소리로 통역하는 것을 목 참판은 찌푸린 얼굴로 듣고 있었다. 김옥균이 먼저 입을 열었다.

"나라를 생각한다니요? 진정 조선을 생각한다면 그리할 수 있겠습니까?"

공연히 뜨끔해진 역관이 채 통역하기도 전에 김옥균의 말이 이어졌다.

"목 참판은 서양 사람이라, 나라의 재정을 살리고 운용하는 것에 견문이 있으리라 여겼습니다. 그런데 기껏 내놓은 방안이 화폐를 더 찍어 내자는 것입니까? 그것도 값어치를 몇 배나 높게 매긴 당오전, 당백전 같은 악화(惡貨)를요?"

"아니, 당백전 이야기는 왜…… 그건 하지 않기로 했는데……."

조영하가 손사래까지 쳐 가며 말했다. 당오전에 찬성하는 그조차도 당백전 이야기는 끔찍한 듯했다. 조영하의 수선스러운 손사랫짓이 끝나자 목 참판이 천천히 입을 열었다.

"그렇다면 지금 당장 필요한 곳에 돈을 쓰지 못하는 문제를 어찌 해결하자는 것이오?"

김옥균의 불타는 눈길이 목 참판에게로 옮겨 갔다.

"일단 널리 공채(公債)를 모집하고 적극적으로 차관을 들여와야 합니다. 그 돈으로 조선의 물자와 자원 개발에 나서서……."

"하하하……."

갑자기 터져 나온 목 참판의 웃음이 김옥균의 말을 잘랐다. 그 앞에서 수군대다 낭패 본 사람들이 이야기하는 것처럼, 어쩌면 목 참판은 조선말을 알아들을 수 있는지도 몰랐다. 웃음을 감추지 않고 목 참판이 물었다.

"공채? 차관? 하하하! 조선에도 그런 말을 아는 사람이 있나 보군. 그런데 차관이라 했소? 도대체 어느 나라가 조선을 믿고 큰돈을 내어 주겠소?"

갑작스레 말허리를 잘린 김옥균이 발끈했다.

"무작정 믿고 달라는 것이 아닙니다. 조선의 자원 중에 돈이 될 만한 것을 개발하고, 그것을 담보로 차관을 들여오면 되지 않겠습니까?"

"흥, 과연 조선에 개발할 무엇이 있소?"

두터운 입술을 씰룩이며 목 참판이 말했다. 안경 너머 보이는 눈빛에는 조롱기도 어렸다.

"서양은 화폐의 기본을 금으로 삼고 귀하게 여긴다고 들었습니다. 허나 조선에서는 장신구나 사치품 외에 널리 쓰이지 않아 그대로 묻혀 있는 금광이 많습니다. 또 함선이나 기차를 만들자면 철이 많이 들 텐데, 조선에는 철광도 많습니다. 게다가……"

금광이란 이야기에 목 참판의 눈빛이 반짝였다. 김옥균은 이어 말했다. 땅속 어딘가 묻혀 있을 금광이며 철광은 막연했지만, 확실한 것도 있었다.

"일본은 조선 바다의 고래와 울릉도 해안의 목재에 관심이 많더군요. 고래를 잡을 수 있는 포경권과 목재를 베는 벌채권을 허락한다면, 어느 정도 차관을 들여올 수 있을 것입니다. 다른 담보를 제공하면 더 많은 액수도 가능하겠지요."

김옥균은 조선에 돌아오자마자 '동남제도개척사 겸 관포경사'라는 해괴하고도 긴 이름의 직책을 얻어, 조만간 고래와 목재를 원하는 일본인들과 담판할 작정이었다.

"고래를 잡고 나무를 베어 돈을 빌린다? 자네는 뱃사람이나 벌목꾼이 되려는 모양이군. 그래, 일개 어부와 나무꾼을 믿고 과연 일본이 돈을 빌려 준다던가?"

조영하가 이를 드러내 보이며 웃었다. 씰룩, 목 참판의 입술도 일그러졌다. 두 사람의 조소에 얼굴이 벌겋게 달아오른 김옥균의 목소리가 높아졌다.

"잘 살펴보면 조선에도 묻혀 있는 부(富)가 있고, 다른 나라를 설득할 방도가 있을 것입니다. 조정이 착실히 준비해 백성의 어려움을 덜어 주어야 하거늘, 당장 편한 방법만 취해서야 되겠습니까? 갑작스러운 화폐 정책의 해독을 목 참판은 정녕 알지 못한단 말입니까? 아니면 조선 조정과 백성들 살림이야 어찌되건 상관없다는 심사에서 그리하는 겝니까? 목 참판은 언제라도 조선을 떠나면 그뿐이기에, 알면서도 모르는 척하는 건 아닌지요?"

"이거…… 말이 좀 지나치지 않소?"

목 참판 대신 조영하가 얼굴을 붉혔다. 목 참판도 불쾌한 낯빛이었다.

두 사람 사이에 오가는 논쟁을 민영익은 듣고만 있었다. 어전에서도 주고받은 이야기를 또 하고 있는 걸 보니 짜증도 났다. 똑같은 이야기를 궐뿐 아니라 집에서도 들어야 하는 게 싫었다. 집 한쪽에 청사가 들어오는 것을 처음에는 기꺼워했지만, 이제는 그쪽을 바라보기만 해도 머리가 아팠다.

갓 스물을 앞뒤로 하던 시절에는 나랏일 하는 재미와 보람도 있었다. 박규수 대감이 세상을 떠난 뒤 젊은 양반들은 민영익의 사랑에서도 자주 모였다. 민영익은 북촌의 참신한 젊은이들을 왕과 왕비에게 천거했고, 그들과 더불어 열정적으로 나랏일을 해 나갔다. 하지만 언제부터인가 하는 일에 의욕이 없어지면서 다 놓아 버리고 싶은 마음이 종종 들었다. 목 참판이 흡족하게 살고 있는 저택은 양아버지의 동생인 민겸호의 집이었다. 난리가 일어나 성난 군중에 의해 집이 불타고 숙부가 목숨을 잃자, 민영익은 두려웠다. 왕비의 조카라는 자신의 지위는 찬란하고 영원하리라 여겼는데, 단번에 뒤집어질 수도 있을 만큼 허망하고 위험하다는 생각이 처음으로 들었다.

그림 그리고 글씨 쓰는 데 온 마음을 쏟던 평온한 시절로 돌아가고 싶은 생각이 간절했다. 하지만 그럴 수도 없었다. 양부와 양숙부까지 잃고 나니, 가문의 기대와 세도를 지켜야 하는 책임은 그에게로 더욱 집중되었다. 지난해 친누이가 세자빈으로 책봉된 뒤에는, 다음 왕이 될 세자 저하까지 보필해야 하는 막중한 임무를 또 지게 되었다. 스물넷, 한창의 나이인데도 민영익의 젊은 눈가에는 어느새 실주름이 생겨나고 있었다. 뜻대로 되지 않는 일과 무수한 논쟁에 지친 삼십 대의 벗들과 왕과 왕비처럼.

"허허, 도저히 상종 못 할 자이구만!"

조영하와 목 참판은 관복에 바람을 일으키며 나가 버렸다. 묵묵히 앉아만 있는 두 사람을 답답하게 바라보던 김옥균도 자리에서 일어났다. 홍영식은 벗을 역성들어 함께 꾸짖지 못한 것을 뒤늦게 자책했다. 민영익은 다시 서안 위에 빈 붓질을 했다. 열어 놓은 문틈으로 연못 위에 뜬 연녹색 연잎들이 보였다. 제법 더운 기를 품은 바람이 슬몃, 여름을 방 안에 들여놓고 물러갔다.

왕은 고심 끝에 결정했다. 당오전은 만들기로 하되, 김옥균에게 국채 모집 위임장을 주어 일본에 보내기로 한 것이다. 재정 문제를 해결하기 위해 두 방법을 모두 써 보기로 한 셈이다. 그러나 대신들과 민씨 관료들은 김옥균의 일본행을 격렬하게 반대했다. 어찌 조선 왕의 옥새를 오랑캐에게 돈을 빌려 달라는 문서에 함부로 찍을 수 있겠느냐면서, 그런 일을 꾸민 김옥균의 불충을 소리 높여 성토했다.

김옥균이 왕의 위임장을 받고 떠날 채비를 하던 날, 조영하는 민씨 집안의 원로이자 통리교섭통상사무아문의 독판˚ 민영목을 찾아왔다. 민영익의 친아버지 민태호도 청사에 건너와 있었다. 성미 급한 조영하가 다짜고짜 물었다.

"김옥균을 이대로 보낼 것입니까? 전하의 위임장이라니요? 그런 망극한 일을 꾸며 나라의 위신을 떨어뜨리려는 자를 그냥 둘 수 있겠습니까?"

"……."

˚ 독판(督辦) | 통리교섭통상사무아문의 으뜸 벼슬.

166

두 사람이 묵묵히 있자 애가 단 조영하가 다시 말했다.

"만에 하나라도 일본의 돈이 들어오고 일본 세력이 들어와 김옥균에게 힘이 실린다면, 장차 그 일을 어쩌면 좋겠습니까?"

잠자코 있던 민영목이 말했다.

"그리되지는 않을 것이네. 일본도 곤란을 겪고 있다는데 그런 큰돈을 조선에 줄 리가 있겠는가? 일본 한량들이 하는 말에 옥균이 솔깃해진 모양인데…… 두고 보게, 전하의 위임장까지 얻어 내고도 빈손으로 돌아온다면 책임을 단단히 물을 것이네. 감히 군왕을 속인 죄로 엄히 다스릴 것이야."

말할 때마다 눈썹 사이에서 삐져나온 검은 터럭이 꿈틀거렸다. 그제야 조금 마음이 놓이는지 조영하가 한마디 덧붙였다.

"목 참판도 조선의 화근은 무엇보다 김옥균이라 했습니다. 김옥균의 무리를 뿌리째 뽑지 못한다면 장차 큰 화가 벌어질 것이라 하더군요."

"음……"

민영목은 고개를 끄덕였고, 민태호가 말을 이었다.

"어쨌건 조정이 당분간은 조용하겠습니다. 우리도 당오전을 만들 주전소를 살피고, 계획한 일들을 추진해야지요. 전하를 기망한˚ 옥균의 죄는 돌아오면 그때 다시 묻도록 합시다."

• 기망(欺罔)하다 | 남을 속여 넘기다. 기만하다.

김옥균이 일본에 가는 것은 이번이 세 번째지만, 정식 대표로 방문하는 것은 처음이었다. 더구나 왕이 내린 위임장까지 지니고 가는 길이었다. 잘된다면 다행스러운 일이지만, 잘못된다면 반대 세력의 규탄은 물론 왕의 신임도 거두어질 수 있었다. 그러면 자신과 벗들의 처지는 더욱 위태로워지리라. 그런 생각까지 하고 있는 김옥균의 심정은 이제까지 일본행보다도 더욱 긴장되고 착잡했다. 행장을 꾸리던 손길을 자주 멈추고 생각에 잠기는가 하면, 공연히 여섯 살 난 딸을 불러 오래오래 얼굴을 들여다보고 머리를 쓰다듬어 주었다.

1883년 7월, 김옥균의 집이 있는 홍현 언덕에는 매미 울음소리가 한창이었다. 바야흐로 여름의 절정이었다. 하늘을 찢는 매미 소리는 요란하면서도 절박했다. 이 여름의 한순간이 매미에게는 생의 마지막이기에 더욱 그런 것 아닐까. 절박하기는 김옥균의 심정도 마찬가지였다. 진땀처럼 끈적끈적할 섬나라의 여름 속으로 김옥균은 외로이 들어가려 하고 있었다.

6.

갑신년, 그해

1884년 6월 1일.

단오 지난 들판은 이채로웠다. 나지막한 산에는 신록이 한창이
었고, 넓은 들녘에는 누런 보릿대가 바람 따라 몸을 뉘었다 일으켰
다 했다. 망종˙을 앞두어 그런지 들에 나와 보리 베는 사람들이 많
았다. 줄지어 선 사람들이 낫질할 때마다 누런 보리들이 줄지어 넘
어갔다. 허리 한번 펴 볼 틈 없이 일해 봐야 굶주림을 면하기 어려
운 지경이었건만, 다 자란 곡식을 거두는 순간만큼은 하늘과 햇볕
과 바람에 감사하는 마음이 오롯했다. 일찌감치 보리 수확을 마친

• 망종(芒種) | 이십사절기의 하나. 이맘때가 되면 보리는 익어 먹게 되고 모를 심는
 다. 6월 6일 무렵.

논에는 물을 가두어 볏모 심을 준비를 해 놓았다. 이른 모내기마저 끝낸 논을 굽어보노라니 어린모들이 하늘에 거꾸로 꽂혀 있는 것만 같았다. 푸른 하늘을 배경으로 산과 나무의 초록과 익은 보리의 누런빛 사이사이에 흰옷 입은 사람들이 엎드려 일하고 있는 모습은, 조선의 오뉴월 들판만이 보여 줄 수 있는 다채로운 풍경이었다.

들판 사이로 서울과 제물포를 오가는 길이 나 있었다. 원래는 좁고 한적한 길이었는데 외국 사절과 상인 들의 왕래가 많아지면서 넓혔다고 한다. 그 길에 말을 타고 가는 사람들이 있었다. 고개를 외로 수그린 채 흔들리는 몸을 말안장에 내맡기고 있는 사람은 김옥균이었고, 신록과 보리 들판에서 좀처럼 눈을 떼지 못하는 젊은이는 이제 갓 스무 살 난 윤치호였다. 폭이 좁은 두루마기에 중갓을 쓰고 동그란 안경을 눈에 걸고 발등까지 덮은 양혜*를 신고 있는 윤치호의 모습도 이채롭기는 마찬가지였다.

미국 공사 푸트의 통역관으로 윤치호가 조선에 온 지는 일 년 남짓 되었다. 그간 공사관과 대궐만 부산하게 오가느라 한적한 교외로 나온 것도, 조선의 들판을 보는 것도 오랜만이었다. 낡고 뒤처진 조선의 모습은 부끄러웠으나, 흰옷 입은 사람들이 허리 숙여 일하는 조선의 들녘은 사무치게 그리웠다. 낯선 나라의 꿈속까지

* 양혜(洋鞋) | 구두.

자주 찾아오는 것도 서울 집보다는 아산 시골집과 고향 마을의 들녘이었다. 두 나라 말을 번갈아 옮기느라 항상 곤두서 있는 통역관의 긴장감을, 윤치호는 그리던 풍경 속에 잠시 내려놓았다. 김옥균과 윤치호는 미국과 유럽을 두루 방문하고 돌아오는 보빙사* 대표 민영익을 마중하러 제물포항에 가는 길이었다.

들뜬 윤치호와 달리 김옥균의 얼굴은 어두웠다. 왕의 위임장까지 지니고 일본에 갔다가 차관을 얻지 못하고 또다시 빈손으로 돌아온 게 얼마 되지 않았던 것이다. 김옥균이 막상 조선 왕의 위임장을 들고 가자, 일본 정부는 이런저런 핑계를 대며 딴청을 부렸다. 심지어 위임장이 위조된 것이라는 정보를 가지고 있다며 김옥균을 의심하는 눈초리로 바라보기도 했다. 김옥균의 성공을 탐탁지 않게 여기는 묄렌도르프의 입에서 나온 이야기를, 새로 조선에 부임해 온 다케조에 공사가 듣고 올린 보고였다. 그러나 이는 핑계에 불과했고 처음부터 일본 정부는 그처럼 큰 돈을 조선에 빌려줄 생각도, 여유도 없었다.

일이 잘된다면 그해 안에 돌아올 작정이었으나 잔뜩 기대하고 있을 왕과 벗들 앞에 차마 빈손으로 나타날 수 없었다. 떠나올 때 입고 온 여름 홑옷으로 이국의 가을과 겨울을 보내며, 김옥균은 발이 부르트도록 일본 외무성과 대장성을 드나들고 입술이 부르트

• 보빙사(報聘使) | 답례로써 외국을 방문하는 사절.

도록 그들을 설득했다. 서양의 다른 나라들에도 차관이 가능한지 알아보았다. 그러나 수신사를 반기던 때와 달리 서양 외교관들은 차관 요청에 냉담했다. 결국 김옥균은 빈손으로 되돌아올 수밖에 없었다. 조선으로 오는 배에서, 이대로 저 캄캄한 바닷속으로 사라지고 싶다는 생각도 들었다. 뱃전을 때리는 기세등등한 파도는 국왕을 기망한 죄를 묻겠노라며 자신을 문책하는 대신들 같았고, 힘없이 부서지는 하얀 물거품은 더 이상 발붙일 데 없는 자신과 벗들의 처지 같았다.

그나마 버틸 수 있었던 것은, 세계 일주를 하고 돌아올 민영익에 대한 기대 때문이었다. 김옥균은 미국에 보내는 사절단인 보빙사 대표로 민영익을 추천했고, 홍영식과 서광범, 유길준도 수행원으로 가게 했다. 자신이 일본에서 차관을 들여오고 왕과 왕비의 신임을 받는 민영익이 서양 문물을 둘러보고 온다면, 조선의 앞날은 탄탄하리라 여겼다. 소임을 다하지 못한 자신의 처지는 근심스러웠으나, 드넓은 세상을 둘러본 민영익의 얼굴은 환히 빛나리라 애써 기대하고 있었다.

후두두, 갑작스레 쏟아진 굵은 빗방울이 생각에 잠긴 김옥균의 얼굴을 때렸다. 빗줄기는 점점 거세져 사람도 말도 더 나아갈 수 없었다. 일행은 부근 석바위장에서 하룻밤을 묵기로 했다. 제물포항 여각에서 민영익 일행을 만난 것은 그다음 날 아침이었다.

"아니, 이게 얼마 만입니까?"

여각* 마당에 나와 서성이던 서광범이 김옥균을 보고 달려왔다. 낯선 나라의 햇볕에 그을린 거무스름한 낯빛이 건강해 보였다. 윤치호는, 양어 역관이 왔다는 소리에 반색하며 달려 나온 감리서* 관리에게 이끌려 자리를 떠야 했다. 아쉬운 표정으로 자꾸만 뒤돌아보는 윤치호를 웃는 얼굴로 배웅한 뒤 김옥균이 물었다.

"민 공은 어디 있는가?"

순간, 서광범의 얼굴이 벌겋게 달아오르며 격한 표정이 되었다. 보빙사로 갔다 먼저 돌아온 홍영식도, 민영익에게 큰 기대를 하지 말라는 이야기를 한 적이 있었다. 그때 홍영식의 얼굴도 이랬다.

"그만두십시오. 가 봐야 반가워하지도 않을 것입니다. 도대체 그런 진기한 경험을 하고서 무슨 생각을 하는 건지 모르겠습니다."

김옥균의 얼굴도 어두워졌다. 자신은 가까운 일본만 둘러보고서도 가슴이 벅차 조선에 돌아가 할 일을 꼽아 보며 조바심을 내었다. 그런데 민영익은 미국과 유럽, 아시아의 여러 나라들까지 그야말로 세계 일주를 하고 오지 않았던가. 서광범의 말이 믿기지 않으면서도, 젊은이답지 않게 어둡고 지쳐 보이던 민영익의 얼굴이 떠올랐다. 드넓고 진기한 세상의 구경거리도 일찍 늙어 버린 젊은

• 여각(旅閣) | 조선 후기에 연안 포구에서 상인들의 숙박, 화물의 보관, 위탁 판매, 운송 따위를 맡아보던 상업 시설.
• 감리서(監理署) | 1883년에 부산·원산·인천의 세 곳에 설치한, 통상(通商) 사무를 맡아보던 관아.

이의 완고한 마음을 바꾸지 못했던 것일까.

별안간 여각이 소란스러워지더니 건장한 하인들이 마당 가득 늘어섰다. 긴 여행을 마친 젊은 영감을 마중 나온 재동 민 독판 댁 사람들이었다. 이윽고 민영익이 여각 마당에 나섰다. 미남자답게 은은한 연가짓빛 도포를 입고 그 위에 남색 술띠를 두른 차림이었다. 젊은 영감께서 행여 부슬비라도 맞을세라, 수행한 청지기가 둥근 박쥐우산을 얼른 높이 펴 들었다. 김옥균이 민영익 앞으로 다가갔다.

"먼 길에 별고 없으셨는가?"

힐끗, 민영익이 이쪽을 바라보았다. 마지못해 고개를 끄덕였다. 상한 기분을 드러내지 않고 김옥균이 더 이야기하려는데, 민영익은 가마에 오르며 하인들에게 짧게 말했다.

"가자."

김옥균의 얼굴이 벌게졌다. 공연히 제가 무안해진 청지기는 김옥균 쪽을 흘끔거리며 출발을 재촉했다. 민영익이 탄 가마를 앞세우고 긴 행렬이 줄줄이 여각 문을 빠져나갔다. 순식간에 마당에는 적막이 감돌았다. 서광범도 몹시 속상했던지 검은 얼굴이 더욱 어두워져 있었다.

"제가 무어라 했습니까? 반기지도 않을 것이라 하지 않았습니까? 이 비에 공연히 먼 걸음 하셨습니다."

"⋯⋯."

김옥균은 할 말이 없었다. 서광범이 다시 말을 이었다.

"미국에 처음 도착했을 때는 괜찮았는데 점점 말이 없고 침울해지더니, 영식이 먼저 귀국할 즈음에는 크게 다툰 적도 있습니다. 무작정 나라의 문을 여는 것만이 옳은 일은 아니라는 이야기도 하더군요."

"아니, 어째서…… 민 공이 왜 그런 이야기를 한단 말인가?"

김옥균의 목소리에는 안타까움이 진하게 배어 있었다.

가마를 타고 재동 집으로 가는 민영익의 마음은 착잡했다. 세계의 번화한 항구들을 둘러보다가 낮게 엎드린 초가지붕과 흰옷 입은 후줄근한 사람들만 눈에 띄는 제물포항을 보니 초라하기 이를 데 없었다. 마치 광명 세상에 있다가 암흑 세상으로 돌아온 듯한 느낌마저 들었다. 그러나 또 한편으로는 눈에 익은 이곳의 고요함이 왠지 편안했다.

미국에서 조선 보빙사 일행은 환영받았지만, 십여 년 전 일본 사절단처럼 진기한 구경거리도 되었다. 황제나 마찬가지인 미국 대통령을 처음 만났을 때 조선 사신들은 당연히 예를 갖추어 큰절을 올렸다. 엉거주춤 서 있는 대통령 앞에서, 머리를 바닥에 댄 채 엉덩이를 들고 엎드린 조선 사신들의 그림이 미국 신문에 크게 실렸다. 그림 속의 미국 대통령은 당황하면서도 웃고 있었고, 신문을 보는 사람들도 웃음을 참지 못했다. 조선에서 민영익은 양반에다 귀인이었지만, 그곳에서는 그저 구경거리에 불과했던 것이다. 그런 모욕은 평생 처음이었고, 젊은 민영익의 예민한 가슴에 아프게 스며들었다.

그들이 권하는 대로 둘러본 세계도 다르지 않았다. 세상은 온통 피부가 희고 힘센 서양인들의 것이었다. 그 밖에 작은 나라의 사람들은 설령 왕이나 귀족이라 해도 아무것도 아니었다. 서양인들은 남의 나라를 허락도 없이 제집처럼 마구 드나들었고, 심지어 아불리가(아프리카)에 있는 애급(이집트)에서는 금자탑* 모양의 고대 왕의 무덤을 파헤쳐 놓고 구경거리로 삼았다. 민영익은 덜컥 겁이 났다. 이것이 그들이 말하는 개명 세상이란 말인가. 서양 상인 오페르트의 남연군 묘 도굴도 다 내력이 있어 보였다. 어차피 조선이 문을 열고 변화해야 한다면, 무례한 서양보다는 그래도 전통을 알고 사대부 양반을 아는 청나라와 손을 잡는 게 낫겠다는 생각이 들었다.

비 내리는 여각 마당에서 서광범의 이야기는 계속되고 있었다.

"미국 군함을 타고 오면서 세계의 이름난 항구들을 둘러보았는데, 장대한 광경을 보면서도 후련한 감탄 한마디가 없더군요. 선실에 틀어박혀 내내 고리타분한 한서들만 읽었습니다. 저희를 안내한 미국 장교도, 세계 일주에 나선 사람들을 두루 겪어 보았지만 민 공 같은 사람은 처음이라며, 참으로 이상하다고 하더군요."

---

* 금자탑(金字塔) | '금(金)' 자 모양의 탑이라는 뜻으로, 피라미드를 이르던 말.

김옥균의 가슴이 덜컥 내려앉았다. 얼떨떨한 기분에서도 비로소 깨어났다. 방금 본 민영익의 냉담한 얼굴은 확실히 현실이었던 것이다. 갑자기 막막해지면서 자신과 벗들의 절박한 처지가 확대경으로 보는 것처럼 크게 다가왔다. 빈손으로 돌아온 자신을 나무라지는 않았지만 그렇다고 낙담한 기색을 감추지도 않던 왕의 얼굴이 새삼 마음에 걸렸다. 자신과 벗들을 없애 버리려 조정 대신들은 기막힌 옥사˙를 꾸미고 있을지도 몰랐다. 조선을 영원히 저들의 속국으로 만들려는 청나라 군 진영의 음험한 논의도 귀에 들리는 것 같았다.

　　저만치, 민영익의 행렬은 뒤꽁무니만 아스라이 보였다. 닿을 길 없이 멀어져만 가는 행렬을 보며 두 사람은 하릴없이 여각 마당에 서 있었다. 어느새 빗줄기는 굵어져 가는데, 김옥균에게는 더 이상 갈아입을 옷조차 남아 있지 않았다.

　　정동 미국 공사관은 단장이 한창이었다. 7월 4일, 그네들의 독립 기념일이라 했다. 공사관 입구에는 커다란 미국 기가 꽂혀 있고, 집 안 곳곳에서도 작은 기들이 눈에 띄었다. 희고 붉은 가로줄에, 왼쪽 모서리에는 푸른 바탕에 흰 별들이 그려진 깃발이었다. 부엌에서는 도자기 그릇이 부딪히는 소리가 끊임없이 새어 나오고 있

˙ 옥사(獄事) | 반역, 살인 따위의 크고 중대한 범죄 사건.

었다. 조선 사기그릇보다 달캉거리는 소리가 한결 맑고 높았다. 안주인 로즈 푸트 여사의 높은 목소리도 끊이지 않았다. 푸트 여사의 변덕스러운 지시가 있을 때마다 중국인 집사는 하인들에게 일감을 다시 내리느라 쩔쩔맸고, 공사 집무실에 있는 윤치호까지 불려 나와 까다로운 요구를 통역해야만 했다. 공사관 잔디 마당에서 연회를 벌이기 좋아하는 푸트 여사가, 조선에 있는 외국인들과 조정 사람들을 만찬에 초대한 날이었다.

관저 사람들의 정신을 쏙 빼 놓은 뒤 푸트 여사는 정원으로 나왔다. 몸에 달라붙는 엷은 윗옷에 허리를 꼭 졸라매고 엉덩이를 잔뜩 부풀린 치마를 입은 모습이 조선 사람들 눈에는 우스꽝스럽게 보였다. 이미 쉰을 훌쩍 넘긴 여사는, 체구가 큰 데다 얼굴 윤곽이 두렷두렷해 사내 같은 인상이었다. 알려지지 않은 동양의 작은 나라들에 부임해 올 때부터 가족과 동행하는 외교관은 드물었다. 그러나 대범한 푸트 여사는 남편과 미국에서부터 함께 왔고, 서양 여인으로서는 처음으로 조선 제물포항에 발을 디뎠다. 난리 통에 피습당한 대신의 집이었다지만 규모도 있고 운치도 있는 기와 저택에서 지내는 생활이 푸트 여사는 마음에 들었다. 미국에 남아 있어 봐야 여인들의 지루한 티 파티에 가 잡담하거나 시골 교회 목사의 단조로운 설교를 들으며 지내야만 했을 것이다. 그러나 조선에서는 수시로 왕궁에 드나들었고 왕과 왕비의 성대한 대접을 받곤 했다. 그럴 때면 자신도 마치 미국 대통령의 부인이나 된 듯 우쭐해졌다.

초여름 공사관 정원은 참으로 아름다웠다. 초록 잔디를 쓸어 주던 순한 바람이 푸트 여사의 은빛 머리칼도 부드럽게 쓸어 넘겨 주었다. 기후와 풍토가 비슷해 그런지 고향 샌프란시스코에서 가져온 꽃씨는 낯선 나라 조선의 정원에서도 꽃을 가득 피웠다. 푸트 여사가 특히 좋아하는 꽃은 장미였다. 여사의 이름 로즈도 장미라는 뜻이라는데, 그래서인지 공사관 정원에는 하양, 빨강, 노랑, 주홍, 분홍 등 갖가지 빛깔의 장미꽃들이 가득했다. 푸트 여사는 정원의 꽃들로 화려한 꽃다발을 만들어 왕비와 고관들의 부인에게 선물하곤 했다. 조선 사람에게나 조선에 와 있는 서양 사람에게나 안주인이 있는 미국 공사관의 연회는 볼만했다. 공들여 가꾼 정원도 그러했지만, 푸트 여사가 직접 만든 서양과자와 걸쭉한 양념을 끼얹어 구운 고기, 달콤한 즙으로 버무린 채소, 그 밖에 여러 가지 서양 요리들로 눈과 입이 즐거웠다.

푸트 여사가 조선에서 지내는 생활에 만족하고 있는 반면, 푸트 공사는 마음이 그리 편치 않았다. 조선 왕과 조정의 환대는 흡족했으나, 잔뜩 기대하고 있는 조선 사람들과 조선을 대하는 태도가 달라져 버린 미국 정부 사이에 끼어 처신이 어려웠던 것이다.

왕은 푸트 공사의 부임을 열렬히 환영했다. 서양 여러 나라와 조약을 맺었지만, 정식으로 조선에 공사를 파견한 것은 미국이 처음이었고 유일했다. 다른 나라들은 중국이나 일본에 파견한 공사나

영사로 하여금 조선에 관한 업무도 맡게 했던 것이다. 화려한 말에 비해 아무런 지원이 없는 일본에 지쳐 갈 즈음, 조선에 나타난 미국 공사는 단비처럼 반가운 존재였다. 영국과 전쟁에서 이기고 마침내 독립을 쟁취하였다는 미국 역사도 남의 일 같지 않았다. 왕은 미국인 군사 교관과 정치 고문을 조선에 파견해 달라고 푸트 공사에게 요청했다.

하지만 미국은 조선이라는 나라에 대해 잘 알지 못했다. 남부와 북부로 갈라져 치렀던 전쟁이 끝난 지 얼마 되지 않아 혼란을 수습하느라 정신없었던 것이다. 나라 밖으로 눈을 돌렸을 때는 이미 늦은 뒤였다. 중국 대륙에는 영국과 프랑스가 먼저 들어와 있었고, 그 아래 베트남을 비롯한 반도와 섬나라 들을 둘러싼 다툼도 치열했다. 서둘러 조선과 조약을 맺었으나, 작은 나라 조선에서 미국이 얻어 낼 것은 별로 없었다. 차라리 고무나 목재가 풍부한 열대의 섬들이 더 탐났고, 그 자원들을 줄 테니 조선에서 물러나라 한다면 순순히 응할 판이었다. 조선에 대한 미국의 관심은 급격하게 수그러들었다. 최근에는 미국도, 다른 나라에 파견한 영사에게 조선의 업무를 같이 맡기려 했다. 그러한 움직임에 푸트 공사의 자존심은 잔뜩 상해 있었다. 입궐할 때마다 고문 파견이 어찌 되었는지 조선 왕은 묻고 또 물었지만 해 줄 말이 없었다. 수없이 보고서를 올려 봐도 답이 없는 본국 정부에 푸트 공사도 화가 나 있었다.

연회 준비가 다 되어 가는 모양이었다. 서양 화덕에서 과자 굽는 냄새가 공사관에 가득했다. 고기와 야채를 넣어 뭉근히 달이고 있는 국물 냄새가 구수했고, 푸트 여사의 높은 목소리가 관저 안 이곳저곳에서 다시 들려오고 있었다.

정오가 되자 외아문의 조선 관리들이 먼저 찾아왔다. 협판 윤태준이 관리들을 거느리고 왔고, 조선 군영의 대장과 대신 들이 참석했다. 김옥균과 서광범, 변수 등도 왔다. 보빙사의 세계 일주에 동행했던 포크 중위는 서광범과 변수를 보자 활짝 웃는 얼굴로 팔을 벌리며 다가왔다. 이어 일본 나가사키에 있으면서 조선에 관한 업무도 맡아 하는 영국 영사 애스턴이 제물포항에서 세관 업무를 보는 서양 사람들과 함께 왔다. 조선과 조약을 맺기 위해 청나라에서 건너온 이탈리아 공사 루카와 러시아 공사 베베르도 참석했다.

연회는 성대했다. 서양 사람들은 푸트 여사가 장만한 음식을 들며 아련한 향수에 젖었고, 진기한 것을 대하는 데 꽤 거리낌이 없어진 조선 관료들도 이국의 음식을 즐거이 맛보았다. 어떤 이에게는 그리운, 어떤 이에게는 신기한 음식들의 맛과 향에 취해 분위기가 무르익어 갈 즈음, 애스턴 영사가 푸트 공사에게 말을 건넸다.

"멋진 집이로군요. 게다가 멋진 정원까지. 이렇게 꾸며 놓은 걸 보니 공사는 조선에서 내내 눌러사실 모양입니다? 관사인지 저택인지 모르겠군요."

듣기에 따라서는 미국 공사 부부가 꾸며 놓은 집에 대한 칭찬인 것 같았으나, 푸트 공사의 표정이 굳어지는 것을 보니 그게 아닌 듯했다.

미국이 영국에게서 독립한 지도 백 년이 지났지만 영국의 우월
감은 여전했다. 영국이 보건대, 조선과 조약을 맺고 공사관까지 둔
미국의 정책은 어리석은 것이었다. 조약의 내용도, 일본과 맺었던
불리한 경험을 토대로 착실히 준비해 온 조선에게 많이 내어 준
꼴이었다. 새로운 조약에 무지한 작은 나라들과 그간 서양이 우격
다짐으로 맺었던 것과는 달랐다. 영국의 입장에서는 이처럼 실속
을 차리지 못하는 미국이 한심했다. 그러니 조선에서 눌러살 작정
이냐는 애스턴의 말은, 미국의 서투른 외교와 연회 벌이기를 좋아
하는 푸트 공사 부부에 대한 조롱인 셈이었다.

식사를 마치고 보랏빛 서양 포도주와 말간 조선 약주가 번갈아
오갈 무렵, 조선 관료들의 자리에서도 팽팽한 긴장이 감돌았다. 외
아문 협판 윤태준이 김옥균 쪽을 바라보며 먼저 시비를 걸었다.

"감히 전하의 성심을 격동시켜 진 총판의 일을 청나라 조정에
알리고 북양 대신마저 욕보였으니, 뒷날 전하와 조선의 화로 반드
시 되돌아오지 않겠소? 일을 그리 만든 자는 마땅히 난신적자*라
할 것이오."

조선에 들어온 청나라 상인들은 청나라 공관이 있는 회현방 주
변에 자신들의 회관과 집터를 마련하려 했다. 그러고는 그곳에 살

---

* 난신적자(亂臣賊子) | 나라를 어지럽히는 불충한 무리.

던 조선 사람들을 위협해 대부분 떠나게 만들었는데, 사간원* 관리 이범진만은 절대로 살던 집을 내어 주려 하지 않았다. 상인들은 총판상무위원 진수당, 저희 부르는 이름으로 천쑤탕의 공관으로 끌고 가, 매를 때리고 강제로 문서를 쓰게 했다. 안 그래도 청나라 사람들에 대한 분노로 민심이 들썩이는 판에 조정 관리까지 잡혀가 매를 맞았으니, 백성들은 물론 조정의 의분도 대단했다. 몹시 화가 난 왕은 조선에 있는 천쑤탕이나 톈진의 리훙장을 통하지 않고, 청나라 조정에 직접 서한을 보내 항의했다. 그러한 사실을 뒤늦게 알게 된 천쑤탕과 북양 대신 리훙장의 입장은 난처해졌다. 아니, 그들의 입장이 난처해지지 않을지 청을 섬기는 조선 관료들이 더욱 궁금하는 것 같았다. 왕의 처신이 경솔했다며 원망했고, 왕을 부추긴 세력이 김옥균의 무리일 것이라며 더욱 날을 세웠다.

그 말을 듣고 가만히 있을 김옥균이 아니었다.

"도대체 성심을 욕보이는 것이 누구란 말입니까? 나라의 신하와 백성 들이 다른 나라 관리에게 욕을 당했다면 그 책임을 묻는 것이 지당하거늘, 우리 전하께서 누구의 사주를 받아 그리하셨단 말입니까? 불충은 오히려 그대가 저지르고 있는 것 아닙니까?"

당황한 것은 윤태준이었다. 벌건 얼굴로 노려보고만 있었다. 김옥균은 계속 말했다.

• 사간원(司諫院) | 조선 시대에, 옳지 못하거나 잘못된 일을 고치도록 임금에게 아뢰는 일을 맡아보던 관아.

"진 총판은 감히 우리 관리에게 부당한 매를 가해, 전하와 이 나라 조정을 욕보였습니다. 전하의 의분을 좇아 진 총판의 만행을 성토하지 않고 오히려 북양 대신이 곤란을 당하지 않을까 먼저 생각하다니요? 북양 대신의 심정만 헤아리고 전하와 백성들이 마음 상하는 것을 모른 척한다면, 조선 조정에 드나들 필요가 어디 있겠습니까? 차라리 청나라의 이홍장 밑에 가서 그의 신하가 되는 게 마땅하지요."

"허어, 저런, 저런! 저런 고얀 사람 같으니라고!"

"아니, 저자가……."

"하하하……."

얼굴이 벌겋다 못해 흙빛으로 변한 윤태준은 김옥균의 말에 어쩔 줄 몰라 했다. 다른 대신들도 분한 기색이었다. 김옥균 곁에 있던 젊은이들은 터져 나오는 웃음을 감추려 하지 않았다. 윤태준과 김옥균의 공방에 끼어들지 않고 묵묵히 앉아 있던 군영 대장과 대신들은, 날카로운 눈빛으로 김옥균과 곁에서 웃는 젊은이들을 쏘아보고 있었다.

생량머리˚라 그런지 저녁바람이 선득했다. 한가위가 눈앞이라 계절을 느낄 새도 없이 다들 분주했지만, 해가 지자 살갗에 오소소

• 생량머리 | 초가을로 접어들어 서늘해질 무렵.

돋기 시작하는 소름으로 가을에 접어들었음을 새삼 깨닫고 있었다. 양력으로 구월 하순, 음력으로는 팔월 중순이었다. 달빛 아래, 동쪽 성문을 빠져나가는 사람들이 있었다. 금릉위 박영효는 평소 타던, 서양 안장이 높다랗게 달린 검은 말 대신 평범한 갈색 말의 고삐를 머슴에게 맡겼고, 그보다 한 식경쯤 뒤에 성문을 빠져나간 서광범은 아예 혼자 걸음이었다. 달빛이 더욱 환해진 깊은 밤에야 성문을 나선 홍영식도 고삐를 직접 잡고 있었다.

젊은 양반들이 차례로 도착한 곳은 동문 밖 김옥균의 별장이었다. 김옥균이 도성을 떠나 그곳에 머무른 지도 두어 달가량 되었다. 조정 대신들은 또 무슨 일을 꾸미는 게 아닌가 의심도 했지만, 하는 일마다 반대하고 나서는 김옥균의 카랑카랑한 목소리가 들리지 않으니 후련하게도 여겼다. 일본에서 빈손으로 돌아온 뒤 아무런 할 일도, 설 자리도 없어 의기소침해진 것으로 보이기도 했다. 이즈음은 왕도 그를 찾는 일이 드물었다.

김옥균이 머무르고 있는 곳은 별장이라기보다는 절간이라 해도 좋을 만큼 호젓하고 고요한 집이었다. 시중드는 사람도 밥 짓는 상노 아이 하나뿐이었다. 방 안도 조출했다. 흙벽에 겨우 종이를 발라 놓았고 변변한 세간도 없었다. 불교에 관심이 많은 김옥균은 절집의 선방 같은 처소가 마음 편했으나, 양반가 젊은이들은 벗의 영락한 처지를 보는 것 같아 안쓰러워했다. 서안 위에는 일본 책들과 일본 시사 신문들이 놓였고, 『한성순보』도 구석에 가지런히 쌓여 있었다. 가장 먼저 온 박영효에게 자리를 내어 주며 김옥균이 말했다.

"일찍 출발하셨나 보군요. 그간 어찌 지냈습니까?"

"하는 일이라야 술 마시고 사냥하는 것밖에 무어 있겠소. 한가하긴 서로 마찬가지 아니오?"

박영효의 목소리가 침울했다. 한성 판윤이 된 지 두 달 만에 물러나 광주 유수로 내려갔을 때만 해도 그리 어두운 마음은 아니었다. 날마다 각다귀처럼 달려드는 반대 세력과 싸우느니 차라리 조용한 지방에 내려가 실제로 일을 해 나가고 싶었다. 젊은 부마 박영효가 뜻을 두고 있는 것은 양병(養兵)이었다. 광주로 내려가기 전 그를 불러 당부한 왕의 뜻이기도 했다. 박영효의 열의는 대단해서 일본을 비롯한 서양의 군사 제도까지 연구했고, 광주 부(府)의 경비뿐 아니라 금릉위 궁의 사비까지 내어 병사들을 교련했다. 새로운 조선 군대를 만들어 보겠다는 병사들과 지휘관의 자부심도 대단했다.

그러나 박영효가 광주에서 병사들을 훈련시키고 있다는 것을 알게 된 반대 세력들은 가슴이 서늘해졌다. 왕실의 인척이 사사로이 병사를 기르고 있다며 소리 높여 박영효를 규탄했다. 결국 금릉위 박영효는 광주 유수에서도 물러나야만 했다. 애써 키운 병사들은 뿔뿔이 흩어지거나 청나라 장교가 지휘하는 중앙군에 흡수되었다. 그 뒤 일 년 가까운 세월을 울분과 실의에 젖어 보내는 중이었다.

　오래지 않아 서광범이 옷자락에 서늘한 밤바람을 묻힌 채 들어왔다. 손에는 이번 호 『한성순보』를 들고 있었다. 박영효가 한성판윤에서 물러나긴 했으나 신문의 필요성은 다른 관리들도 공감하고 있었기에 지난가을부터 발행된 것이다. 자리에 앉자마자 김옥균에게 순보를 내밀며 서광범이 말했다.

　"이것 보십시오. 청나라와 불란서가 팽팽히 맞서고 있는 안남(베트남) 이야기로 가득합니다. 아무래도 두 나라가 한바탕 전쟁을 벌일 것 같습니다."

　베트남에서 청나라와 프랑스의 갈등이 심각해진 것은 봄부터였다. 권력 다툼에서 쫓겨난 안남 왕이 도움을 청하자, 프랑스는 그를 지지하면서 베트남을 자기 보호령으로 삼으려 했다. 조선에서처럼 베트남에서도 종주국 행세를 하던 청이 가만있을 리 없었다. 두 나라는 베트남 곳곳에서 충돌했고, 청은 전쟁이 확대될 것에 대비해 조선에 주둔하고 있는 병력의 절반을 빼 이동시켰다.

　"안남이 청나라 것은 아니지만 그렇다고 불란서 것도 아니지. 스스로 지킬 힘이 없으니 저리 휘둘리며 당하고 있는 것 아니겠나……. 참 딱한 노릇일세, 남의 일 같지가 않군."

　김옥균의 말을 박영효가 볼멘소리로 받았다.

　"안남이 누구의 것이 되건, 나는 지나가 불란서에게 한번 호되게 당했으면 좋겠네. 딱한 것으로 말하자면 우리가 더하지 않겠나? 지나의 병사들이 제 발로 물러난 게 언제인데, 이렇게 아무 일도 하지 못하고 있으니……."

세 사람이 이야기를 나누고 있는데 나중에 온 홍영식이 끼어들었다.

"여기서도 그 이야기로군. 조정에서도 모이기만 하면 안남 이야기라네. 청나라가 양이들에게 또 봉변당하게 되었다며 눈물짓는가 하면, 조선에서 아주 물러나지나 않을까 걱정들이 많다네."

나이 든 유생이나 노대신들이 청나라를 섬기는 것은 오래 묵은 습관 같은 것이라 여길 수 있었다. 하지만 민씨 집안의 관료들이 청나라의 눈치를 살피고 비위를 맞추는 모습은 도무지 이해가 되지 않았다. 불과 수년 전만 하더라도 시찰단에 다녀오고 통리기무아문에서 함께 일하던 동료들이었다. 그러나 난리 때 집안사람들이 목숨을 잃거나 큰 피해를 당한 뒤로 민씨 관료들은 달라졌다. 나라의 앞날보다는 자신들의 생명과 재산을 지키는 것이 먼저였고, 그것을 확실히 보호해 줄 세력을 찾아 기대려 하였다. 그 세력은 군졸들의 난리를 진압하고 왕비를 다시 대궐로 돌아오게 한 청나라였다. 김옥균과 벗들이 간절히 원하는 조선의 독립 자주는, 청나라에 기대기로 한 조정 대신들과 민씨 관료들에게는 가장 두려운 것이기도 했다. 저들은 독립 자주라는 말을, 폭풍우 치는 거센 바다에 조각배를 타고 나아가자는 것처럼 무모하고도 대책 없는 이야기로만 여겼다. 그리고 독립 자주를 외치는 김옥균과 젊은이들도 조정에 발붙이지 못하게 하려 했다.

방 안에는 침묵이 가득 찼고, 간간이 한숨이 흘러나왔다. 청나라 병사 1,500명이 철수한 지도 꽤 되었고, 그로 인해 반대 세력도 이 즈음에는 한풀 꺾여 있었다. 이 좋은 때를 두고도 아무 일도 하지 못하는 자신들의 처지가 갑갑했다. 김옥균이 천천히 입을 열었다.

"오늘 자네들을 보자고 한 것은…….""

젊은이들의 눈길이 김옥균을 향했다. 궁금함과 기대가 섞인 눈빛이었다.

"아무래도 더 이상 이대로 있어서는 안 될 것 같아서이네. 때가 우리에게 오지 않는다면, 우리가 나서서 때를 만들어야겠지."

순식간에 젊은 눈동자들에서 불꽃이 일었다. 온몸의 신경이 곤두서는 듯 움찔대기도 했다. 다들 듣고 싶은 이야기였으나 막상 김옥균의 입을 통해 듣고 보니 긴장되었다.

도성을 벗어나 한적한 교외에서 홀로 지내면서, 김옥균은 조선과 자신들의 앞날에 대해 생각하고 또 생각하였다. 벗들과 고심하여 내놓은 개혁 방안이 조정의 반대 세력에 부딪혀 번번이 무산되는 데 지쳤다. 이들을 설득하는 것 자체가 불가능해 보였다. 청나라 관리들이 조정에서 거들먹거리고 청나라 상인들이 백성들에게 횡포를 부려도 자신들의 지위와 이익이 보장되는 한, 조정 대신들과 민씨 관료들은 상황을 바꾸어야 할 필요성을 느끼지 않았다. 저들에게는 오히려 현실을 바꾸려 하는 김옥균과 젊은이들이 성가

시고도 위협적인 존재였다. 청나라 군사들의 철수로 지금은 조정이 뒤숭숭하지만, 화근이 될 김옥균의 무리를 제거해야 한다는 생각에는 변함이 없었다. 청의 병력이 돌아와 저들 세력이 안정되면 김옥균과 젊은이들에 대한 공격은 다시 시작될 것이고, 어쩌면 목숨까지도 위태로워질 수 있었다. 비단 사사로운 신변을 두고 근심하는 것만은 아니었다. 이대로 저들의 천하가 계속된다면 조선의 독립 자주와 개혁은 더욱 멀어질 것이다.

"그렇다면 무슨, 생각하는 방도라도 있는가?"

홍영식이 물었다. 어련무던한 그도, 머릿속으로 궁리하고 방 안에서 밀담을 나누어야 하는 날들에 지쳐 있었다. 다들 마찬가지였다. 무엇 하나 해 놓은 것 없이 궁리만 하고 논쟁만 해 온 지도 벌써 수년째였다. 자신의 모든 것을 쏟아부어 조선을 실제로 한번 바꾸어 놓고 싶다는 갈망이 젊은 가슴들에 그득했다. 저마다 둘러보고 온 일본의 모습을 생각하면 더욱 조급해졌다. 얼마 전까지만 해도 머리 조아리고 찾아와 쌀과 물자를 달라며 애걸하던 일본이 아니었나. 그들이 이룬 일을 조선이 왜 하지 못한단 말인가.

김옥균이 한마디 한마디, 벗들을 둘러보며 힘주어 말했다.

"청에 기운 대신들과 각 군의 영사*들을 단번에 없애고, 조정과 군대를 우리가 장악해야 하네. 그런 뒤 조정을 우리 사람들로 새로

• 영사(營使) | 임오군란 뒤 조선의 중앙군이 친군영(親軍營) 체제로 편성되어 전·후·좌·우 영을 두었을 때 각 영을 지휘하는 책임자.

190

꾸리고, 일대 개혁을 실시해야지."

박영효가 다짐하듯 물었다.

"정변이란 말이오?"

"그렇습니다."

금릉위 박영효는 어깨를 뒤로 젖히고 크게 숨을 내쉬었다. 갑신년 내내 울화가 쌓여 답답했던 가슴에 숨이 트이고, 저녁 안개가 낀 것처럼 뿌옇기만 하던 앞이 트이는 것 같았다. 김옥균이 벗들에게 덧붙였다.

"이쪽도 저쪽도 피를 보아야만 하는 일이니 각오를 단단히 하고 치밀하게 준비해야 하네. 저들을 한꺼번에 해치우는 게 중요한데, 그래야 반격할 틈을 갖지 못할 것이네. 대신들과 군을 지휘하는 영사들만 제거하면 나머지는 우왕좌왕할 뿐 큰 힘을 쓰지 못할 게야. 그러자면 우리 계획이 철통같이 지켜져야 하고."

다들 진중하게 듣고 있었다. 홍영식이 조심스레 말했다.

"자칫 역모가 될 수도 있겠군."

"전하의 뜻을 거스르는 것이냐 아니냐가 문제인데……. 드러내 놓고 말씀하시지 않아도 전하의 심중은 우리와 같을 것이네. 지금처럼 조정이 청나라와 청을 섬기는 대신들 손에 있는 것은 전하께서도 원치 않으실 게야. 허나 우리 일이 실패한다면, 전하의 뜻이 어떠하건 저들이 역모라 몰고 갈 테지."

서광범이 시원스레 말했다.

"가만있다 당하나 일을 벌였다 당하나, 어차피 당하기는 마찬가지 아니겠습니까? 차라리 우리의 뜻을 후회 없이 한번 펼쳐 보는 게 낫지요."

하나둘씩 고개를 끄덕였다. 그런 벗들을 둘러보며 김옥균이 단호한 표정으로 이야기를 맺었다.

"그럼 다들 생각이 같은 것으로 알겠네. 이제 큰 원칙을 정한 만큼 더 이상 궁리할 것도, 다시 돌아볼 것도 없이 앞으로만 나아가세. 시일을 길게 끄는 건 좋지 않으니 구체적인 방안을 빨리 내 오도록 하겠네. 다시 한 번 당부해 두지만, 절대 우리 계획이 밖으로 새어 나가지 않도록 해야 하네."

초가을 밤이 어느새 꽤 깊어 있었다. 젊은이들의 얼굴이 벌겋게 달아올라 있는 것은 등잔 불빛 때문만은 아닌 듯했다. 열어 놓은 문으로 들어오는 차가운 밤바람도 방 안의 열기를 식힐 엄두를 못 내었다. 캄캄한 그믐에서 비롯되어 환한 보름으로 가는 달처럼, 젊은 그들의 거사도 은밀한 가운데 점차 무르익어 갈 터였다. 갑신년 가을이 높아지는 밤 벌레 울음소리와 함께 깊어 가고 있었다.

1884년 11월 2일.

대궐은 겨울 채비가 한창이었다. 선공감* 참봉들은 아랫사람들

---

* 선공감(繕工監) | 조선 시대에 토목과 건축 등의 일을 맡아보던 관아.

과 전각을 두루 점검하고 온돌과 굴뚝도 일일이 살펴보고 있었다. 창호를 다시 꼼꼼히 바르는 곳도 많았다. 눈코 뜰 새 없이 바쁜 것은 침방 나인들과 세답방 무수리들이었다. 철 지난 옷을 뜯고 빨아 갈무리하느라 벌겋게 튼 손에 찬물이 마를 틈이 없었다. 머리에 인 색색의 실밥들을 뗄 겨를도 없이, 솜을 촘촘히 두어 겨울 누비옷을 짓고 또 솜을 다시 틀어 두툼한 겨울 이불을 만들었다. 초겨울 바람에 마른 잎들이 쓸려 가고 궐 안 궁인들이 모두 종종걸음 치는 가운데, 일본 공사 일행이 편전으로 가고 있었다. 검은색 군복을 입고 절도 있게 움직이는 일본 병사들의 행진이 두드러졌지만, 이즈음에는 외국인들의 궐 안 출입도 흔해져 구경거리가 되지 못했다. 하물며 왜인인 바에야.

다케조에 일본 공사가 다시 조선에 온 것은 근 일 년 만이었다. 휴가를 내어 본국으로 가 버렸던 공사가 돌아와 부산스레 움직이는 것을 보면, 조선을 대하는 일본의 정책에 변화가 생긴 듯했다. 앞장서 걷는 공사의 걸음은 유난히도 바빴다.

편전에서 왕을 배알한 공사의 말도 바빴다. 의례적인 문안을 올린 뒤, 공사는 일본 정부의 뜻을 왕에게 곧장 전하였다.

"군주께서 근래 우편국을 개설하고 군사 제도를 개편하여 조선의 개명 진보에 열중하는 것을 아시고, 우리 황제께서는 대단히 만족하셨습니다. 특별히 40만 엔을 조선에 되돌리니 부디 그 용도에 쓰기 바란다는 말씀을, 본 공사에게 전하라 이르셨습니다."

일본 공사의 문안을 심드렁하게 받고 있던 왕이 순간, 몸을 앞으로 기울였다. 공사의 말투와 태도가 거슬리긴 했으나, 40만 엔을 조선에 되돌린다는 이야기는 뜻밖이었던 것이다.

그러나 생각해 보면 일본의 호의라 감사히 여길 일만은 아니었다. 그런 말을 하긴 했지만 공사의 손으로 조선에 전해 준 돈은 단 1엔도 없었다. 임오년의 군란 때 입은 피해를 배상하라며 일본은 조선 정부에 50만 엔을 요구했었다. 다케조에가 말하는 40만 엔은, 그 50만 엔 중 조선이 가까스로 지불한 10만 엔을 제한 나머지 금액이었다. 일본의 주머니에서 나간 것은 한 푼도 없고, 조선의 주머니로 들어오는 것도 단 한 푼도 없었다. 허깨비 같은 돈으로 생색만 내는 것이었다.

다케조에 공사는 고서나 뒤적이며 본국에서 한가로이 휴가를 보내던 중 일본 외무성의 긴급한 부름을 받았다. 외무성은 그에게 즉시 조선으로 돌아가, 나머지 배상금 40만 엔을 되돌려 준다는 일본의 뜻을 조선 왕에게 전하라고 지시했다. 또한 청나라에게서 벗어나려는 조선 내 움직임을 적극 지원하라는 은밀한 지령도 내렸다. 다케조에 공사에게조차 뜻밖이었던 이러한 지시는, 일본 정치를 이끌고 있는 이토 히로부미와 외무경 이노우에 가오루에게서 나온 것이었다. 그들은 조선에 나가 있는 정보원들에게서 김옥균과 박영효를 비롯한 조선 젊은이들이 조정을 뒤집고 권력을 잡으려 한다는 보고를 받았던 것이다.

조선에서 청나라 세력은 점점 강해지고 있건만, 일본은 아무 일도 하지 못하는 것에 조바심이 나던 중이었다. 그렇다고 직접 청나라에 도발할 수는 없고 조선에서 어떤 소란이 벌어지기라도 하면 좋겠다 하던 무렵 마침 김옥균과 조선 젊은이들의 심상찮은 움직임을 알게 된 것이다. 일본은 이들에게 접근하기로 했다. 요행히 성공하면 일본의 입지를 넓힐 수 있을 테고, 설사 실패하더라도 그리 아쉬울 것은 없었다. 긴 앞날을 보건대, 독립 자주와 부국강병을 꿈꾸는 맹랑한 자들이 쓰러지고 나면 조선은 더욱 호락호락해질 터였다. 성공하건 실패하건 그 가운데 찾아오는 조선의 혼란은, 임오년 군란 때도 그러했듯 일본에게는 기회가 되고 이익도 가져다줄 것이었다.

다케조에 일본 공사가 대궐로 들어와 생색내던 그날 밤, 조선 젊은이들은 동문 밖 김옥균의 별장에서 은밀히 모였다. 다케조에가 돌아온다는 소식을 듣고 또 무슨 지저귀*를 놓지 않을까 근심하고 있었는데, 공사의 달라진 태도는 뜻밖이었다. 서광범이 불퉁거렸다.

"지난번 김 공이 일본에서 차관을 얻으려 할 때 앞장서서 훼방 놓은 것이 다케조에 아닙니까? 감히 전하의 위임장이 위조되었다고까지 했지요. 그런 자가 이제 와 은근한 눈짓을 보내다니 믿을

---

* 지저귀 | 남의 일을 방해하는 행동.

수가 없군요. 과연 일본 정부가 조선을 지원하겠다는 이야기가 참말입니까? 아니면 이번에도 도무지 흉계를 알 수 없는 그자의 변덕이랍니까?"

서광범의 이야기를 홍영식이 받았다.

"글쎄, 오늘 전하께 아뢴 이야기로 보아서는…… 사사로이 할 수 있는 이야기가 아닐세. 일본 정부의 뜻이 담긴 것이라 보아야지."

"아니, 수년간 기대하고 몇 번을 찾아가 청하여도 꿈쩍 않던 자들이, 어찌 그리 하루아침에 달라질 수 있단 말입니까? 더구나 우리가 저들에 대한 기대를 완전히 접기로 한 마당에요."

서광범의 볼멘소리는 계속되었다. 윗자리에 앉아 있던 박영효가 입을 열었다. 모임의 주재는 김옥균이 했지만 앉은 자리는 늘 박영효가 위였다.

"아무래도 지나가 안남에서 불란서에 크게 밀리고 있는 것 같네. 이틈에 일본은 한번 큰소리쳐 보고 싶은 게고. 조선이 지나에게서 벗어나게 된다면 일본에게도 좋은 일 아니겠나? 만약 우리 일이 성사된다면 생색을 크게 내려 할 게야."

"생색이 아니라 그보다 더한 걸 내도 좋으니, 속히 일을 벌여 지나의 무리와 한판 붙었으면 좋겠습니다."

집안 아저씨뻘 되는 서광범을 따라와 이 자리에 낀 서재필이 신경질적으로 내뱉었다. 이제 겨우 스물한 살 난 서재필은 요즈음 답답하다 못해 폭발해 버릴 것 같았다.

　조선의 정예 군대를 만드는 데 앞장서라는 김옥균의 이야기에 가슴 뛰던 소년 서재필은, 집안의 반대를 무릅쓰고 지난해 일본 유학길에 올랐다. 게이오기주쿠에서 일본어를 배운 뒤 다른 생도들과 일본 육군 도야마 학교에 입학했으나, 일 년도 못 되어 그만두어야만 했다. 조선 정부 대신 경비를 대고 있던 김옥균과 박영효가 조정에서 밀려나자 형편이 어려워져 학비를 더는 감당할 수 없던 것이다. 아시아의 벗들이라며 조선 유학생을 환영하던 일본은 경비 문제에 대해서는 인색하고 냉담했다. 결국 서재필과 사관생도들은 무능한 조국에 대한 원망과 일본 정부에 대한 서운함을 안고 조선으로 되돌아올 수밖에 없었다. 뒷일이야 어찌 되건 그들은 당장 한바탕 큰 격랑에 몸을 내던지고 싶었다.

　묵묵히 있던 김옥균이 입을 열었다.

　"실은 어제 다케조에를 만나 보았네. 과연 예전의 다케조에가 아니더군. 음흉한 눈을 치켜뜨기만 할 뿐 속을 알 수 없던 자가 웬일로 그리 사근사근해졌는지……. 내가 곧바로 물어보았네. 공사가 조선의 독립을 돕겠다고 하는데, 도대체 무슨 생각으로 그런 이야기를 하느냐고. 헛된 이야기를 퍼뜨려 일마다 그르치게 만든 사람의 말을 어찌 믿을 수 있겠는가라고도 하였네."

　"그래, 뭐라던가요?"

　서광범의 성급한 물음에 김옥균이 차분히 대답했다.

"지난번에는 제대로 알지 못해 곤란을 겪게 했다며 깍듯이 사과하더군. 한 나라의 정책이란 때에 따라 변하고 일에 따라서도 변하는 게 아니겠느냐는 말도 넌지시 하던데, 공사 개인의 마음이 바뀐 것만은 아니라는 이야기겠지."

"지나의 이야기를 할 때는 한바탕 전쟁도 불사할 기세였어. 일본은 불란서를 도와 지나와 싸울 것이라 하더군. 머지않아 지나가 몰락할 것이니 개혁에 뜻을 둔 조선 인사들은 이때를 놓쳐서는 안 된다는 말도 했어."

박영효도 김옥균의 말을 거들었다.

한 달 전인 한가위 무렵, 정변을 벌이기로 뜻을 모은 뒤로 김옥균과 젊은이들은 조금씩 계획을 구체화시키고 있었다. 제거해야 할 대신과 조선군 영사들의 명단을 작성하고, 이들이 한자리에 모이게 할 방도를 찾던 중이었다. 그런데 다케조에 공사의 달라진 태도를 보니 자신들이 생각했던 것보다 청나라가 베트남에서 무척 위태로운 모양이었다. 다케조에는 일본 공사관 병력을 지원할 수 있다는 이야기도 넌지시 건넸다.

"일본의 뜻이 진정 그러하다면 시대의 운이 우리를 따르는 것 아니겠나? 청나라 군사들은 안남에 발이 묶여 꼼짝 못 하고, 훼방만 놓던 일본은 마음을 바꾸어 병력을 지원하겠다고 나서니, 이보다 더 절묘할 수가 있겠는가? 한 목숨 버려서라도 조선의 개혁을 이루겠다는 뜻을 간절히 품었더니, 하늘도 우리를 가상히 여기시나 보네."

홍영식이 기쁜 얼굴로 말했다.

정변을 벌이자면 무장을 갖추는 것이 가장 큰 일이었다. 집안의 재바르고 건장한 하인들과 도성 안의 이름난 장사들, 젊은 사관생도들만으로는 부족했다. 뜻 맞는 무인들을 만나고 있으나 마음 놓을 정도는 아니었다. 병력 문제에 대해 만족할 만한 해결을 보지 못하고 의견만 분분했는데, 일본 공사관의 정규 병력이 지원해 준다면 든든한 일이긴 했다.

"그런데 사람이 달라져도 그렇게 달라질 수가 있나⋯⋯. 공사의 태도가 지나치니 저쪽에서 오히려 더욱 경계하지 않을까 염려되는군."

혼잣말처럼 김옥균이 뇌었다. 달라진 일본 공사의 태도에 조정 대신들도 놀라긴 마찬가지였다. 조선 사람보다 더 조선의 독립자주를 외치고 다니는 일본 공사를, 김옥균 측이나 반대 세력들이나 미더워하지 않는 것이 사실이었다.

보름이 흘렀다. 1884년 11월 16일, 밤이 깊은 데다 음력으로 그믐께라 달도 없었다. 사방이 캄캄했다. 맵싸한 겨울바람도 그렇고 흔적을 지워 주는 어둠도 그렇고, 비밀스럽게 어떤 일을 도모하기에 적당한 때였다.

정변을 결의하고 도성으로 돌아온 김옥균은 뜻을 같이할 사람

들을 모으기 위해 애썼다. 훈련원 출신 무인이나 시전의 상인, 혜
상공국[●]의 보부상들까지 두루 만났다. 해사하고 날카로운 첫인상
과 달리 김옥균에게는 사람을 끄는 소탈한 매력이 있었다. 지위나
출신으로 위아래를 구분하지 않았고, 마음이 통할 경우 누구와도
덥석 손잡기를 주저하지 않았다. 그래서인지 하나둘 김옥균에게
빠져들기 시작했다. 점점 더 많은 사람들이 위험을 무릅쓰고서라
도 그와 뜻을 함께하려 했다. 일이 성사된다면 포부를 실현할 자리
를 마련하겠노라는 장담에 더욱 고무되기도 했다.

　김옥균은 박영효와 함께 묘동 이인종의 집으로 가는 중이었다.
이인종은 판관[●]까지 지낸 무인으로, 건장한 체구에 사람을 꿰뚫어
보는 눈빛이 예사롭지 않았다. 일본이나 청나라의 지휘에 따라 이
리저리 휘둘리는 조선군의 앞날을 근심하던 중, 일대 개혁을 일으
켜 독립된 나라, 자주적인 군대를 만들어야 한다는 김옥균의 생각
에 공감하게 되었다. 머리칼이 희끗희끗하면서도 김옥균에게 고
개 숙이기를 주저하지 않았고, 알고 지내던 병사와 장교들을 설득
해 거사에 적극 동참하게 만들었다.

　방 안에는 벌써 많은 사람들이 모여 있었다. 서광범과 서재필,
변수도 와 있었고, 서얼 문인 박제경도 음울한 그늘을 지운 채 밝

● 혜상공국(惠商公局) | 조선 시대에 통리군국사무아문에 속하여 전국의 보부상을
　단속하는 일을 맡아보던 관아.
● 판관(判官) | 조선 시대 관아의 정오품 벼슬.

은 표정을 하고 있었다. 벌써 몇 순배 술잔이 돌았는지 다들 얼굴이 불콰했다. 김옥균은 그들 사이에 스스럼없이 끼어 앉았다. 버릇처럼 박영효가 헛기침을 하자 이인종은 얼른 윗자리를 내주었다. 김옥균의 하인 점돌은 서재필의 어린 종 운이를 따라 슬그머니 나가 버렸다. 금릉위의 하인 봉균은 아랫자리나마 끼어 앉았다. 역시 금릉위 댁 하인으로, 서재필과 함께 도야마 학교에서 공부하고 온 이규완이 반가운 얼굴로 봉균을 맞이했다. 우락부락한 장사 몇 사람도 눈에 띄었는데, 봉균에게 붉은 잇몸을 드러내 보이며 활짝 웃는 사람은 윤경순이었다. 힘깨나 쓴다 하는 자들도 그 앞에서 모두 굽실거리는, 동대문의 이름난 장사였다. 동생 윤경완은 금릉위의 광주 병사였는데, 중앙군 전영에 들어가 소대장을 하고 있었다.

이날 이인종의 사랑은 그간 김옥균과 벗들이 드나들던 사랑과는 어딘지 모르게 달랐다. 아련한 그리움으로 남아 있는 백송 사랑과도 달랐고, 세련된 금릉위 댁 사랑에는 물론 비할 바 아니었다. 홍현 김옥균의 사랑이나 조촐하다 못해 초라하기까지 한 안국동 서광범의 사랑과도 같지 않았다. 뜨겁고 비장하던 아래대 유대치의 약방 사랑과도 거리가 있었다. 이 사랑에는 저잣거리 같은 떠들썩함과, 그러면서도 무언가 내려놓은 듯한 홀가분함이 흘렀다. 이곳에 모인 사람들은 뜻만 함께하는 것이 아니라 목숨까지도 함께하고 있었다. 지위나 가진 것에 상관없이, 고귀한 금릉위에게나 천한 종 운이에게나 똑같이 하나뿐인 목숨. 그것을 하늘에 맡기고 미련도 집착도 놓아 버리기로 한 데서 오는 홀가분함인지도 몰랐다.

"자, 제가 술 한잔 올리겠습니다."

부상* 이창규가 김옥균에게 잔을 내밀었다. 단단하고 호리호리한 몸피에 구릿빛으로 그을린 얼굴은, 길 위의 걸음으로 다져진 이력을 말해 주는 듯했다. 수많은 부상을 거느린 혜상공국의 통령* 이창규는 웬만한 부대의 지휘관 못지않은 힘을 지니고 있었다. 생사를 함께하기로 한 사이였기에 의형제를 맺은 이들도 많았다. 이 자리에 없지만 무관 출신으로 가장 나이 많은 이희정과 이인종은 의형제 간이었고, 이인종은 이창규와도 다시 의형제를 맺었다. 그러자 김옥균도 스스럼없이 끼어 이창규와 형제의 의를 맺기를 청했다. 그러나 등짐장수 이창규가 차마 명문 양반가의 김옥균을 아우로 대할 수는 없었다. 그저 김옥균이 건넨 마음이 황송하고 감격스러울 따름이었다.

"말씀을 놓으시지요, 형님."

김옥균은 이창규의 잔을 받았다. 얼굴을 붉히기는 했으나 김옥균의 입에서 나오는 형님이라는 말이 이창규는 싫지 않았다. 김옥균이 잔을 드는 것을 보며 이인종이 입을 열었다. 굵은 목소리에 근심이 섞여 있었다.

"이삼일 전부터 청나라 원세개(위안스카이) 진영에서 밤에도 옷

● 부상(負商) | 등짐장수.
● 통령(統領) | 조선 시대의 무관 벼슬로, 혜상공국에서 하급 조직을 거느리던 책임자.

과 신을 벗지 말라 하며 병사들 단속을 심하게 하고 있다 하오. 조선군 진영도 경계가 삼엄하다는데, 혹 우리 일이 새 나간 것은 아닌지 염려가 되오."

"그렇지는 않을 겁니다. 일본군이 워낙 경망하게 구니 저들도 경계하는 게지요."

김옥균이 대답했다.

며칠 전, 일본군은 야간 훈련을 한다며 깊은 밤중에 포탄과 총탄을 마구 쏘아 댔다. 전쟁이라도 벌어졌나 싶어 사람들은 밤새 불안해했고, 날이 밝은 뒤에는 일본과 청나라가 조만간 전쟁을 벌일 것이라는 이야기가 파다하게 퍼졌다. 김옥균이 덧붙였다.

"일본군이 저리 나오는 게 나쁠 건 없습니다. 일본이 청나라와 전쟁을 벌일 생각이 있다고 여겨야, 청나라도 병력을 함부로 움직이지 못할 것입니다. 그렇다면 우리에게는 다행한 일이겠지요."

그러고는 목소리를 낮추어 대궐 안 내아문*에서 일하는 변수에게 말했다.

"막상 우리가 일을 벌이면, 전하께서는 일본군과 청국군이 크게 충돌했다고 알고 계시는 게 좋네. 청나라가 일본군에게 밀리고 있다고 여기셔야 우리 뜻을 선선히 따라 주실 테니 말일세. 위급한 상황이 되면 중전께서 전하의 곁을 떠나지 않을 것이니, 또한 눈치

---

* 내아문(內衙門) | 통리내무아문(統理內務衙門)의 줄임말. 내무를 총괄하였음.

채지 않도록 조심해야 하네."

"예."

변수가 시원스레 대답했다. 문득 서재필이 끼어들었다.

"그러니까 우리 식의 이이제이˙로군요."

"이이제이? 오랑캐들이라, 하하하……."

서재필의 재치 있는 말에 자리가 떠들썩해졌다. 늘 오랑캐로만 대접받던 조선이, 도리어 청과 왜를 싸잡아 오랑캐로 취급하고 보니 속이 후련해졌다. 세상의 중심에 자신들이 자리하고 있는 것만

같았고, 앞으로 모든 것을 쥐락펴락할 수 있을 듯했다.

"각자 맡은 일들은 제대로 되어 가고 있는 것입니까?"

방 안의 들뜬 분위기를 다잡으며 김옥균이 물었다. 그리고 책임을 맡긴 한 사람 한 사람을 둘러보았다.

이인종이 신중하게 고개를 끄덕였다. 조선군과 청나라 진영의 움직임을 살피고, 정변 당일 행동대원들을 규합하고 지휘하는 임무였다.

이창규도 활달하게 고개를 끄덕였다. 보부상을 동원하여 부족

할지도 모르는 병력을 보충하고 주요 인사들의 호위를 담당할 것이었다.

서재필이 힘차게 고개를 끄덕였다. 실질적인 무력을 맡을 사관생도를 지휘하는 임무였다. 그를 포함한 사관생도 열네 명 전원이 정변에 동참하기로 기꺼이 결의했다.

윤경순도 부리부리한 눈을 끔벅이며 고개를 끄덕였다. 알고 지내는 장사들에게 술과 고기를 사 주면서, 우리도 사람답게 행세하며 살아 보자고 확답을 받아 둔 터였다.

영리한 눈을 반짝이며 변수도 고개를 끄덕였다. 왕과 왕비의 심중과 거동, 대궐이 돌아가는 움직임을 살펴볼 것이었다.

"좋습니다. 금릉위와 저는 일본 공사를 만나 병력을 동원하는 일을 차질 없이 해 놓겠습니다. 정확한 거사 날짜와 방법은 다시 전달하도록 하지요."

방 안에 모인 사람들의 벅찬 마음을 모두 모아 김옥균이 마무리했다. 오래전부터, 본격적으로는 몇 달 전부터 준비한 일들이 바야흐로 빛을 보려 하고 있었다. 젊은이들은 뿌듯한 마음으로 술잔을 높이 들었다.

다시 또 보름이 흘렀다. 어떻게 보냈는지 모르게 정신없이 지나

• 이이제이(以夷制夷) | 오랑캐로 오랑캐를 무찌른다는 뜻으로, 한 세력을 이용하여 다른 세력을 제어함을 이르는 말.

간 하루하루였다. 11월 29일, 정변 준비는 무르익어 거사 날짜를 정하기만을 앞두고 있던 때였다. 김옥균은 오랜만에 왕의 부름을 받고 입궐했다. 공연히 구설수에 오르는 일이 없게 하려고 왕이 김옥균을 따로 찾는 일은 드물었다. 그런데 이날만은 은밀히 불렀던 것이다. 깊은 밤이었고, 편전이 아니라 왕의 침전 옆 별실이었다.

최근 돌아가는 상황이 왕에게도 심상치 않아 보였다. 과연 일본이 프랑스 편을 들어 청나라와 전쟁을 할 작정인지, 한다면 조선 땅에서 벌일 것인지 근심스러웠다. 김옥균과 젊은이들이 무언가 일을 만들고 있는 것을 왕도 눈치채고 있었다. 김옥균이 준비하고 있는 그 일이 궁금했고, 과연 승산이 있는지도 알고 싶었다.

모처럼 김옥균은 홀로 왕 앞에 엎드렸다. 엿듣는 귀와 엿보는 눈이 염려되기는 했으나 조만간 거사는 벌어질 것이고 돌이킬 수 없었다. 조선을 둘러싼 형편과 기필코 청나라에게서 벗어나야만 한다는 소신을 왕에게 펼쳐 보였다.

"……이렇게 천하의 형세가 나라마다 독립 자주 하는 것만이 살길이라 말해 주고 있습니다. 그런데도 우리 조선은 청의 그늘에만 머무르고 있으려 하니 어찌 통탄하지 않겠습니까?"

애끓는 심정 그대로 왕에게 아뢰는데, 왕비가 조용히 들어와 앉았다. 그리고 그에게 물었다.

"경의 이야기를 나도 옆방에서 귀 기울여 듣고 있었소. 과연 나라와 백성이 이렇듯 절박한 지경에 이르렀으니, 앞으로 어찌하면 좋겠소?"

뜻밖의 물음에 김옥균은 당황했다. 왕비 못지않게 왕도 간절히 묻는 얼굴이었다. 김옥균은 신중하게 아뢰었다.

"지금 청의 형편이 몹시 곤란하옵니다. 안남에서 불란서와 싸우고 있고, 일본도 청에 맞서려 하고 있으니 점점 더 어려워질 것입니다. 우리 조선은 이 기회를 잘 활용해야 합니다. 다행히 일본이 조선을 도우려는 생각을 하고 있으니, 이때를 놓치지 않고 일어난다면 기필코 바라던 조선의 독립 자주가 이루어질 것이라 보옵니다."

"음…… 우리 독립의 모책이 거기에 있단 말이지."

왕이 고개를 끄덕였다. 청나라가 약해진 틈을 타 일본과 손잡고 단번에 청에게서 벗어나자는 주장이 그럴듯해 보였다.

왕비의 얼굴빛은 과히 좋지 않았다. 왕과 달리 왕비는 김옥균의 말을 선뜻 받아들이지 못했다. 조선이 단번에 등을 돌려도 될 만큼 청나라의 형세가 한심하고 다급한지 믿을 수 없었다. 왕비가 보기에 청의 진영은 여전해 보였다. 베트남에서 감당할 수 없는 전쟁을 하고 있고 연일 밀리는 형세라는 말은 믿기지 않았다.

사실 프랑스와 청나라가 전면적인 전쟁을 벌이기는 쉽지 않아 보였다. 청나라에 들어와 있는 영국이 가만있지 않을 테고, 프랑스는 영국을 상대로 하면서까지 전쟁을 벌일 생각은 없었다. 일본이 프랑스를 도와 청나라와 싸우겠다고 했으나 말뿐이었다. 일본 역시 러시아의 위협을 막아 주고 있는 영국의 눈치를 보아야만 했던 것이다.

왕비가 버릇처럼 미간을 찌푸리고 생각에 잠겨 있는데, 왕이 김옥균에게 말했다.

"네 마음은 내가 잘 알겠다. 앞으로의 일에 관해 너를 깊이 믿는 바이니, 기어이 품은 뜻을 한번 펼쳐 보라."

왕의 말은 은근하면서도 단호했다. 김옥균은 감읍하여 고개를 조아렸다.

"전하……. 성은이 망극하옵니다. 소신, 모든 것을 바쳐 기필코 이 나라의 독립 자주를 이루겠사옵니다."

김옥균은 조마조마하던 마음을 내려놓았다. 청의 약한 형편과 일본의 의지를 과장하긴 했지만, 왕에게 뜨거운 마음을 전했고 믿음도 얻었던 것이다. 역시 왕의 심중은 자신들과 다르지 않았다. 정변 준비도 차근차근 되고 있었고 모든 일들이 순조로울 것만 같았다.

이틀 뒤인 12월 1일, 거사를 앞두고 김옥균과 젊은이들은 금릉위 궁에서 마지막으로 모였다. 무엇보다 중요한 것은 정변 당일이므로 그날 일을 맡은 사람들이 모여 계획을 점검했다.

정변 날짜는 사흘 뒤인 12월 4일로 정했다. 홍영식이 총판˚으로

• 총판(總辦) | 조선 말기에 전환국(典圜局), 기기국(機器局) 등 각 국의 으뜸 벼슬.

있는 우정국 청사가 완공되었기에 축하하는 연회를 열고, 각 군 영사들과 대신들을 초대해 일을 벌일 작정이었다. 이인종과 행동대원들이 청사 옆 별궁에 불을 질러 소란이 일어나면, 그 틈에 조선 군 영사들과 대신들을 베기로 했다. 그런 뒤 왕을 행궁*으로 모시고 가, 새로 꾸린 조정에서 정령*을 반포하고 대개혁을 실시할 것이었다.

방 안에는 어느 때보다 팽팽한 긴장과 조심스러운 침묵이 흐르고 있었다. 막상 그날 일들이 그림 그리듯 눈앞에서 펼쳐지니 다들 긴장하였다. 제거해야 할 영사와 대신마다 행동 대원 두 사람씩을 짝지워 책임을 맡겼다. 만일을 대비해 조선 옷을 입은 일본인이 마지막 숨을 확인하게 했다.

일본 공사관에도 알려야만 했는데, 그들은 여전히 미덥지 못했다. 날짜를 4일로 정한 것도, 한 달에 한 번 오는 우편선 천세환이 제물포항에 도착하기 전에 일을 벌이기 위해서였다. 우편선을 통해 일본 정부에서 무슨 연락이 올지 알 수 없었고, 그러면 일본 공사의 태도가 또 달라지지 않을까 염려되었던 것이다. 목숨을 걸어야만 하는 정변을 이렇게도 믿을 수 없는 일본과 도모해야 하다니, 어찌 보면 참으로 딱한 일이었다.

그날 일을 모두 점검한 다음 마지막으로 군호*를 정하였다. 김

● 행궁(行宮) | 임금이 나들이 때 머물던 별궁.
● 정령(政令) | 정치상의 명령 또는 법령.

옥균이 말했다.

"혼란 중에 경황이 없을 테니 서로를 알아볼 수 있게 군호를 정해야겠습니다. 하늘에 맡긴다는 뜻으로 '천(天)'을 대게 하지요."

"일본인들이 많으니 일본말로는 '요로시(됐다)'로 하지."

박영효가 덧붙였다.

새벽 군불을 때는 매캐한 냄새가 어느새 문틈으로 스며들고 있었다. 뜬눈으로 지새우다시피 한 게 벌써 며칠째인지 몰랐다. 젖은 솜처럼 무거운 몸과 핏발 선 눈을 한 채, 젊은이들은 남의 눈에 띌세라 새벽 여명 속으로 서둘러 흩어져 갔다.

초저녁에 다시 서재필의 아우 서재창의 집에 모여 술을 마셨다. 뿔뿔이 흩어져 약속한 시각이 되기만을 기다리고 있자니 초조하여 견디기 어려웠던 것이다. 벼르고 벼르던 일이 눈앞에 다가오자 감상이 남달랐던지 홍영식이 유달리 많이 마셨고 빨리 취했다. 양자로 간 맏이 서재필뿐 아니라 서재창까지, 이즈음 아들들의 부산하고 들뜬 움직임에 아버지 서 진사가 몹시 신경 쓰는 것 같아 김옥균의 집으로 자리를 옮기기로 했다.

겨울밤이라 사위는 조용했다. 세상이 모두 잠들어 버렸는지 등잔 불빛도 좀처럼 새어 나오지 않았다. 사동 서재창의 집에서 홍현

• 군호(軍號) | 서로 눈짓이나 말 따위로 몰래 연락하는 신호.

김옥균의 집으로 가는 길에 사람이라고는 이들밖에 없었다.

"컹 컹—.

젊은이들이 두런거리는 소리에 잠을 깬 개가 위협하듯 낮게 짖었다. 음력으로 보름이건만 달은 보이지 않고 구름에 첩첩 쌓인 밤하늘은 낮게 내려와 있었다. 간혹 하늘 한가운데서 누르스름한 빛이 떠오르다 사라지곤 했는데, 달이 구름을 밀어내느라 안간힘을 쓰는 듯했다. 달 없는 밤하늘이나마 그렇게 올려다보는 게 다들 얼마 만인지 몰랐다.

"어이쿠!"

히힝—.

짧은 비명과 뒤이은 말 울음소리가 긴 적막을 깨뜨렸다. 금릉위의 말을 타고 있던 홍영식이 그만 말에서 떨어져 버린 것이다.

"저런, 어쩌다가……."

"어디 다치지 않았습니까? 괜찮습니까?"

다들 홍영식에게로 다가가 한마디씩 했다.

"괜찮네, 괜찮아. 팔을 조금 삐끗했을 뿐이야."

홍영식의 대답은 시원스러웠다. 그런데 떨어지며 돌에라도 찢겼는지 왼쪽 팔꿈치에서 피가 흐르고 있었다.

"아니, 피가 아닌가?"

"……."

점점이 떨어지는 핏방울은 검붉은 자국을 남기며 땅속으로 스며들었다. 흘러내리는 자신의 피를 바라보는 홍영식의 얼굴이 비장해 보였다. 행장 속에서 석필과 종이를 꺼내 달라 하더니, 피 흐르는 팔은 아랑곳하지 않고 무언가 휘갈겨 썼다. 그러고는 벗들 앞에서 소리 내어 읽었다.

나 떨어질 때 내 피 땅에 스며들었네	我落地時 地沾我血
나 죽을 때 하늘이 내 마음 내려다보리니	我死之時 天鑑我心
뜻을 같이하는 동지들과 맹세했거늘	惟我同心 同我誓心
이 마음 배신한다면 기필코 하늘이 벌하리라.	若背此心 天必誅殛

그런 뒤 김옥균에게 내밀며 말했다.

"받아 주게. 내 마음을 담은 서약일세."

김옥균의 마음이 서늘해졌다. 곁에 있던 박영효도 괴이한 기분이었다. 홍영식의 마음을 알 것 같은 서광범은 왠지 슬퍼졌고, 서재필은 힐끗 보기만 할 뿐 별말이 없었다.

이제껏 목숨을 걸었노라고 수없이 말했으나 사실 그에 관해 깊이 생각해 보지는 않았다. 운수 없이 죽음이 눈앞에 닥치게 되면 그저 당하겠거니, 여기고만 있었다. 그보다도 삶의 맥박이 한창인 젊은이들답게, 머리와 가슴에는 정변이 성공하고 난 뒤의 일들로 가득했다. 그런데 벗 홍영식은 진정으로 자신의 마지막까지도 생각하고 있나 보았다. 땅바닥에 떨어진 그의 피도 섬뜩했고, 단번에

휘갈겨 쓴 그의 맹세는 더욱 그랬다.

"아니 이 사람, 무슨 그런 소리를……."

박영효는 얼굴을 찌푸렸다. 일을 벌이기도 전에 죽음부터 이야기한다는 게 그는 못마땅했다. 김옥균도 비슷한 심정이었다. 다들 불길함 같기도 하고 낭패감 같기도 한, 알 수 없는 기분에 젖어 들었다. 격정의 뜨거움이 채 가시지 않은 홍영식의 눈빛만이 여전히 열기를 내뿜고 있었다. 그때였다.

"아, 눈이 오는군요."

서광범의 들뜬 목소리였다.

검은 장막처럼 드리워진 밤하늘에서 사뿐사뿐 흰 눈이 내려오고 있었다. 보름달이 빛을 내보내지 못했던 게, 하늘과 바람과 구름이 눈을 머금고 있어서였던가 보았다. 얼굴과 옷에 닿으며 천천히 녹아내리는, 물기가 제법 되는 함박눈이었다. 먼 산에, 길 위에, 나뭇가지에, 지붕에 그리고 젊은이들의 머리 위에도 고요히 눈이 내렸다. 좀 전의 언짢았던 기분도 흰 눈에 덮여 스르르 사라져 버린 듯했다.

"상서로운 눈이로군."

김옥균이 나지막하게 말했다.

어깨 위에 내리는 함박눈은, 이제 때를 믿고 기다려 보라며 토닥토닥 두드려 주는 손길인 듯했다. 정변을 준비하는 동안 늘 빠르게만 뛰던 젊은 심장의 박동도 내려오는 눈처럼 가만가만 뛰었다. 갑신년 12월 3일 새벽, 불과 하루 뒤의 운명을 알 수 없는 젊은이들 위에 소복소복 흰 눈이 내려오고 있었다. 온 세상을 뒤덮어 새 세상으로 만들어 놓을지, 밝은 날이면 스러져 녹아내릴지, 아직은 아무도 알 수 없었다.

7.
삼일천하

뿌드득 뿌드득.

짙은 색 옷을 입은 젊은 외국인 부부가 정동 밤거리를 걷고 있었다. 눈이 소복이 쌓인 곳을 골라 긴 다리로 경중대며 걸음을 내디뎠고, 그때마다 발밑에서는 뿌드득거리는 소리가 경쾌하게 들렸다. 그들이 떠나온 서양 도시처럼 불 밝힌 창도 가로의 등불도 없지만, 보름을 갓 넘긴 달이 유난히도 크고 환한 밤이었다. 전날 내린 뒤 녹지 않고 쌓여 있는 흰 눈이 달빛을 더욱 환하고 은은하게 만들어 주었다.

1884년 12월 4일, 달빛 흐르는 밤길을 걷고 있는 사람들은 선교사이자 미국 공사관 의사인 알렌과 그의 부인 파니였다. 중국에 선교사로 있던 알렌 부부가 갓난아이와 함께 조선에 온 지는 한 달 남짓 되었다. 낯선 나라에서 어린 아기에게만 매달려 지내야 하는 생활이 때로 울적했는데, 남편과 함께 모처럼 눈 덮인 밤거리를 산보하게 된 알렌 부인의 표정은 달빛처럼 밝았다. 거리는 한적했고, 간혹 긴 장옷을 덮어쓴 여인들이 종이 호롱을 든 아이종을 앞세우고 종종걸음을 치고 있었다. 달빛에 물들고 추위에 발그레해진 얼굴로 알렌 부부가 집에 돌아온 지 얼마나 되었을까.

쾅쾅쾅쾅.

다급하게 문 두드리는 소리가 들렸다. 밤 10시가 넘은 시각이었다. 알렌이 나가 보니 푸트 공사의 비서 스커더가 피 묻은 옷을 입고 잔뜩 긴장한 얼굴로 서 있었다. 사람이 칼에 찔리는 변이 났으니 급히 우정국으로 와 달라는 전갈을 가져온 것이었다. 변을 당한 사람은 알렌도 잘 알고 있는, 왕비의 조카이자 조선군 우영사 민영익이라 했다.

비서와 함께 급히 가 보니 민영익은 몹시 위급한 상태였다. 예리한 일본도에 귀가 거의 잘려 나간 데다 동맥까지 상했다. 어깨와 등도 길게 베었고, 피를 너무 많이 흘려 의식이 없었다. 연회에 참석했던 외국인들이 민영익의 주위에서 걱정스러운 표정으로 웅성대었고, 잔뜩 화가 난 묄렌도르프는 무어라 끊임없이 떠들어 대고 있었다. 우정국 총판 홍영식과 연회에 참석한 김옥균, 서광범은 어디론가 사라지고 보이지 않았다. 재동 민 독판 댁에서 급히 모셔

왔다는 이름난 의원들을 모두 물러나게 한 뒤, 알렌은 민영익을 치료했다. 삼십여 바늘을 꿰매는 대수술이었다.

그때 김옥균은 박영효, 서광범과 함께 대궐로 가고 있었다. 계획한 대로 우정국에서 조선군 영사들을 모두 없애 버리지 못한 게 마음에 걸렸지만, 이미 칼을 빼 든 뒤였고 민영익의 피를 본 다음이었다.

처음부터 뭔가 어그러진 것이 찜찜하기는 했다. 우정국 옆 별궁에 불을 지르는 것부터가 쌓인 눈과 순라군들의 경계로 인해 쉽지 않았다. 김옥균과 젊은이들이 자꾸만 들락날락하며 수군대자, 연회장에 모인 사람들도 분위기가 심상찮음을 느끼고 있었다. 시간은 자꾸만 흘러 만찬의 서양 요리도 다 나왔고, 손님들 앞에는 과일 접시가 놓였다. 어느새 연회도 막바지였다. 초조해진 서광범은 목을 길게 빼고 자꾸만 창밖과 문밖을 번갈아 바라보았다. 밖에서 갑자기 아우성이 들려왔다.

"불이야, 불이야!"

김옥균은 얼른 달려가 창문을 열어젖혔다. 치솟는 불길이 보였다. 별궁이 안 되니 청사 북쪽 초가에 불을 지른 모양이었다. 갑작스러운 화재에 모두 당황하고 있는데, 전영사 한규직이 자리에서 일어나며 말했다.

"도성 안에 불이 났으니 나는 장수 된 소임으로 얼른 가서 불을 꺼야 하겠소."

바라던 바였다. 좌영사 이조연도 함께 일어났다.

두 영사가 막 문을 열고 나가려는데, 온몸이 피투성이가 된 민영익이 연회장 안으로 비틀거리며 들어왔다. 김옥균과 서광범의 움직임이 아무래도 수상해 밖으로 나가 보았다가 성급한 일본인의 칼에 먼저 당한 것이다.

"자객이다! 나를…… 나를 죽이려 한다."

겨우 이렇게 말하고 민영익은 그대로 쓰러졌다. 붉은 피 사이로 보이는 얼굴이 섬뜩하도록 하얬다. 연회장은 순식간에 아수라장이 되었다. 밖으로 나가려던 한규직과 이조연은 되돌아와 주위를 살폈고, 푸트 공사는 비서에게 급히 알렌을 불러오라 지시했다.

뜻밖으로 돌아가는 상황에 김옥균과 서광범의 얼굴에는 당혹스러운 표정이 스쳤다. 그 자리에 오래 있을 수는 없기에 두 사람은 창문을 넘어 청사 바깥으로 나왔다. 갑작스러운 불로 우정국 청사 밖도 순라군들의 고함과 사람들의 비명으로 어지러웠다. 찬찬히 둘러보니 은신하고 있는 이인종과 장사들, 서재필과 사관생도들이 보였다. 박영효도 기다리고 있었다. "천(天)"이라는 군호를 주고받으며, 곧 왕을 모시고 갈 경우궁으로 행동대원들을 먼저 가 있게 했다. 추위에, 긴장에, 격정에 발갛게 달아오른 얼굴들이 대궐로, 경우궁으로, 일본 공사관으로 각각 흩어졌다.

"아니, 이 밤중에 어인 일이십니까?"

"전하께 급히 아뢸 일이 있다. 어서 고하여라."

"도대체 무슨 일이십니까? 더구나 그런 차림들로⋯⋯."

"이런 고얀 놈을 보았나! 얼른 전하께 고하지 못하겠느냐?"

김옥균은 왕의 침전 앞에서 내관과 실랑이를 벌였다. 내관도 그럴 수밖에 없는 것이, 자정이 다 되어 가는 깊은 밤이었고 젊은이들은 관복도 아닌 평복 차림이었다. 바깥의 소란에 기침하셨는지 왕의 목소리가 들려왔다.

"무슨 일이냐? 얼른 들어와 고하여라."

내관이 아뢰는 것을 기다리지 않고 김옥균은 박영효, 서광범과 함께 침전으로 들어갔다. 왕과 왕비는 어느새 자리옷을 벗고 평상복으로 갈아입고 있었다. 김옥균이 아뢰었다.

"전하, 지금 도성에 큰불이 나고 변란이 생겨 몹시 어지럽사옵니다. 궐 안까지 무슨 변고가 생기지 않을까 걱정되오니, 잠시 대궐을 벗어나 행궁으로 옮기시는 것이 좋을 듯하옵니다."

왕은 김옥균의 말을 묵묵히 듣고 있었다. 왕비가 물었다.

"경이 말하는 변고는 청국에서 비롯한 것이오, 아니면 일본에서 비롯한 것이오?"

"⋯⋯."

김옥균은 대답을 망설였다. 그때였다.

쾅, 콰광―.

갑자기 폭발음이 크게 울려 퍼지며 비명이 들려왔다. 미리 묻어

두었던 화약이 폭발한 것이다. 그 소리에 궁인들의 얼굴이 하얘졌다. 왕비도 굳이 김옥균의 대답을 기다리지 않았다. 궐 사람들은 이 년 전 군란 때의 끔찍한 일들을 떠올렸다. 그때 궐 안에 침입한 난병들은 은밀한 내전까지 들어와 칼을 마구 휘둘렀다. 내 나라 군사도 그러했거늘 다른 나라 군사들이 포까지 쏘아 대며 싸우고 있다면 더 말할 나위 없었다. 모두들 허둥대었으나 일단 궐을 벗어나야 한다는 데는 이견이 없었다. 급히 짐을 꾸려 침전 밖으로 나오자 전영 소대장 윤경완이 병력을 거느린 채 대기하고 있었다. 그들의 호위를 받으며 왕의 행렬은 창덕궁 서쪽에 있는 경우궁으로 향했다. 경우궁은 순조의 어머니 수빈 박씨를 모신 사당이었는데, 작은 행궁이라야 적은 병력으로도 방어할 수 있기에 옮겨 가기로 미리 정해 둔 곳이었다. 행렬이 부산스레 움직이는 도중에 김옥균은 왕에게 다가가 아뢰었다.

"일본 공사관에 호위 병사를 보내 달라 요청하였사옵니다만, 아무래도 전하의 칙서 없이는 움직이지 않을 듯하옵니다."

"그래, 그러면 어찌하면 좋겠느냐?"

왕이 물었다. 기다렸다는 듯 박영효가 지니고 있던 연필과 종이를 올렸다. 그 위에 왕이 간략하게 썼다. 일사내위(日使內衛, 일본 공사여, 와서 지켜라). 다케조에는 단 한 글자라도 좋으니 조선 왕의 뜻을 표시한 칙서가 필요하다고 강조했다. 일본 공사관 병력이 움직이자면 명분이 필요했던 것이다. 김옥균은 박영효에게 왕의 칙서를 주며 일본 공사관 병사들과 급히 경우궁으로 오라 일렀다.

경우궁은 황량하기 짝이 없었다. 굳게 잠긴 문을 열고 들어가느라 부순 자물쇠만 해도 여러 개였다. 오랫동안 사람이 거처하지 않아 먼지가 굴러다녔고, 한겨울인데도 불을 때지 못해 입김이 나왔다. 위아래 할 것 없이 모두 시린 발을 동동 굴렸다. 왕과 왕비, 대왕대비와 왕대비, 그리고 세자와 세자빈에 각자가 거느린 궁인들까지 지내기에 행궁은 너무나 비좁았다. 다들 추위와 근심과 불편함에 울가망한° 얼굴로 잔뜩 몸을 옹송그리고 있었다.

대궐에서 번을 서느라 우정국 연회에 참석하지 못한 후영사 윤태준이 급히 경우궁으로 달려왔다. 전영사 한규직도 함께였다. 우정국에서 빠져나오면서 병사의 옷으로 바꿔 입은 한규직은 차림이 해괴했다. 윤태준과 한규직, 왕실의 신임을 받는 내관 유재현까지 모여 이야기를 주고받았다. 바깥에는 별다른 소란이 없다는 것이었다. 다들 괴이한 얼굴을 하고 있는데, 이번에는 창덕궁 인정전 쪽에서 큰 폭발음이 들렸다. 모두 귀를 막고 몸을 움츠렸다. 영사들도 놀라 어리벙벙한 얼굴이었다. 그때를 놓치지 않고 김옥균이 큰소리로 한규직을 꾸짖었다.

"너는 군사를 데려와 호위할 생각을 하지 않고, 어찌 혼자 그처럼 불경스러운 복장을 하고 와 전하의 성심을 어지럽히는 게냐?

° 울가망하다 | 근심스럽거나 답답하여 기분이 나지 않는 상태이다.

변란이 일어났는지 안 일어났는지는 너의 차림만 보아도 알 수 있겠다. 그런데도 태평한 소리를 하고 있으니, 과연 이 변란이 어디서 왔는지 너는 알겠구나!"

"……."

황급한 마음에 경우궁까지 달려오기는 했으나, 한규직은 옷을 갖추어 입을 경황이 없었다. 우정국 부근을 제외하고는 도성 안이 너무나 평온해, 민영익은 그저 원한을 품은 자객의 손에 당한 것이 아닐까 하는 생각마저 하고 있었다. 그런데 어느새 왕이 파천하셨다고° 하고, 대궐 안에서는 연이어 폭발음이 들리고, 언제 이리로 왔는지 알 수 없는 김옥균이 돌변한 어조로 자신을 꾸짖고 있으니, 도무지 돌아가는 형편을 알지 못해 머리가 돌 지경이었다.

포성과 호통으로 사람들을 윽박질러 잠잠하게 해 놓으니, 박영효가 다케조에 공사와 함께 일본 병사들을 거느리고 경우궁에 도착했다. 김옥균은 그제야 비로소 한시름 놓았다.

일본 공사가 도착하자 왕도 위엄을 갖추어 정전에 좌정했다. 김옥균과 박영효, 서광범과 일본 공사가 왕의 옆을 지켰다. 우정국에서 뒤늦게 온 홍영식도 옆에 섰다. 일본 병사들은 경우궁 안팎을 에워싸고 단단히 경계했다. 윤경완이 거느리는 전영 병사들은 정전 뜰 앞뒤를 지키고, 서재필과 사관생도들은 정전의 높은 계단 위

● 파천(播遷)하다 | 임금이 도성을 떠나 다른 곳으로 피란하다.

에 늘어섰다. 부동자세로 서 있는 청년들의 모습이 믿음직해 보였다. 조선의 정예 군대를 만들겠다고 결심한 젊은 생도들이 비로소 설 자리에 서 있는 것 같았다. 깊은 밤, 달빛은 밝다 못해 푸르렀고 달빛 아래 서 있는 조선 청년들의 모습도 서늘하도록 푸르렀다.

왕이 경우궁으로 파천하셨다니 달려와 문안을 여쭙는 신하들이 많았다. 우정국에서 도피한 좌영사 이조연도 경우궁으로 왔다. 뒤늦게 온 만큼 궐 밖 소식을 더 잘 알고 있었다. 복장을 제대로 갖추어 입은 한규직은 어느 정도 사태를 파악했는지 잔뜩 강퍅한 표정이었고, 윤태준은 김옥균 쪽을 시답잖다는 표정으로 자주 흘끔거렸다. 조선군 영사들은 내관 유재현까지 불러 무어라 속닥이고 있었다. 그 모습을 본 박영효가 소리를 질렀다.

"지금 위급한 변란을 당하여 일본 공사에게까지 호위를 청한 게 보이지 않소? 조선군 영사라는 자들이 당장 군사를 거느리고 올 생각은 하지 않고 수군거리고만 있으니, 이 시급한 때에 도대체 무슨 꿍꿍이셈을 하고 있는 게요?"

그 말에 윤태준이 발끈해 정전 문 쪽으로 걸어 나가며 말했다.

"알겠소. 내 당장 나가 후영 군사들을 데리고 오리다."

그러나 윤태준은 다시는 자신의 군사들을 볼 수 없었다. 정전에서 나와 소중문을 나서자마자 기다리고 있던 윤경순과 이규완이 입을 틀어막았다. 조선군 후영사 윤태준은 비명 한번 지르지 못하고 그들의 칼에 숨이 끊어졌다. 우정국 연회장 밖에서 하지 못한 일을 경우궁 정전 밖에서 거행한 것이다.

윤태준의 죽음을 알지 못하는 이조연과 한규직은 왕을 뵙게 해 달라고 조르고 있었다.

"전하를 뵈어야겠소. 전하께 꼭 아뢸 말씀이 있단 말이오."

계단 위에서 시립하고 있던 서재필이 칼을 빼 들었다. 그러고 는 아버지뻘인 영사들에게 겨누며 고함쳤다.

"정전 문을 지키라는 명을 받았다. 그 누구도 명령 없이는 들어 갈 수 없다!"

빼 든 칼날도 그러했고, 서재필의 기세도 서슬 푸르렀다. 분을 참 지 못하던 두 영사는 일단 한발 물러나기로 했다. 경우궁 병력은 많 지 않아 보였고 자신들의 군사만으로도 충분히 대적할 수 있을 것 같았다. 그러나 바깥에서 기다리고 있는 것은 윤태준도, 그들의 병 사도 아닌 정변 행동대원들의 칼날이었다. 소중문 밖에는 조선군 의 세 영사가 흘린 검붉은 피가 흥건했다. 하늘에서 차갑게 내려다 보고 있는 달에도 핏빛이 스며들었는지 붉은 기운이 어려 있었다.

밖에서 경우궁으로 들어오는 대신들은 먼저 명패를 들여보내게 했다. 거절당한 사람들은 차라리 다행이었다. 허락된 대신들은 왕 이 계신 정전 근처에 오기도 전에 피 묻은 칼을 먼저 대해야만 했

● 시립(侍立)하다 | 웃어른을 모시고 서다.

다. 수염이 허연 노대신 민영목은 부릅뜬 눈을 차마 감지 못했다. 이어 중문 안에 들어선 조영하는, 눈 뜬 채 죽어간 민영목을 보고 한마디 외쳐 보기도 전에 같은 운명을 당했다.

뒤늦게 민태호가 굳은 표정으로 명패를 내밀었다. 아들 민영익이 중상을 입은 우정국 연회와 왕의 경우궁 파천이 연관되어 있다는 것을 민태호는 파악하고 있었다. 하지만 자신이 알고 있는 사실을 왕과 왕비는 물론 궁 안 누구에게도 전하지 못하고, 그 역시 젊은 행동대원들의 칼에 쓰러져야만 했다.

문밖에서는 이처럼 피비린내가 진동하건만, 정전 안 궐 사람들은 알지 못했다. 하지만 한 식경도 못 되는 사이에 같은 자리에서 여섯 명의 신하들이 억울한 죽음을 당하였는데, 막 하늘로 올라가고 있는 영혼들의 비통함이 어찌 없을 수가 있을까.

왕실과 궁인들이 거처하는 곳에는 무언가 괴이한 기운이 감돌았고, 그 괴이함은 사람들의 신경을 곤두서게 했다. 불만과 불평이 위아래 할 것 없이 여기저기서 터져 나왔다. 연로한 대왕대비와 왕대비는 밭은기침을 하면서, 죽더라도 처소에서 죽겠다며 대궐로 돌아가자고 왕을 들볶았다. 왕비는 이해가 되지 않는 이 상황에 대해 끊임없이 따져 물었다. 궐 밖에 큰 난리가 났다는데 다른 대신들은 왜 보이지 않는지, 영사들은 왜 아직도 감감소식인지, 바깥에는 아무 소란이 없다는 이야기가 들리는데 무슨 뜻인지……. 거처할 방이 모자라 시중드는 궁인과 내관 들을 한곳에 둘 수밖에 없었는데, 그들 역시 개구리 울음 같은 불평들을 쏟아 냈다.

　그러는 동안 날이 희뿌옇게 밝아 왔다. 영사들과 대신들을 제거했으니 한시바삐 조정을 새로 꾸리고 개혁 정령을 반포해야 하건만, 궁 안은 어수선하게 들끓고만 있었다. 중궁전 나인이 왕비의 처소에서 나와 내관 유재현에게 무어라 귀엣말을 하는 것을 보고, 마침내 김옥균은 결심했다. 그리고 서재필에게 말했다.

　"저놈을 당장 끌어내게!"

　서재필이 유재현을 끌고 와 정전 기둥에 묶어 세웠다. 악머구리 끓듯 들끓던 소리들이 갑작스레 뚝 끊어졌다. 칼을 빼 든 장사들이 주위에 다가오자 유재현의 얼굴은 하얗게 질렸다.

　"왜…… 왜 이러십니까. 소인이 무슨 죄를 지었다고……."

　"시끄럽다! 죄인이 무슨 소란을 이리 피우는 게냐?"

　김옥균이 꾸짖었다. 그리고 유재현의 죄를 큰 소리로 밝혔다. 근거 없는 말로 왕실을 기망하고 궁인들을 들쑤셔 선동한 죄였다. 바깥에서 변란을 일으킨 자들과 내통하고 있다는 혐의도 덧씌웠다. 죽어 마땅하다는 김옥균의 말에 유재현은 울부짖으며 왕과 왕비를 찾았다.

　"마마, 중전마마, 소인을 살려 주시옵소서. 전하, 전하, 주상 전하!"

　창호 하나를 사이에 둔 바깥의 소동은 왕에게도 고스란히 전해졌다. 왕의 떨리는 목소리가 흘러나왔다.

"죽이지 마라! 죽여서는 안 된다."

왕의 목소리에, 장사의 치켜든 칼이 멈추어졌다. 유재현의 울부짖음도 그쳤다. 동동거리던 궁인들도 발소리를 멈추었다. 그러나 김옥균은 장사를 재촉했다. 그 눈짓에, 장사는 다시 칼을 높이 쳐들었다. 허공을 가르던 칼날은 유재현의 목과 가슴도 비스듬히 갈랐다. 밖으로 뿜어져 나온 유재현의 피가 장사의 얼굴과 옷을 적셨다. 유재현의 고개는 앞으로 꺾어졌고, 왕의 목소리가 다시 들려왔다.

"죽이지 마라, 죽이지 마라……."

왕도 혼란스러웠다. 김옥균의 정변이 성공하면 조정의 판도가 뒤집어지리라 예상했지만, 아끼던 내관이 여러 사람들이 보는 앞에서 죽음을 당해야 하는 이유가 납득되지 않았다. 정변의 영이 서도록 기강을 잡기 위한 것이라 해도 지나친 처사였다. 대신과 영사 들의 죽음을 아직 모르는 왕은, 정변으로 조정에서 물러나는 신하는 있어도 목숨을 잃는 신하가 있어서는 안 된다고 생각했다. 그 같은 피비린내는 임오년으로 충분했다. 김옥균에게도 미리 당부해 둔 이야기였다.

궐 사람들은 내쉬는 숨소리도 밖으로 나올세라 조심스러워했다. 눈앞에서 사람이 칼에 베이는 모습을 본 것도 놀라웠고, 자신도 그와 같은 처지가 되지 않을까 두려웠다. 더욱 놀랍고 더욱 두려운 것은, 죽이지 말라는 왕의 명령이 똑똑히 들려오는데도 끝내 유재현을 베게 한 김옥균의 눈짓이었다.

한 내관의 죽음으로 사방이 고요해졌다. 김옥균은 새 정부의 각료 명단을 마지막으로 정리했다. 김옥균이 올린 명단을 보며 왕은 묵묵히 그리하라, 전교*를 내렸다. 왕의 허락이 떨어지자 곧바로 궐 밖 사람들도 볼 수 있게 조보*에 실어 발표했다.

좌의정은 왕의 종형인 이재원에게 맡겼고, 우의정은 홍영식이 맡았다. 전·후영사는 박영효가, 좌·우영사는 서광범이 겸직해 맡도록 했다. 왕의 명을 곁에서 받드는 도승지는 박영효의 형 박영교에게 맡겼다. 스물한 살 난 서재필은 병조참판이 되었고, 김옥균은 재정을 담당하는 호조의 참판을 맡았다. 조보를 받아 보고 당황하는 사람들도 있었다. 자신도 모르게 김옥균이 꾸린 각료 명단에 이름이 올라 있기 때문이었다. 젊은 그들만으로는 조정을 다 꾸릴 수 없어 그나마 자신들에게 온건한 대신들과 믿을 만한 종친들도 명단에 넣었던 것이다.

간밤의 혼란과 여러 사람의 죽음을 뒤로하고, 다시 해가 떠오르고 있었다. 찌푸려지는 게 사람의 눈살인지 햇살인지 알 수 없었다. 12월 5일, 정변 이틀째였다. 여전히 날은 맑았고 내내 얼었던 눈이 이제는 조금씩 녹을 모양이었다.

• 전교(傳教) | 임금이 내리는 명령.
• 조보(朝報) | 조선 시대에 승정원에서 재결 사항을 기록하고 베껴 매일 아침 반포하던 관보.

환궁하자는 왕비의 요구는 집요했다. 왕비는 이제 김옥균의 말을 믿지 않았다. 왕이 파천해야 할 정도로 큰 변이 났다는데, 오라버니 민태호와 조카 민영익이 보이지 않는 것이 이상했다. 어떠한 방법으로건 왕비에게 연락을 취할 사람들이었다. 조영하가 빠질 리 없는데 그도 보이지 않았다. 어젯밤 궁을 나선 영사들도 그 뒤로는 소식이 없었다. 왕비는 직감했다. 보이지 않는 자들은 죽음을 당한 자들이리라. 그리고 그것은, 지금 왕과 왕비를 경우궁에 붙들어 두고 있는 김옥균의 무리가 저지른 일이리라 여겨졌다. 새벽에 유재현을 벤 기세를 보니, 거짓으로 왕을 기망하는 것쯤은 아무것도 아니고 위기에 몰리면 더 망극한 일도 저지를 것 같았다.

김옥균이 벌이는 일 자체에도 왕비는 믿음이 가지 않았다. 각료 명단을 보건대 김옥균의 세력은 크지 않았다. 새파란 젊은이들이 요직을 맡은 것도 그러했지만, 과연 이들이 꾸린 조정에 나올까 싶은 이름들도 보였다. 오죽하면 한가한 종친까지 들어 있었다. 세력이 크지 않기에 드넓은 대궐에서 일을 벌일 수 없었고, 변란이 일어났다는 말로 왕실을 기망하면서 이 작은 별궁으로 끌고 온 것이리라 짐작했다.

'대궐로 돌아가야 한다!'

왕비의 결심은 확고했다. 어느 세력에도 휘둘리지 않을 왕의 권력이 세워질 수만 있다면 반대할 생각은 없었다. 그러나 지금은 때가 아니었다. 더구나 이들로는 어림도 없었다. 정변 병력조차 일본 군에 의지했고, 조선군을 새로이 장악하기도 쉽지 않을 것이었다. 수가 적을수록 성급해지는 법이고, 성급해질수록 과격해지는 법 이었다. 장차 수세에 몰리면 무슨 일을 더 벌일지 알 수 없었다. 공 연히 어정쩡하게 있다가 왕실도 동조하였다는 의심을 받게 되면, 그나마 지금 왕의 권력도 더 위태로워질지 몰랐다.

왕의 불안감도 피어올랐다. 김옥균과 젊은이들의 충심을 모르 지 않았지만, 일이 되어 가는 것을 보니 뭔가 허술했다. 큰소리치 던 것과 달리 일본군 병력도 그리 많아 보이지 않았다. 청나라 진 영의 움직임이 궁금했는데 이들도 자세히 알지 못했고, 병력을 움 직이지 않으리라 막연히 낙관하는 듯했다. 감히 왕명을 거스르면 서까지 유재현을 벤 것은 용서할 수 없었다. 일개 내관의 입놀림이 두려워 죽이기까지 한 자들을 과연 믿을 수 있을까. 김옥균이라면 준비를 단단히 해 두었으리라 기대했고 암묵적으로나마 허락해 주었는데 실망스러운 면이 자꾸만 보였다. 대궐을 떠나 다른 신하 들을 전혀 만나지 못한 채 오로지 이들만 바라보고 있는 것도 왕 으로서는 꺼림칙한 노릇이었다.

왕비는 대왕대비와 왕대비를 부추겼다. 해가 떠오른 지도 꽤 되 었건만 그늘진 행궁은 여전히 스산하고 추웠다. 급히 불을 때어도 좀처럼 온기가 돌지 않는 추운 방에서, 팔순을 바라보는 대왕대비 와 육순을 바라보는 왕대비가 밤을 보내기는 힘들었다. 유재현의 핏자국이 불길하게 남아 있는 행궁을 양 대비는 못 견뎌 했다. 효성이 지극한 왕은 이를 차마 보고만 있을 수 없어 경우궁을 벗어나 환궁할 방도를 찾아보라 일렀다. 고심하던 김옥균은 경우궁 바로 밑에 있는, 새 정부의 좌의정 이재원의 집으로 거처를 옮기기로 했다. 종친의 저택이라 사당으로 쓰던 경우궁보다 오히려 더 넓었고, 무엇보다 온기가 돌아 왕대비와 대왕대비는 비로소 한시름을 놓았다.

다케조에 일본 공사도 은근히 불안해하고 있었다. 청나라에 반대하는 조선 젊은이들을 도우라는 지시를 받은 것은 한 달도 더 전의 일이었다. 우편선이 도착하면 본국에서 또 새로운 지시가 오겠거니 여기고 있었는데, 정변은 그 전에 일어나 버렸다. 김옥균을 도와 일을 벌이고 있긴 하지만 왠지 찜찜했다. 공사관의 수비 병력을 그 나라 정치 변란에 동원한 것은 자칫 큰 분쟁으로 번질 수 있었다. 조선 정변에 몸소 참여하고 있는 공사로서는, 성공하면 좋고 실패해도 그다지 상관없는 바다 건너 일본 정부와는 처지가 달랐다. 정변이 실패한다면 자신과 병사들은 현지에서 생명이 위태로워질 수도 있기 때문이었다. 임오년 난리 때 조선에 와 있던 일본 병사들이 그랬던 것처럼. 병사들과 함께 지금 이곳에 있는 것이 과연 옳은 일일까. 내일이나 모레쯤 우편선이 도착할 텐데, 거기 다른 지시가 있는 것은 아닐까. 다케조에 공사는 내심 전전긍긍하고 있었다.

김옥균과 박영효가 잠시 자리를 비운 사이에, 왕은 일본 공사를 불러 대궐로 돌아가겠다는 이야기를 꺼냈다. 왕도 환궁할 생각을 하고 있었던 것이다. 환궁하여 대궐을 지킬 수 있다면 이들을 믿어도 될 것이고, 대궐조차 지킬 수 없는 세력이라면 더 이상 기대할 게 없을 터였다. 공사는 난감했다. 당분간 대궐로는 절대 돌아갈 수 없다고 김옥균이 여러 번 강조했던 것이다. 왕이 말했다.

"그대들 말처럼 청나라 군사가 공격해 온다면, 대궐과 이곳이 무슨 차이가 있겠소? 변을 당하더라도 과인은 차라리 대궐에서 당하겠소."

왕의 뜻은 단호했다. 잠시 생각하다 공사는 선선히 대답했다.

"알겠습니다. 대궐로 돌아가도록 하지요."

뒤늦게 그 사실을 알고 김옥균은 화가 나 다케조에 공사와 다투었다. 다케조에는 큰소리쳤다.

"걱정하지 마시오. 우리 병사만으로도 능히 대궐을 방비할 수 있소. 우리가 있는 한 청나라 군은 함부로 움직이지 못할 것이오!"

왕의 뜻이 그러하고 다케조에가 확답까지 했으니 대궐로 돌아가는 수밖에 없었다. 며칠만이라도 이곳에서 새 정부의 기틀을 닦고 조선군을 장악할 시간을 벌었으면 좋으련만 다른 도리가 없었다. 김옥균은 박영효에게 대궐의 정황을 살펴보고 오라 일렀다.

짧은 겨울 해가 서쪽으로 기울고 있었다. 왕실의 행렬은 다시 대궐로 향했다. 대궐에서 경우궁으로, 다시 이재원의 집으로, 그리고 또 대궐로. 왕이 처소를 옮긴 것이 하루에만도 세 차례였다. 대궐에 돌아와서도 경계하기 쉽도록 거처를 한곳으로 정했다. 박영효가 미리 보아 둔 대로 편전 옆 관물헌에 왕을 모셨다. 관물헌은 지대가 높아 경계가 수월하고, 만약의 경우 후원을 통해 빠져나가기도 쉬운 곳이었다.

부산스레 움직이다 보니 어느새 또 한 차례의 어둠이 찾아왔다. 음력으로 열여드렛날 달은 좀처럼 구름 밖에서 나오려 하지 않았다. 땅 위에서 벌어지는 일들을 내려다보고 있기가 달조차 조마조마한 듯했다.

윤치호는 미국 공사관 안에 있는 자신의 자그마한 책상 앞에 밤 늦도록 앉아 있었다. 간밤을 새우다시피 하고 행궁에서 왕을 배알한 뒤 민영익의 병문안까지 마친 푸트 공사는, 몹시 피곤했던지 일찍 잠자리에 들었다. 피곤하기는 푸트 공사를 그림자처럼 따라다닌 윤치호도 마찬가지였다. 공사가 안채로 들어간 뒤 일찌감치 귀가했으나 도무지 마음이 가라앉지 않아 다시 공사관으로 돌아온 것이다. 어젯밤 우정국에서부터 지금까지 있었던 일이 모두 한바탕 꿈인 것만 같았다.

늘 가방에 넣고 다니던 일기책을 꺼내 책상 위에 펼쳐 놓았다. 일본에 있을 때부터 쓰기 시작했는데 한동안 멈추었다가 조선에 온 뒤 다시 일기를 썼다. 날마다 벌어지는 일들이 그야말로 다사다

난하여 기록해 두지 않을 수 없었다. 두어 줄이라도 꼭 쓰곤 했는데 어젯밤은 그럴 겨를이 없었다. 그래도 어제와 같은 날을 기록하지 않을 수 없었고, 일기를 쓰면서라도 갈피를 잡지 못하는 마음을 진정시켜 보려던 참이었다. 윤치호는 철필에 서양 먹물을 듬뿍 묻혀 일단 날짜부터 썼다.

"12월 4일(음 17일, 목, 맑음). 저녁 7시에 미국 공사, 공사의 비서와 우정국 연회에 참석하다. 윗자리에는 홍영식이, 주빈은 푸트, 그 옆에는 김홍집이 앉았고, 나머지 김옥균, 서광범, 박영효, 민영익, 한규직, 이조연, 묄렌도르프, 애스턴, 스커더가 차례에 따라 좌우로 줄지어 앉았다. 나는 푸트 공 다음에 있었다. 저녁 연회가 거의 끝날 무렵에……."

참석한 사람들을 떠올리며 이름을 죽 써 내려가려니 착잡했다. 우정국 새 청사의 환한 불빛 아래 만찬을 같이했던 사람들이건만, 그 순간 서로 다른 생각을 하고 있었고 저마다 운명도 달라져 갔던 것이다. 어젯밤 자신은 뜻밖의 변을 그저 앉아서 당한 사람이었고, 김옥균과 젊은이들은 정변을 준비해 벌인 사람들이다. 허물없는 사이라 생각했는데, 그들과 자신 사이에 거대하고 단단한 벽이 놓인 느낌이었다. 맥이 빠지고 허전했다. 조선 사람들 사이에서 홀로 영어를 말하고 있을 때 문득문득 다가오던 외로움과 비슷했다. 정변의 소용돌이 속에 젊은 그들은 한창 분주하건만, 담장 밖에서 빈주먹만 쥐고 있는 스스로가 한심하기도 했다. 한 살 위인 서재필이 큰 칼을 옆에 차고 행궁의 정전 위에 서 있던 모습이 자꾸만 떠올랐다.

칼을 맞고 쓰러진 민영익의 창백한 모습도 잊히지 않았다. 조선 독립에 대한 의지가 없고 냉정한 민영익에게 실망도 많이 했지만, 이렇게 되길 바란 것은 아니었다. 정변을 벌인 젊은이들과 민영익은 이삼 년 전만 해도 절친한 사이였다. 그런 벗들끼리 목숨을 노리고 칼을 겨누어야만 하는 조선의 현실이 서글펐다. 묄렌도르프의 집으로 옮겨진 민영익을 문병했는데 의사 알렌이 내내 그를 살피고 있었다. 얼굴에 핏기가 돌아오는 것을 보니 고비는 넘긴 것 같았다. 민영익의 회복에 마음이 놓이면서도, 대궐 안 젊은이들을 생각하면 또 울고 싶은 심정이었다.

난리는 난리인 모양이었다. 문병을 마치고 공사관에 돌아올 때 보니 사람들이 거리로 쏟아져 나와 있었다. 흉흉한 소문도 거리를 휩쓸었다. 김옥균이 왕을 볼모로 잡고 나라를 일본에 팔아넘기려 한다, 왕비는 이미 이 세상 사람이 아니다, 왕은 곧 폐위될 것이다, 조선에서는 왜가 득세할 것이다…… 화염보다 더 빠른 소문이 도성 안을 온통 활활 태우고 있었다. 백성들은 아예 대궐 안 젊은이들을 일본과 내통하여 나라를 팔아넘기려는 역적 무리로 취급했다. 조선을 당당한 독립 자주 국가로 만들겠다는 김옥균과 젊은이들의 진심은 어디에도 다가갈 곳이 없어 보였다.

몇 달 전만 해도 백성들은 청나라 군인과 상인 들의 횡포에 분개하고 있었다. 상무 총판 천쑤탕의 뒷배만 믿고 청나라 상인들은 저희 물건을 강제로 비싸게 팔았고, 비위에 거슬리면 공관으로 끌고 가 매를 때렸다. 심지어 약값을 내라는 약방 주인에게 총을 쏜 적도 있었다. 청나라에 분노하는 백성들의 마음이 정변을 준비하는 젊은이들에게는 왜 가닿지 않았을까. 끼리끼리 찾아다니는 걸음은 분주했지만 정작 백성들에게 진심을 알리고 설득하는 데는 소홀했던 게 아닐까. 도성 안 골목마다 괘서*라도 붙여 자신들의 뜻을 알렸더라면……. 대궐 안 젊은이들이 백성들에게 알린 것이라고는 조정 각료들이 바뀌었다는 방문*뿐이었다. 그러니 백성들에게 이 변란은 벼슬 다툼으로 보일 수밖에 없었다. 벼슬을 탐하는 새파란 젊은이들이 일본을 등에 업고 나라를 팔아넘기려는 것으로 여겼던 것이다.

아침에 조보를 받아 본 윤치호의 아버지 윤웅렬은 몹시 화를 냈다. 새 정부를 꾸리며 윤웅렬에게 형조 판서를 내린 것이다. 조선 군대를 개혁하는 것에 관심을 두긴 했어도 윤웅렬은 함부로 몸을 움직이는 사람이 아니었다. 젊은 그들에 비해 처세도 노련했다. 정변에 대한 윤웅렬의 평가는 신랄했다.

"저들은 결코 성공할 수 없을 게다. 수가 적은 일본 병사로 어찌

• 괘서(掛書) | 이름을 밝히지 않고 내어 건 글.
• 방문(榜文) | 어떤 일을 널리 알리기 위해 사람들이 다니는 길거리나 많이 모이는 곳에 써 붙이는 글.

그보다 열 배나 많은 청나라 군사를 대적할 수 있겠느냐? 저들 세력이 조정을 채울 수 있을 만큼 많다면 또 모르겠다. 허나 이 명단을 보아라. 나부터도 나가지 않을 텐데 이렇게 꾸린 조정이 과연 오래가겠느냐? 뒷일이 더 걱정이로구나. 한바탕 피바람이 불어올 텐데……. 너도 각별히 행동을 삼가고 근신하여라.”

그 밖에도 대궐에 있는 그들이 실패할 수밖에 없는 이유를 조목조목 더 대었으나 윤치호는 차마 끝까지 듣고 있을 수 없었다.

철필을 먹물에 담갔다 뺐다만 한 지 얼마나 지났을까. 남폿불에 어른거리는 그림자를 보고 있노라니 마음이 더욱 울적해졌다. 떠오르는 생각과 감정에 따라 이리저리 흔들리는 자신은 저 그림자와도 같고, 대궐 안 젊은이들은 심지 굳게 한복판에서 타오르는 불꽃인 듯했다. 허나 저 불꽃도 언제 사그라질지 알 수 없었다. 윤치호는 스스로에 대한 부끄러움과 젊은 그들에 대한 걱정으로 좀처럼 책상 앞을 떠나지 못했다.

그 시각 대궐에서 김옥균, 박영효와 젊은이들 역시 깨어 있었다. 연이틀을 꼬박 새우다시피 했지만 긴장과 열의로 달아오른 몸은 고단함을 느낄 새가 없었다. 배도 고프지 않았다. 우정국 만찬도 하는 둥 마는 둥 했고, 경우궁에서는 위아래가 다들 변변히 요기를 하지 못했다. 이재원의 집으로 옮겨서야 밥다운 밥을 먹었을까, 대궐로 돌아와서는 다시 저녁도 걸렀다. 대궐 호위와 경계를 점검하고, 청나라 군의 움직임을 파악하고, 왕과 왕비를 살피고, 새 정부가 할 일을 계획하고 확인하다 보니 잠잘 시간도 밥 먹을 시간도 없었다.

밤이 되어 궐문을 잠그려 할 때 창경궁 쪽 선인문 밖에서 청나라 군사들과 충돌이 일어났다. 그러나 곧 잠잠해진 걸 보면 그들도 사태가 커지는 것을 바라지 않는 듯했다. 다케조에 공사가 장담하고 김옥균이 기대했던 대로, 과연 베트남에서 발이 묶인 청나라는 더 이상 분쟁을 벌일 수 없는 것일까.

왕이 계신 어실에는 이미 불이 꺼졌지만, 젊은이들이 있는 관물헌 건넌방에는 늦도록 불이 환했다. 그들은 곧 반포할 새 정부의 개혁 정령을 다듬고 있었다.

조선의 개혁 방안에 대해서는 백송 사랑방 시절부터 오랫동안 논의해 온 바가 있었다. 바야흐로 자신들의 포부가 실현될 수 있으리라 여겨서인지 벅찬 가슴만큼이나 하고 싶은 일도 많았다. 정령의 항목은 수십 가지였다. 특별히 "문벌을 폐지하여 인민이 평등한 권리를 갖는 제도를 마련하고, 사람을 보아 벼슬을 택하되 벼슬을 내세워 사람을 택하지 않는다."는 조항을 넣었다. 위로는 김옥균, 홍영식 등과 같은 양반, 아래로는 유대치, 변수 등 중인, 또 박제경과 같은 서자, 사관생도들과 병사들을 포함한 다수 상민들, 또 봉균과 점돌 같은 천한 종들의 바람까지 담긴 것이었다. 그 밖에 백성을 수탈하는 수많은 종목의 조세를 줄이고 환곡 부담도 줄이기로 했다.

　밤새워 의논한 정령을 반포한 것은 다음 날, 정변 삼 일째인 12월 6일 아침이었다. 마지막 조항까지 마무리되자, 꺼칠한 얼굴에 눈에 핏발이 벌겋게 선 김옥균이 말했다.

　"얼른 전하의 전교로 반포하도록 하지요. 조보뿐 아니라 도성 안 곳곳에 방을 붙여 백성들도 알 수 있게 합시다."

　"전교로 쓰라니요? 어찌 전하께 올리기도 전에……. 전교는 전하께서 직접 내리셔야지요."

　새 정부에서 이조 판서로 임명된 신기선이 놀라 말했다. 어명이라 입궐하긴 했지만 급박하게 돌아가는 일들에 도무지 정신을 차릴 수 없었다.

　"곧 전하를 뵙고 아뢸 것이니, 이판은 너무 걱정하지 마시오. 어차피 전하께서도 이대로 윤허를 내리실 테니."

　다소 짜증스러운 말투였다. 얼른 정령을 반포하여 새 정부를 안착시키고 싶은 욕심에 김옥균은 조급해졌다.

　정령은 김옥균의 뜻대로 왕에게 올리기도 전에 반포되었다. 관물헌 침전에서 왕은 뒤늦게 허락했으나 언짢은 기색이 역력했다.

　정령을 손질하고 다듬느라 내내 관물헌 건넌방에 틀어박혀 있던 김옥균은 모처럼 밖으로 나와 보았다. 정오가 되면서 추위는 한결 누그러들었다. 관물헌 마당에 늘어선 병사들도 조금 나른해진 것 같았다. 낮수라를 준비하는 소주방 나인들이 담장 밖에서 종종걸음 치는 것이 보였다. 수라상을 관물헌 밖에서 들여온다는 게 어쩐지 마음에 걸렸다. 간밤에 벌어진 청나라 군사들과의 실랑이도 걱정되었다. 전후영과 좌우영을 맡은 박영효와 서광범에게 각 군영의 병사들과 무기고를 살펴보라 일렀다. 그런데 돌아와 하는 말이 기가 막혔다.

"총과 칼이 쓸 만한 게 하나도 없습니다. 다 녹슬어 버렸어요."

서광범이 울상이 되어 말했다. 얼굴을 찌푸리며 박영효도 덧붙였다.

"어찌나 녹슬어 있던지 아예 탄환을 장전할 수도 없더군."

조선 군대를 장악하면 병사와 무기를 확보할 수 있고, 그러면 다케조에의 눈치를 볼 것 없이 조선군만으로도 새 정부를 지켜 갈 수 있으리라 여겼다. 그런데 쓸 수 있는 무기가 없다니……. 나라의 군대를 그 지경으로 만들어 놓은 것에 분노가 치밀어 올랐다. 서광범이나 박영효의 명령이 제대로 서지 않는 것도 문제였다. 김옥균이 말했다.

"앞으로는 지금까지 해 온 일들을 확고하게 지키는 게 가장 중요하네. 그러자면 한시바삐 군을 완전히 장악해야만 할 것이야. 사관생도들을 각 군영에 보내, 총검을 분해하고 소제하는 법을 가르쳐 속히 수리하도록 하게. 한시가 급하니 무기들을 빨리 사용할 수 있게 해야 하네."

서재필과 의논하러 가는 벗들을 착잡한 마음으로 바라보고 있는데, 이번에는 다케조에가 엉뚱한 소리를 하고 나섰다.

"우리 일본 병사들은 대궐에 오래 있을 수 없겠소. 아무래도 오늘 중으로 철수해야겠소이다."

김옥균은 어이가 없었다. 대궐 방비는 몇 달도 끄떡없다며 큰소리치던 다케조에였다. 제멋대로 환궁을 결정하여 일을 어렵게 만들더니, 이제는 아예 발을 빼겠다는 소리를 하고 있었다.

지난밤 선인문 밖에 청나라 군사들이 출동했던 것이 다케조에는 불안했다. 조선 젊은이들의 움직임을 도우라는 지시를 받긴 했지만, 병사를 출동하여 청나라 군사와 맞서라는 명령을 받은 적은 없었다. 아무래도 김옥균과 조선 젊은이들의 일에 자신이 너무 깊이 개입한 것만 같았다. 어젯밤 일로 보아 청나라 군사가 앞으로도 움직이지 않으리라는 보장은 없었다. 내일이라도 우편선이 도착하면 본국에서 또 어떤 새로운 지시가 내려질지도 알 수 없었다. 그러니 이쯤해서 병력을 철수하려는 것이다.

큰소리가 튀어나오려는 것을 김옥균은 가까스로 참았다. 공사가 발끈해 돌아가면 그야말로 큰일이기 때문이다. 지그시 화를 누르며 이야기했다.

"우리 쪽의 준비가 다 되었다면 공사가 그런 말을 하지 않아도 일본군을 철수시켰을 것이오. 그러나 지금은 아니오. 우리끼리 방비하기에는 조선군의 지휘도 정립되지 않았고, 무기도 변변찮소. 공사도 알다시피 녹슨 무기들을 모두 꺼내어 분해하고 닦고 있는 상황 아니오? 더도 말고 삼 일만 말미를 주시오. 그동안 우리도 무기를 점검하고 조선군을 장악하도록 하겠소. 지금 일본군이 철수한다면 이제까지 피를 보며 해 온 일들이 모두 헛되이 돌아갈 것이오."

김옥균의 간곡한 말에 공사는 일단 물러섰다. 하지만 언제 또 병력을 철수하겠다는 이야기를 끄집어낼지 알 수 없었다.

다케조에와 힘겨운 입씨름을 하고 있는데, 청국군 사관*이 왕을 뵙게 해 달라며 찾아왔다. 일개 사관이 어찌 감히 조선 왕을 배알하려 하느냐 꾸짖고 돌려보냈다.

그런 지 얼마 지나지 않아 이번에는 위안스카이가 직접 군사를 거느리고 와 왕을 뵙겠다고 했다. 군사들과 함께 오는 것은 불가하다는 말로 일단 입궐을 막았다.

조선의 변란 소식을 들은 청의 북양 대신 리훙장은, 일본군과 성급히 충돌하지 말고 일단 사태를 지켜보라는 지시를 내렸다. 그러나 성미가 괄괄한 데다 대궐 안 젊은이들처럼 피가 끓는 청년 장수 위안스카이는 가만히 있을 수 없었다. 청의 대군이 주둔해 있는데 감히 소란을 벌인 조선 젊은이들이 가소로우면서도 괘씸했다. 일본이나 조선 반란군들이 다시는 대국 청나라를 만만히 여기지 못하도록 본때를 보여 주어야 한다고 생각했다. 그래서 뒷일은 자

---

* 사관(士官) | 병사를 지휘하는 무관.

신이 책임지겠노라며 군사들을 거느리고 뛰쳐나왔던 것이다. 대궐 안 젊은이들과 일본 공사는, 청나라 군사들이 궐 밖에서 시위만 할지 아니면 공격을 해 올지 여전히 갈피를 잡지 못하고 있었다.

쿵, 쿵, 쿵, 쿠궁―.

우르릉하는 소리에 땅이 울리고 방문이 흔들렸다. 위협용으로 묻어 두었던 화약 터지는 소리와는 달랐다. 궐문이라도 부수려는지 요란하게 쏘아 대는 대포 소리였다. 선인문과 돈화문 쪽에서 청나라 군사들이 공격해 오고 있었다. 다케조에의 얼굴이 하얘졌다. 김옥균과 젊은이들도 마찬가지였다. 청국군이 끝까지 공격해 오지 않을 것이라 확신했던 것은 아니지만 이렇게 빨리 움직이리라고는 미처 생각지 못했다. 사관생도들의 얼굴에도 긴장감이 어렸고 궐 안은 순식간에 부산스러워졌다.

이제는 진짜 난리가 벌어졌건만 왕실이 고요했다. 궁인들의 비명도 들려오지 않았다. 혹시나 하여 내전으로 쓰던 처소에 들어가 보니 텅 비어 있었다. 왕비와 대비, 세자궁은 이미 후원을 통해 대궐을 빠져나가 청국군이 진을 치고 있는 북묘°로 가고 있었다. 청나라 군사들이 공격해 오리라는 사실과 시각까지 왕비는 미리 알고 있었던 것이다. 수라상을 올리고 물리면서 바깥소식이 은밀히

° 북묘(北廟) | 서울 동소문 안에 있던, 관우를 받들던 사당. 북관왕묘.

들어오고 대궐 소식이 또 은밀히 나간 듯했다.

왕도 보이지 않았다. 그간 왕비는 김옥균과 젊은이들의 눈을 피해 궐 바깥소식과 청나라 진영의 형편을 들려주며 젊은 반란자들에게서 벗어나야 한다고 끊임없이 왕을 설득했다. 과연 막강한 병력으로 청국군이 공격해 오자 왕은 체념하고 왕비를 따라가기로 했던 것이다. 김옥균과 젊은이들로서는 왕이 떠나는 것만은 막아야 했다. 왕이 저편으로 넘어가면 정변도 끝이었다. 호위할 왕을 잃은 생도들과 병사들은 허둥대었다. 후원으로, 뒷산으로, 창경궁으로, 정신없이 왕의 행방을 찾아다녔다. 가까스로 후원 뒤편 북산으로 가는 왕을 발견하고, 허겁지겁 쫓아가 산 아래 연경당으로 모시고 왔다.

탕, 탕, 타탕, 타탕, 탕, 탕—.

총탄은 빗발치듯 쏟아졌다. 청국군과, 어느새 청국군과 합세한 조선 좌우영군의 공격이었다. 총검을 소제하고 수리하던 전후영 병사들은 뜯어 놓은 무기를 놓고 도망가 버렸다. 장사들이나 행동 대원들도 맨손과 칼로는 총탄을 당해 낼 수 없었다. 그나마 무기를 갖춘 일본군이 스스로를 지키기 위해서라도 열심히 반격하고 있었으나, 수가 너무 적었다.

귀가 얼얼하도록 총소리만 듣고 있은 지 한두 시간쯤 되었을까. 짧은 겨울 해가 뉘엿뉘엿해지고 저녁 으스름이 깔려 왔다. 그늘진 곳에는 채 녹지 않은 눈이 쌓여 있었고, 연경당 연못에는 앙상한 겨울 가지 그림자가 드리워졌다. 연못에 낀 엷은 얼음 위로 내려온 희미한 저녁놀이 쓸쓸해만 보였다.

다급한 상황이라 연경당에서는 왕과 신하가 굳이 방을 나누지 않고 모여 있었다. 앞으로의 일에 대해 의논이 한창이었다. 다급한 마당에 왕 앞이라 하여 굳이 삼갈 말도, 못 할 말도 없었다. 김옥균은 다케조에에게 말했다.

"청나라 군이 저렇게 공격해 오고 있으니 어쩌면 좋겠소? 일본 병사들로 끝까지 대궐에서 버틸 수 있겠소? 차라리 전하를 모시고 제물포로 가 후일을 도모하는 게 어떻겠소?"

"……."

다케조에는 묵묵했다. 일이 이렇게 되어 청국군과 교전하게 된 것도 꺼림칙한데, 조선 왕을 데리고 제물포로 가는 것은 군사적으로도 외교적으로도 너무 위험한 일이었다. 일본 공사 다케조에에게는, 자신의 병사들을 상하지 않게 하면서 이 정변에서 한시바삐 벗어나는 일이 더 중요했다. 그러나 절박한 처지에 몰린 김옥균은 대궐에서 계속 버티기보다 외국 공관이 많은 제물포로 가는 것이 더 안전하다고 생각했다. 정변을 지키기 위해서는 왕도 모셔 가야만 했다. 김옥균의 이야기를 듣고 있던 왕이 외쳤다.

"제물포라니? 왜 그곳까지 가야 한단 말이냐? 과인은 결코 가지 않을 것이다! 너희들의 일이 고작 여기까지였더란 말이냐? 얼른 앞장서라! 당장 북묘로 가겠다. 가다 죽더라도, 대왕대비가 계신

곳으로 갈 것이다!"

왕의 얼굴에는 분노가 가득했다. 목소리도 부들부들 떨려 나왔다. 세가 약해 움직이지 않을 것이라던 청국군의 공격은 한창이었고, 나라의 독립 자주를 이루겠다던 젊은이들은 왕을 이끌고 제물포로 도피하려 하고 있었다. 왕은 절망하고 분개했다.

탕, 탕, 팟, 팟, 파팟—.

연경당 마당에까지 총알이 빗발치고 있었다. 파편이 문밖 기둥까지 날아와 박혔다. 어둑어둑해 앞이 보이지 않으니 닥치는 대로 총을 쏘고 있었다. 얼른 피해야 했다. 김옥균과 젊은이들은 왕을 모시고 뒷산으로 올라갔다. 일본군이 눈에 띄자 북산 높은 곳에서는 더욱 맹렬히 공격해 왔다. 왕의 곁에 있던 무감이 큰소리쳤다.

"멈추어라! 전하께서 이곳에 계시거늘 어찌 함부로 총을 쏘는 것이냐?"

그제야 총소리가 뚝 끊어졌다.

날은 이미 저물었다. 사위가 고요해지니 어둠도 갑자기 짙어진 듯했다. 흩어져 수비하던 일본 병사들이 다케조에 공사가 있는 곳으로 모였다. 일본군에서도 사망자와 부상자가 나왔다. 다케조에는 단호하게 말했다.

"우리는 이만 철수하겠소. 일본 병사가 호위하는 것이 오히려 군주께 누를 끼치는 것 같소. 그대들도 물러나 앞날을 도모하도록 하시오."

일본 공사가 철수하겠다고 하니 왕의 뜻은 더 말할 것도 없었다. 왕은 왕비가 기다리고 있는 북묘로 가겠다고 했다. 김옥균과 젊은 이들은 일본 공사를 말릴 힘도, 왕을 설득할 명분도 없었다. 어둠은 완연해졌고 머리 위에서는 청국군과 조선군이 총탄을 겨누고 있었다. 이제 어떻게 해야 할까. 신하로서 왕을 따라야 할까, 아니면 자신들만이라도 대궐을 빠져나가야 할까. 왕을 따른다면 기다리고 있는 청국군과 조선군에게 죽음을 면치 못할 터였다. 이어 역적으로 집안 전체가 죽임을 당할 테고, 아무리 왕이라 해도 젊은이들과 그 가족들의 목숨을 구할 수 없을 것이었다.

어둠이 내린 산기슭 아래서 어린 사관생도들까지 모두 모여 앞일을 의논했다. 선택할 수 있는 길은 별로 없었다. 죽음을 각오하고 끝까지 왕과 대궐을 지키거나, 아니면 대궐에서 빠져나가 다시 때를 기다리는 것이었다. 피가 마르는 듯한 시간이 흘렀다. 결국 이대로 대궐에서 버티다 죽음을 당하기보다 살아남아 다시 한 번 조선의 개혁을 도모하자는 것으로 의견을 모았다. 왕을 따라 북산으로 가지 않고 다케조에를 따라 일본 공사관으로 피신하기로 한 것이다. 다케조에는 고개를 끄덕이며 얼른 대궐을 빠져나가야 한다는 말만 되풀이했다.

그때였다. 나이 어린 서재필까지 소리 높여 이야기를 주고받는 동안 한마디도 하지 않고 묵묵히 있던 홍영식이 입을 열었다.

"나는…… 전하를 따르겠네."

다들 깜짝 놀랐다. 왕을 따르는 길은 곧 허망한 죽음의 길에 불과하다고 여태껏 이야기했건만, 홍영식은 끝내 그 길을 가겠다는 것이었다. 모두 벗을 말렸다. 앞으로도 할 일이 많다며 함께 피신하기를 설득했다. 그러나 홍영식은 흐트러짐 없는 표정으로 조용히 말했다.

"자네들 이야기가 맞네. 훗날을 위해 다들 떠나야 하네……. 그러나 누군가 한 사람은 남아서, 우리가 무엇을 위해 일어났으며 무엇을 하려 했는가를 알려야 하네. 비록 우리들의 일은 성공하지 못했지만, 우리 뜻만큼은 훗날까지 전해질 수 있도록 해야 할 것이네. 전하를 두고 다 떠나 버린다면 우리의 진심을 누가 믿어 주겠는가? 나는 끝까지 전하를 따르겠네."

"……."

젊은이들은 할 말이 없었다. 홍영식의 말도 맞았다. 하지만 자신들은 바로 그 한 사람이 되겠다며 기꺼이 나서지 못했다. 눈 내리던 그날 밤, 격정적인 목소리로 벗들에게 다짐하던 홍영식의 모습이 떠올랐다. 붉은 피 흘리며 휘갈겨 쓰던 맹세가 이것이었던가. 스스로 죽음의 길을 가겠다고 나선 벗을 보노라니 마음 한쪽을 도려내는 듯 아파 왔다. 굵은 눈물을 뚝뚝 흘리는 젊은이들도 있었다. 괴로워하는 벗들을 위로하려는 듯 죽음의 길을 택한 홍영식은 환하게 웃었다. 젊은 날, 백송 사랑에 드나들던 시절부터 벗들의 마음까지 환하게 하던 웃음이었다.

홍영식이 남겠다고 하자 새 정부의 도승지 박영교도 끝까지 왕을 따라가 소임을 다하겠다고 했다. 친형마저 그 길을 가겠다는 이야기에 박영효의 얼굴은 더욱 흙빛이 되었다. 사관생도들 중에서도 일곱 명이 나섰다. 젊은 생도들은 조선 군인으로서 끝까지 왕을 호위하겠다는 비장한 결심을 보였다.

"뭣들 하고 있소? 이러고 있을 시간이 없소. 얼른 오시오!"

다케조에가 재촉했다. 산 위에서 무슨 소리가 들려오고 있었다. 또다시 공격해 올 모양이었다. 정말이지 더 이상 지체할 시간이 없었다.

김옥균과 젊은이들은 왕에게 하직 인사를 올렸다. 젊은이들이 물러가겠다는 소리에 왕은 깜짝 놀랐다.

"너희들이 나를 버리고 어디로 가겠다는 것이냐?"

김옥균은 왕 앞에 엎드렸다. 냉정한 그였지만 목소리에 울음기가 섞였다.

"신들이 나라와 전하의 두터운 은혜를 입었음을 잘 알고 있사온데 어찌 감히 저버리겠습니까? 오늘 잠시 물러나는 것은, 다른 날 다시 한 번 쓰임을 얻기 위한 것이옵니다. 신들의 충정을 잊지 마시옵고 부디 강녕하시옵소서.*"

● 강녕(康寧)하다 | 몸이 건강하고 마음이 편안하다.

김옥균과 젊은이들은 차가운 땅바닥에 엎드려 왕에게 절을 올렸다. 고개를 숙이니 눈물도 흘러내렸다. 왕의 마음도 착잡했다. 정변을 보고 겪으며 실망한 것도 사실이지만, 조선의 독립과 개혁을 바라는 젊은 그들의 뜨거운 마음을 왕은 잘 알고 있었다. 왕의 눈에서도 눈물이 흘러내렸다.

"부디…… 목숨을 보전했다가 후일 과인을 위해 일하라."

"망극하옵니다. 전하……."

어디서 구해 왔는지 무감이 조촐한 가마를 대령했다. 적은 수이긴 하나마 젊은 사관생도들은 호위 대열을 갖추었고, 왕의 뒤를 따라 홍영식과 박영교는 묵묵히 북묘로 향하였다. 화려한 치장도, 따르는 시위군도 없는 초라한 행렬이었다. 달도 별도 없이, 앙상한 겨울 나뭇가지들만이 젊은이들의 뒷모습을 지켜보고 서 있었다.

"어서 갑시다. 이쪽으로, 어서!"

다케조에의 재촉에 김옥균과 남은 젊은이들은 반대편 산기슭 쪽으로 방향을 돌렸다. 밤하늘은 낮게 가라앉아 있었고 스산한 겨울바람에 오싹 몸이 떨려 왔다. 정변의 열기에 젖어 있을 때는 느껴 보지 못했던 추위였다. 가슴에서 타오르던 불길이 잦아들고 나니 한기는 더 심했다. 그늘진 북산, 비탈진 눈길을 걷는 걸음들이 휘청거렸다. 채 눈 녹을 사이도 버티지 못한, 젊은 그들의 짧은 사흘이었다.

김옥균

일본에서 마지막 밤을 맞다

1894년 3월 24일, 일본 고베 항구.

저녁 어스름이 내려올 때부터 비도 추적추적 내렸다. 오가는 뱃고동 소리가 구슬프게 들려오는 항구라 그런지, 부슬부슬 내리는 봄비는 가을비만큼이나 처량했다.

"선생님, 와다입니다."

이른 저녁이라 한가하고 조촐한 여관 방문 밖에서, 소년이라 할지 청년이라 할지 앳되어 보이는 일본 젊은이가 말했다. 방 안에서도 일본어로 말하는 소리가 들려왔다.

"들어오너라."

안으로 들어간 청년은 헝겊으로 싼 탕파*를 다다미 위에 내려놓

왔다. 그리고 벽장에서 이부자리를 꺼내 편 다음 그 속에 탕파를
넣었다. 이불 속에 뜨거운 물을 담은 탕파를 넣어 두면 한기를 가
시게 하고 무릎 통증도 한결 덜어 줄 것이었다. 살뜰하고 바지런한
손길로 방 안 정돈을 마친 젊은이가 말했다.

"상해로 가는 배는 내일 오전에 출발한다 합니다. 다케다 상은
바람 쐬겠다며 항구로 나갔습니다."

"그래, 알겠다. 너도 그만 물러가 쉬어라."

와다가 문을 닫고 나가자 작은 여관방 안은 다시 적막해졌다. 저
린 무릎을 주무르며 앉아 있는 사람은 김옥균이었다. 짧게 깎은 머
리에 짙은 양복 차림이 익숙해 보였으나, 희고 보기 좋던 얼굴은
까맣게 타고 잔주름도 많았다. 머리칼도 제법 희끗희끗했다. 하긴
그의 나이도 마흔넷, 더 이상 젊은이라고 할 수 없는 중년이었다.

십 년. 김옥균이 도망치다시피 조선을 떠나 일본에서 보낸 세월
도 어느새 십 년이었다. 아득하게 멀어 보이기도 하고, 순식간에
흘러가 버린 것 같기도 한 덧없는 세월이었다. 정변 뒤 살아남은
사람이라고는 일본으로 건너온 아홉 명뿐이었다. 왕을 따라갔던
홍영식과 생도들은 그 자리에서 죽임을 당했고, 뒤늦게 붙잡힌 사
람들도 극형을 받았다. 가족들도 스스로 목숨을 끊거나 감옥에서
치욕스러운 날들을 보내고 있었다. 자신의 잘못된 판단 때문에 죽

• 탕파(湯婆) | 뜨거운 물을 넣어서 그 열기로 몸을 따뜻하게 하는 기구. 쇠나 함석,
자기 등으로 만든다.

어 간 사람들을 생각하면, 감옥에 계신 병든 아버지와 노비가 되어 궂은일을 하고 있을 아내와 어린 딸을 생각할 염치도 없었다.

무엇이 잘못되었던가. 김옥균은 생각하고 또 생각했다. 일본의 병력을 무턱대고 믿은 것도, 청나라 군사가 움직이지 않으리라 낙관한 것도 가슴을 칠 만큼 어리석은 일이었다. 정변을 준비하면서 모든 정황을 엄격하게 헤아리고 대처하려 했으나, 어느 순간부터 강렬한 소망이 이성을 압도해 버렸다. 벗어나고 싶은 현실의 어려움도 한몫했을 것이나 핑계였다. 소망이 이성을 휘어잡고 결과를 낙관하게만 만든다면 환상에 불과하거늘, 십 년 전 그때는 알지 못했다. 수많은 목숨들과 바꾼 뒤에야 다가온 깨달음은 비통했고, 현실은 가혹하기만 했다. 조선에서는 정변 전보다 청의 세력이 강해졌고, 특히 오만한 젊은 장수 위안스카이의 독주는 아무도 막을 사람이 없었다. 나라의 개혁을 말하는 사람은 더 이상 찾아볼 수 없게 되었고 왕도 자신의 목소리를 내기 어려웠다.

김옥균과 젊은이들이 일본에서 지낸 생활도 치욕적이었다. 갑신년 조선 정변으로 일본이 잃은 것은 없었다. 또다시 막대한 배상금을 받아 냈고, 조선에 군대를 파견할 권리를 청나라와 동등하게 갖게 되었다. 일본 정부는 일개 망명자에 불과해진 김옥균을 더 이상 상대하려 들지 않았다. 공연히 조선 정변에 일본이 관련되었다는 논란이 벌어질까 봐 귀찮게 여기며 외면했다.

조선에서는 내로라하는 젊은 양반들이 처음으로, 그것도 낯선 땅에서 겪어야만 했던 굶주림과 궁핍의 고통은 처참했다. 생계를 위해 휘호*를 써서 팔았고, 살기 위해 뿔뿔이 흩어지기도 했다. 견디다 못한 서재필과 서광범, 박영효는 이듬해 일본에서 다시 미국으로 망명했다. 그러나 자신을 알아보아 주는 사람도 없는 데다가 차마 막일을 할 수 없었던 금릉위 박영효는 결국 일본으로 되돌아왔다.

그런 가운데서도 김옥균은 조선의 개혁을 포기하지 않았다. 실패에 대한 죄의식까지 보태져 더욱더 고심하고 노력했다. 일본에서 지지 세력을 모으려 했고, 조선과의 연계도 끊임없이 모색했다. 그러한 움직임이 드러날 때마다 한바탕 소란이 일어나곤 했는데, 조선에서나 일본에서나 김옥균은 골치 아픈 존재였다. 망명한 지 이 년이 채 못 되었을 때, 일본 정부는 서태평양의 섬 오가사와라 제도로 김옥균을 유배 보내 버렸다.

오가사와라―. 그 이름을 떠올리기만 해도 온몸에 물기가 스며들어 젖은 솜이 된 것처럼 묵직하게 아파 왔다. 김옥균이 강제로 배에 태워져 태평양의 섬에 도착한 것은 1886년 8월 한여름이었다. 일 년 중 절반 넘게 비가 내린다는 아열대의 섬에는 그날도 장대비가 주룩주룩 내리고 있었다. 거센 빗줄기와 무성한 원시림의 나무줄기가 섬뜩하도록 장대했다. 맑은 날이면 초록빛 바다 끝 수

---

* 휘호(揮毫) | 붓을 휘두른다는 뜻으로, 글씨를 쓰거나 그림을 그리는 것을 이르는 말.

평선이 아득했는데, 일본 본토까지는 수천 리 바닷길이었다. 자신의 삶은 바다 한가운데 섬에서 벗어날 길이 없어 보였다. 차마 떠올리지 못했던 아버님 생각도 해 보았다. 살아도 살아 있다 할 수 없는 이곳에서라면, 죽은 사람들에 대한 죄책감은 잠시 접어 두고 스스로의 서러움에 마음껏 젖어도 될 것 같았다.

아비는 구속된 죄수 자식은 망명객   父也拘囚子也亡
소매 떨치며 헤어진 뒤 어찌 아프지 않으리.   震襟別後豈無傷

오가사와라에서 김옥균은 몸도 마음도 많이 상했다. 지병인 관절염은 더욱 심해졌고 아열대의 풍토병에도 시달렸다. 이 년 뒤인 1888년, 일본 정부는 김옥균의 유배지를 홋카이도로 옮겼다. 이번에는 추운 북쪽 지방이었다. 사방을 둘러싼 흰 눈의 침묵도 끊이지 않는 열대의 파도 소리 못지않게 견디기 어려웠다. 추위 속에 무릎 관절염은 온몸의 뼈마디로 옮겨 가 아예 고질병이 되었다. 그렇게 혹서와 혹한을 오가며, 김옥균은 낯선 나라에서 낯선 유배지들을 떠돌아다녀야만 했다.

오가사와라 섬과 홋카이도 유배지를 거쳐 1890년 가을, 김옥균은 사 년 만에 도쿄로 돌아왔다. 그의 모습은 예전과 많이 달라졌다. 더위와 추위에 번갈아 시달리느라 부쩍 늙기도 했지만, 어딘가 경망스러워 보였다. 방탕한 생활도 많이 했다. 언제라도 자신을 유배지에 가두어 버릴 수 있는 일본 정부와 풀려나오자마자 또 자객을 보낸 조선 정부를 생각하면, 차라리 스스로 별 볼 일 없는 존재가 되는 게 나을지도 몰랐다. 때로 오가사와라의 막막한 수평선과 온통 눈으로 뒤덮인 홋카이도의 절망적인 겨울이 떠오르면, 저절로 술을 찾게 되었고 함부로 몸을 굴리게도 되었다.

　그렇다고 해서 김옥균의 의지가 완전히 사그라진 것은 아니었다. 조선에서 떠나와 있으니 조선이 더 잘 보였고, 중국과 일본이 처해 있는 상황도 새롭게 보였다. 여러 나라들의 이해가 첨예하게 얽힌 세상에서 따로 떨어진 조선만의 문제는 없었고, 나약하고 위태로운 것도 조선만이 아니었다. 동방으로 진출해 오는 서양 세력 앞에서는 중국도 마찬가지 신세였고, 일본이라고 안심할 수 있는 것은 아니었다. 인도나 베트남처럼 이 지역이 서양의 손아귀에 들어가지 않으려면 세 나라가 화합하는 것만이 서로 살길이었다. 김옥균은 그 같은 자신의 생각을 삼화주의(三和主義)라 했다. 싸우지 않을 뿐 아니라, 힘을 길러 자립할 수 있도록 서로가 적극 돕는 게 필요했다. 조선이 쇠약해져 넘어가면 중국도 넘어갈 것이고, 조선이 자립하면 그만큼 이 지역도 더 든든해지기 때문이었다.

　김옥균은 자신의 삼화주의를 사람들에게 적극적으로 이야기했다. 약육강식의 세상에서 지나치게 이상적인 이야기라며 흘려 버리는 이들이 많았지만 고개를 끄덕이며 수긍하는 사람도 있었다.

북양 대신 리훙장의 양아들로 일본 주재 청나라 공사로 와 있던 리징방도 김옥균의 생각에 공감했다. 그는 김옥균에게, 청나라로 초청할 테니 아버지 리훙장을 만나 이야기해 보라고 권했다. 사방에서 집적거리는 서양 세력에 시달리던 청나라는 어느 한쪽이라도 화합하여 안정되는 것을 바라고는 있었다. 그러나 일본인도 아니고 조선 조정 사람도 아닌, 떠도는 망명객 김옥균의 이야기를 과연 귀담아들으려 할지 알 수 없었다.

몇 해를 두고 진지하게 고민하던 김옥균은 리징방의 초청을 받아들이기로 했다. 정변이 일어난 지 십 년째 되던 1894년이었다. 가까운 사람들은 모두 말렸다. 도착하는 즉시 청나라에 구금되거나 조선으로 돌려보내져 죽음을 당하리라 했다. 어쩌면 그들 말이 맞을지도 몰랐다. 그러나 그조차 해 보지 않는다면 앞으로 무엇을 더 할 수 있을까?

조선으로 건너가 나라를 뒤바꿀 힘도, 조선의 개혁을 지원하도록 일본 정부를 설득할 자신도, 정변 과정에서 일본 정부가 했던 일을 폭로해 버릴 오기도 이제는 김옥균에게 없었다. 조선에서 유학생도 오지 않으니 젊은이들을 가르치며 앞날을 기대해 볼 희망도 없었다. 그에게 남은 것이라고는 돈이 떨어질 때마다 주변 사람들에게 손을 벌려야만 하는 서글픈 가난, 오랜 유배 생활로 날이 궂을 때마다 온몸이 쑤셔 오는 통증, 지사인 체해도 해 놓은 일은 아무것도 없지 않느냐는 은근한 조롱, 단 하루도 편히 잠들 수 없게 하는 수많은 죽음들에 대한 자책뿐이었다. 무엇보다 십 년이라는 세월이 그를 초조하게 했다. 살아남아 조선의 개혁을 이루리라고 먼저 간 벗들에게 맹세했으나 여태껏 이루어 놓은 게 없었던 것이다. 청나라로 가서 리홍장을 만나는 일이 절반이라도, 아니 열에 하나라도 가능하다면 이대로 가만히 있는 것보다 낫지 않을까. 설사 자신을 구속하고 죽음으로 이끈다 할지라도.

김옥균은 언제부턴가 자신의 죽음을 가볍게 생각하고 있었다. 날마다 밀려왔다 밀려가는 오가사와라 바닷가의 파도를 보며 그런 생각을 했을까. 아니면 사람을 한 발짝도 움직이지 못하게 하던 홋카이도의 설국(雪國)에서 그런 생각이 들었을까. 정변으로 그처럼 많은 사람들이 죽어 갔는데, 자신의 죽음이라 해서 대단할 것도 특별히 애달플 것도 없었다. 일이 잘되어 조선의 자립과 삼국의 평화에 기여할 수 있다면 다행일 테고, 아니더라도 먼저 간 벗들에게 덜 부끄러울 것이었다. 김옥균은 자신의 신변을 걱정하는 젊은이들에게 말했다.

"호랑이 굴에 들어가지 않고서야 어찌 호랑이를 잡겠는가? 자네들 말대로 배에서 내리자마자 청나라에 억류되거나 조선으로 압송될지도 모르지. 그러나 이홍장을 만나 단 오 분이라도 이야기를 나눌 수 있게 된다면, 그걸로 나는 족하네. 그 순간 나의 마음을 모두 드러내 보이고 설득하겠네. 진실로 이홍장이 청나라와 삼국의 안녕을 생각한다면 내 생각을 받아들일 것이네."

이해할 수 없을 정도로 담담하게 청나라행을 결정했으나 문제는 여비였다. 상하이까지 가는 뱃삯은 그럭저럭 마련한다 하더라도, 리훙장을 만날 때까지 그곳에서 머무르자면 경비가 꽤 들 것이다. 그러나 그런 큰돈을 대어 줄 사람은 김옥균 주위에 없었다. 붓글씨를 써서 팔거나 조금씩 빌리는 것으로 마련하기는 어려운 금액이었다.

그즈음 김옥균에게 가까이 다가온 사람이 있었다. 중국과 일본을 오가며 장사를 크게 하고 있다는 이일직이었다. 본디 학문하던 양반이나 세상 구경을 하고 싶어 일본과 청나라를 왕래하며 약재와 쌀을 판다고 했다. 조선의 젊은 망명객들에게 자주 밥과 술을 사 주고 넌지시 용돈을 쥐여 준 적도 많았다. 고루하고 꽉 막힌 조선 조정을 함께 욕하고 갑신년 정변이 성공하지 못한 것을 안타까워하기도 했다. 하지만 얇은 입술에 눈웃음이 헤픈 데다 상대방의 말에 지나치게 맞장구를 치는 것이 어딘가 미덥지 않은 면도 있었다. 김옥균이 도쿄로 돌아오자 그를 암살하려는 움직임도 다시 시작되었는데, 특히 정변 때 여러 사람이 목숨을 잃은 민씨 집안의 원한이 대단했다. 이일직은 그들이 보낸 자였다.

그 무렵 일본에 나타난 조선 사람이 또 있었다. 프랑스에서 삼 년쯤 지내다 돌아온 홍종우였다. 조선 최초의 프랑스 유학생라며 일본 신문에 난 적이 있기에 김옥균과 젊은이들도 그를 알고 있었다. 홍종우가 일본에 도착한 것은 1893년 여름이었는데, 해가 바뀌도록 조선에 돌아갈 생각을 하지 않고 있었다. 일본에서는 찾아오는 사람도 제법 많은 유명 인사지만, 몰락한 잔반˚ 출신 홍종우는 사실 조선에서 당장 할 일도 머물러 살 집도 없었다. 일본에서 미루적미루적하고만 있는 홍종우에게 접근한 것은 이일직이었다. 속내를 따로 둔 사람들은 서로를 금방 알아보는 것인지, 이일직은 홍종우에게 자신의 임무를 숨기지 않고 터놓았다. 조정의 명으로 김옥균과 박영효를 암살하러 왔다며, 자신을 도와 나라에 공을 세우라고 권하였다. 일이 성사되면 큰 상은 물론 조선 조정에서의 앞날도 보장될 것이라 했다. 몰락했으나 야심 많은 양반 홍종우는 이일직의 제안을 받아들였다.

홍종우가 승낙하자 이일직은 서둘렀다. 김옥균에게 청나라로 가는 데 필요한 경비를 대어 주겠다고 나섰다. 상하이 은행에서 어음을 바꾸어야 하는데, 자신은 갈 수 없으니 은행 지배인과 잘 아는 홍종우와 동행하기를 권했다. 돈을 구할 다른 방도가 없는 김옥균은 이일직의 제안을 받아들이는 수밖에 없었다.

일본 정부는 김옥균의 출국을 모른 체했다. 함부로 거처를 옮기지 못하게 하고, 김옥균이 가는 곳, 만나는 사람들까지 일일이 감시하던 것과는 확연히 다른 태도였다. 일본으로서는 김옥균이 청나라에 억류되건, 조선으로 넘겨지건, 그래서 죽음을 당하건 아무

˚ 잔반(殘班) | 집안 세력이나 살림이 아주 보잘것없어진 변변치 못한 양반.

런 상관이 없었다. 그저 김옥균이라는 골치 아픈 존재가 일본 땅만 벗어나면 그만이었다. 여태껏 조선의 변란은 일본에게 늘 기회로 다가왔는데, 또다시 어떤 변이 일어나기를 내심 기대하고 있는지도 몰랐다.

'아무래도 기분 나쁜 자야. 속을 알 수 없어.'

김옥균의 머리를 떠나지 않는 생각이었다. 내리던 비는 어느새 그친 듯했다. 그러나 항구의 바람이 습해 무릎이 욱신거리고 온몸이 저린 것은 여전했다. 몸이 아프니 여러 가지 근심들이 한꺼번에 찾아왔다. 심부름해 주던 와다가 말했던 다케다는 홍종우의 일본 이름인데, 아무래도 꺼림칙해 그와 같은 방을 쓰면서 잘 살펴보라 일렀던 것이다.

프랑스 유학생이라 하여 처음에는 호감을 가졌지만, 홍종우는 사귈수록 속을 알 수 없는 사람이었다. 하는 이야기들마다 앞뒤가 맞지 않았다. 선대의 벼슬을 들먹이며 자신의 가문이 대단한 양 으스대었고, 홍영식과도 같은 집안의 막역한 사이인 것처럼 굴어 조선 젊은이들의 환심을 샀다. 그러다 거짓이 드러나면 입을 꽉 다물어 버렸는데, 그럴 때면 굵게 쌍꺼풀진 눈과 두툼한 입술이 검붉은 얼굴과 함께 번들거렸다. 아무런 꺼림도 가책도 느끼지 못할 정도로 낯이 두꺼운 사람이라면 무슨 일을 더 할지 알 수 없었다.

'저자와 끝까지 동행할 필요는 없을 테지. 상해에 도착해 돈을 찾으면 곧 돌려보내거나 헤어져야겠군.'

자꾸만 떠오르는 홍종우에 대한 불길한 생각을 김옥균은 애써 떨쳐 버리려 했다. 비가 그치자 파도 소리는 더욱 크게 들려왔고, 언제 돌아올지 모르는 일본에서의 마지막 밤은 그렇게 깊어 가고 있었다.

탕! 탕! 탕!

상하이 항구 부근의 여관 둥허 양행에서 귀를 찢는 듯한 소리가 들려왔다. 여관 손님도 드물어 한적한 데다 나른한 오후라, 가까이에서 들려오는 이 소리가 무시무시한 총소리이리라고는 생각지 못했다. 한창인 봄날, 꽃이 터지듯 공원에서 폭죽이 터지는 소리로만 여겼다. 그러나 얼굴과 가슴과 어깨에 총을 맞고 2층 객실에서 피 흘리며 숨을 거둔 사람이 있었으니, 바로 김옥균이었다. 리훙장과 만날 준비를 하며 보던 『자치통감』을 손에 든 채였다. 열린 객실 문밖에는 김옥균을 향해 겨눈 총을 채 내리지 않은 홍종우가 서 있었다. 리볼버 권총 총구에서 나는 화약 연기가 매캐했다. 1894년 3월 28일, 함께 고베 항을 출발하여 상하이에 도착한 바로 그다음 날이었다.

김옥균이 암살당했다는 소식이 전해지자 일본에서는 새삼 추모 열기가 드높아 갔다. 앞장서 주도한 것은 김옥균을 모욕하고 냉대했던 일본 정부였다. 일본으로 망명한 김옥균은 일본 사람이나 마찬가지라며 그의 죽음을 방치한 청나라를 규탄하고, 국민들을 부추겨 전쟁 분위기를 만들어 갔다. 일본은 오랫동안 준비해 온 자신들의 전쟁 능력을 바야흐로 시험해 보려 하고 있었다. 그로부터 석 달이 채 못 되어 일본군은 동학 농민군의 봉기가 한창인 조선으로 진출하였다. 그리고 조선 땅에서 청나라와 전쟁을 벌여 결국 승리를 거두었다.

박영효

얼굴에 황혼이 드리워지다

1931년 1월 18일.

일요일 오후라 동대문으로 가는 전차는 그리 붐비지 않았다. 검정색 교복을 입은 남학생이 일본말로 쓰인 책을 열심히 보고 있었고, 나들이라도 나왔는지 동물 공원으로 만들어 놓은 창경궁 부근에서 젊은이들 몇이 내리고 탈 뿐이었다. 두 눈을 지그시 감고 전차에 앉아 있는 사람은 소설가이자『동아일보』편집국장을 지낸 이광수였다. 재작년쯤 신장 수술을 크게 했다더니 얼굴이 푸석푸석하고 피곤해 보였다. 바싹 깎은 짧은 머리에, 동그란 안경 너머로 보이는 엷은 눈동자가 다감해 보이면서도 가끔씩 날카로운 빛을 띠었다. 조선에서 유명짜한 이광수를 알아보았는지 책을 보던 남학생이 슬쩍슬쩍 이쪽을 바라보곤 했다.

지난해 가을 이광수는 잡지 『삼천리』에 만주 무관 학교 교장을 했던 이갑과 박영효가 일본에서 만난 이야기를 짧게 언급한 적이 있었다. 그것을 본 박영효는 내용이 잘못되었으니 바로잡아 달라고 요구했다. 글을 발표하고 나면 이처럼 항의하는 사람들이 더러 있었는데, 한다하는 사람일수록 더했고 사소한 것도 참지 못했다. 후작 박영효의 이야기를 무시할 수 없어 찾아가는 길이었으나 기분이 좋지 않았다.

이광수는 동묘 앞에서 전차에서 내렸다. 동대문 방향으로 조금 거슬러 올라가니 으리으리한 대문이 나왔고 기둥에는 '박영효'라는 문패가 붙어 있었다. 이름 석 자만 써 놓은 문패는 단출했지만 대문을 거쳐 현관까지 눈길 위에 나 있는 수많은 바퀴 자국이 집 주인의 세도와 지위를 말해 주는 듯했다. 공주 부마 금릉위, 갑신정변의 혁명가, 갑오개혁의 내무 대신, 일본 세상이 된 뒤로 후작 각하이자 조선 귀족회 의장, 총독부 자문 기관인 중추원 의장을 지낸 박영효였다.

이광수가 안내된 방은 서양식으로 꾸며 놓은 응접실이었다. 창호의 윗부분에 유리를 대어 바깥 풍경이 그대로 보였다. 바닥에는 붉은빛 양탄자가 깔려 있었고, 팔걸이 곡선이 날렵한 서양 의자는 푹신했다. 문패는 소박했으나 응접실 벽에는 온갖 훈장과 여러 단체의 감사장과 임명장이 빼곡히 걸려 있었다.

잠시 후 박영효가 응접실로 들어왔다. 독일 황제처럼 멋 부려 기른 콧수염이 눈에 띄었다. 코밑 양쪽 수염 끝이 위로 굽어 올라간, 행세깨나 하는 사람들 사이에서 한창 유행하는 카이저 수염이었다. 흰머리가 생기긴 했지만 두툼한 입술, 고집스러운 인상은 여전했다. 건강에 각별히 신경을 쓰는 듯 군살이 적당히 붙은 몸에 혈색 좋은 얼굴은 일흔한 살이라는 나이를 믿기 어렵게 했다. 경위야 어찌 되었건, 조선 최고의 문필가 이광수가 자신을 찾아왔다는 게 박영효는 싫지 않은 듯했다. 그래도 항의는 거세었다.

"누가 나를 도와? 이갑이가? 그깟 평안도 놈이 나를 도울 게 무에 있어! 이것 보시게, 이 선생. 수많은 사람들이 보는 글을 쓸 때는 한 치도 틀림없이 써야 하는 것이외다."

당시 어려운 처지의 망명자로서 이갑에게 작은 도움을 받을 수도 있는 일이건만, 박영효는 단호했다. 어차피 시비를 가리러 온 것은 아니었기에 이광수는 묵묵히 있었고, 제 말을 받아들이는 것 같자 박영효는 더욱 기분이 좋아졌다.

그 이야기를 길게 하고 싶지 않은 이광수는 갑신년 정변 이야기로 화제를 돌렸다.

"만약 갑신년에 작정했던 대로만 이루어졌다면 본토의 메이지 유신이 부럽지 않았을 텐데, 저로서도 참 안타깝습니다. 뜻을 이루지 못한 연유는 어디에 있다고 보시는지요?"

내키지 않는 걸음이긴 했으나 전설적인 정변의 주역 박영효를 직접 만난다는 호기심도 있었다. 그러나 눈앞에 앉아 있는 사람은 거만하고 고집스럽기만 한 노인이었다. 그에게 젊은 날의 열정은 바랜 지 오래인 듯했다. 하긴 십여 년 전 3·1 만세 기억도 아스라한데, 오십여 년 전 왕조의 정변이 이제와 무엇이더냐 하는 생각도 들었다. 나라를 빼앗긴 지도 이십이 년째, 일본을 본토라 부르는 것도 익숙해진 때였다. 질문을 했으나 곧 심드렁해진 이광수에 비해 정변에 관한 이야기가 나오자 박영효는 신명이 났다.

"그럼! 메이지가 다 무언가? 일만 잘되었으면 이조(李朝)도 제법 볼만했을 게야. 정권을 잡자면 상감을 꼭 붙들어야 하는데, 김옥균이가 어름어름하다 상감을 놓쳐 버렸지. 그래서 고만 실패한 것이라오."

박영효는 갑신년 정변이 실패한 책임을 김옥균에게 돌렸다. 이미 삼십여 년 전에 불운하게 세상을 떠난 사람이건만, 김옥균에 대한 박영효의 복잡한 감정은 생과 사를 초월한 듯했다.

일본으로 망명한 지 얼마 안 되었을 때 초대받아 간 식당에서부터였을까. 조선 젊은이들의 처지를 동정하는 일본인들이 자리를 마련했다. 그들은 김옥균을 윗자리에 앉게 했고, 김옥균도 사양하지 않았다. 나이로 보나 비중으로 보나 김옥균이 먼저 대접받는 것은 자연스러운 일이었다. 허나 이제까지 조선에서는 없던 일이어서 박영효는 얼떨떨했다. 다른 젊은이들은 아무렇지 않은 듯했다. 오직 부마도위 박영효 한 사람만 내심 마음 상해 있었던 것이다.

그래서인지 갑신년 정변의 주역 중 유일하게 살아남은 박영효의 회고는 좀 달랐다. 정변을 준비하고 총괄한 책임은 죽은 홍영식에게 돌리고, 우정국과 대궐의 현장에서 정변을 총지휘한 것은 자신이라고 했다. 김옥균은 단지 일본 공사관을 상대하고 통역을 맡은 것뿐이라며 대수롭지 않게 말하곤 했다.

1894년 8월, 박영효와 조선 망명객들은 그리던 고국에 돌아올 수 있게 되었다. 상하이에서 김옥균이 홍종우의 총에 맞아 세상을 떠난 지 불과 다섯 달 뒤였다. 조선으로 돌아가기 위해 김옥균은 목숨까지 걸었지만, 이들의 귀국은 청일 전쟁에서 승리한 일본의 힘으로 거저 얻은 것이나 마찬가지였다. 이듬해 갑오년에는, 먼저 쓰러져 간 벗들 대신 살아남은 자로서 개혁에 관한 포부를 한번 펴 볼 수도 있었다. 그리고 1910년, 조선은 일본에 강제로 병합되었다. 협력한 조선인들에게는 일본 귀족의 작위가 내려졌고 은사금°도 지급되었다. 선왕의 부마이자 일본 통치에 협조해 온 박영효에게도 후작 지위와 수십만 엔의 상금이 내려졌다. 그 뒤로 박영효는 산업과 언론, 경제계의 실속 있고 명망 있는 지위를 두루 거치며 풍요로운 생활을 누리고 있었다.

어쩌면 박영효가 얻고자 한 것은 지금과 같은 삶인지도 몰랐다. 젊은 날, 뜨거운 혈기로 정변에 참여하고 시대의 흐름을 좇아 개혁

• 은사금(恩賜金) | 은혜롭게 베풀어 준 돈이라는 뜻으로, 임금이나 상전이 내려 준 돈을 이르던 말.

과 평등을 인정하긴 했지만, 자신만큼은 특별하고 존귀한 사람으로 내접받아야 했다. 소년 부마로 어릴 때부터 남다른 대우를 받아 왔기에 더욱 그러했을 것이다. 정변 실패 후 망명지 일본에서 받았던 냉대를 생각하면 지금도 오싹했다. 견디다 못해 서광범, 서재필과 건너간 미국은 더했다. 그곳에서 자신은 양반도 부마도 귀족도 아닌, 그저 돈 한 푼 없는 누런 얼굴의 아시아 인에 불과했다. 살아남기 위해 모두 일해야만 했으나, 금릉위 박영효가 차마 상항 부둣가에서 고되고 천한 노동을 할 수는 없었다. 가장 젊은 서재필은 현실에 빠르게 적응했고, 몸이 약한 서광범은 힘겨워하면서도 달라진 현실을 받아들였다. 하루 벌어 하루 먹을 것을 마련해 박영효가 기다리고 있는 숙소로 들고 오던 서재필의 표정이 점점 일그러져 갈 무렵, 혼자 일본으로 오는 배를 탔다. 그때 박영효는 단단히 결심했다. 양반도 몰라보고, 부마도 몰라보고, 상것들에게나 하듯 함부로 대하는 이런 세상이라면, 다시는 꿈꾸지 않으리라…….

오랜만에 말 상대가 생겨 흡족해진 박영효의 이야기는 계속되었다.

"그 뒤로도 이국땅에서 조선의 개혁을 위해 여러 가지로 애를 써 보았지만 다 헛수고였소. 이 선생도 알다시피 조선 민족에게 단결이라는 것이 어디 있소이까? 게다가 신의도 없고 돈도 없으니, 도대체 아무 일도 되는 게 없었소이다그려."

그렇게 말하고는 은근한 눈빛으로 이광수를 바라보았다. 이광수가 쓴 논설「민족개조론」을 염두에 두고 하는 이야기인 것 같았다.

이광수가 서른한 살 때인 1922년, 3·1 운동은 일본의 탄압으로 좌절되고, 신여성과의 연애는 관습에 가로막혀 희망이 보이지 않고, 경찰에 구금되었다 석연치 않게 풀려나 변절자라는 의혹을 받던 그 시절. 이광수는 모든 것에 절망했다. 나라와 민족에 대해서도 마찬가지였다. 조선이 나라를 빼앗긴 것도 결국 조선의 문제에서 비롯된 것이라며, 일본을 원망하기 전에 먼저 조선 민족부터 반성하고 민족성을 뜯어고쳐야 한다는 주장을 글로 써서 발표했다. 남의 탓을 하기 전에 자신부터 돌아보아야 한다는 것은 언뜻 그럴듯하게 들리지만, 개인의 수양에 관한 문제도 아니겠고 나라를 강제로 빼앗긴 동포들의 아픈 가슴에 할 이야기는 아니었다. 이광수의 논설을 좋아한 것은 조선 총독부였고, 분노한 것은 조선 동포들이었다.「민족개조론」을 실은 잡지사『개벽』은 성난 조선 청년들의 습격을 받았고, 이광수도 곤욕을 치러야만 했다. 그 뒤로 이광수에게는 뛰어난 문필가라는 칭송과 민족의 배신자라는 원망이 함께 따라다녔다. 모든 일에 회의적이고 부정적인 이광수의 생각은 지금도 그다지 달라지지 않았지만, 박영효가 자신을 한동아리로 생각하고 은근하게 구는 것은 왠지 불쾌했다. 이광수의 기분은 아랑곳하지 않고 박영효는 계속 떠벌였다.

"거, 신간회라나 무어라나 하는 것도 어찌 되었는지 이야기 들으셨소? 무엇 좀 해 보기도 전에 벌써 해소 운동인가 벌이고 있다

하오. 허헛, 그거 참, 아무려면 조선 놈들 하는 일이 그렇지, 별수 있겠소?"

몇 해 전, 서로 나뉘어 있던 독립운동 세력이 신간회로 뭉쳤을 때, 박영효는 사실 가슴 서늘했다. 신경 쓰지 않는 척하면서도 신간회에 관한 소식은 빠짐없이 챙겨 보았다. 그러다 얼마 전부터 내부 갈등으로 해소되리라는 이야기가 나오자 묵은 체증이 내려가는 것처럼 후련하게 여겼다. 일본의 침략을 받아들이고 그 밑에서 안락하게 지내는 자신의 삶을 합리화하려면, 조선 민족이 자립하여 서는 일이 없어야 했다. 어리석고 무능한 민족이기에 주권을 갖지 못하는 게 당연한 일로 여겨져야만 했던 것이다. 그리고 자신은 지금처럼 민족 지도층 인사로 대접받으며, 가끔씩 점잖게 자책하거나 동포들에게 훈계나 하며 살아가면 될 일이었다. 박영효는 잔뜩 거드름을 피우며 또 말했다.

"그러나 나는 조선의 앞날을 비관하지는 않소. 앞으로 더 망할 일은 없을 테니까 말이오. 이미 더 망할 수 없을 만큼 다 망해 버렸으니 이제 나아지는 일밖에 없지 않겠소이까? 허허허……."

웃음을 그친 박영효는 한마디 덧붙였다.

"나는 지금 가만히 시세를 지켜보고 있다오. 앞으로 내가 할 일이 또 있을 것이오."

박영효의 욕심은 아직 사그라지지 않았던 것이다. 한때 혁명가였던 박영효에게는, 다시 한 번 세상을 움켜쥐고 사람들의 눈길을 끌고 싶다는 욕망이 남아 있었다. 허나 그도 결국은 나라를 빼앗긴 조선 사람인 것을. 기다리는 시세가 과연 그에게 다가올 수 있을까.

겨울 해는 짧았다. 빼앗긴 나라의 해가, 빼앗긴 사람들 대신 얼어붙은 하늘에 대고 제 몸을 터뜨려 버렸는지 유리문을 통해 보이는 하늘이 온통 불그스름했다. 박영효의 얼굴에도 황혼이 걸려 있었다. 붉은 놀이 비껴드니, 얼굴에 팬 주름이 더욱 깊었고 머리칼도 더 희끗희끗해 보였다.

저녁을 들고 가라는 것을 사양하고 이광수는 자리에서 일어났다. 박영효는 아쉬운 표정으로 현관까지 나와 배웅했다. 불빛을 등지고 선 박영효의 얼굴에는 이제 어둠이 내려앉고 있었다. 뒤돌아보며 인사하는 이광수의 얼굴에도 어둠이 드리워졌다. 어두워지는 세상을 따라 사람들은 차츰 어두워져 가고 있었다. 내일의 해는 어김없이 또 어딘가에서 움트고 있을 테지만, 제 한 몸 끝내 터뜨려 보지 않은 이들은 알지 못할 것이었다. ✿

흰 소나무가 서 있는 할아버지와 손자의 사랑방

'연암의 손자 박규수의 사랑에 모인 청년들은 어떤 사람이었을
까?'

조선 시대 이덕무와 벗들 이야기를 그린 첫 책 『책만 보는 바보』
(보림 2005)를 탈고할 즈음부터 제 마음속에 자리 잡고 있던 물음
입니다.

그 옛날 연암 박지원의 사랑에서, 외로운 서얼 청년들인 이덕무,
박제가, 유득공, 백동수는 가슴에 품은 이야기들과 조선 사회의 개
혁에 관한 생각을 나누었습니다. 그로부터 백여 년 뒤, 연암의 손
자 박규수의 사랑에도 청년들이 모여들었다 합니다. 오래된 흰 소
나무가 서 있는 과수원 언덕 위, 할아버지 연암이 지어 놓은 그 사

랑채였습니다.

연암의 사랑에 있던 젊은이들이 불우한 처지였던 데 비해, 손자 박규수의 사랑에 모인 사람들은 앞날이 창창한 북촌 세도가의 청년들이었습니다. 바로 훗날 갑신정변의 주역이라 불리는 김옥균, 홍영식, 박영효입니다. 세 청년은 스승과 함께 급격히 변화하는 세계 속에서 조선이 나아가야 할 방향을 고민하고 개혁의 길을 적극 모색했습니다. 그러나 불우한 옛 젊은이들이 마침내 세상에 나아가 자기 뜻을 펼칠 수 있었던 반면, 자신감과 패기로 가득했던 갑신년의 청년들은 그러지 못했습니다. 자신들의 포부를 끝까지 실현할 수 없었고, 목숨 걸고 일으킨 정변마저 실패하여 뼈아픈 좌절을 맛보아야만 했지요.

이들 못지않게 제 마음을 아리게 한 사람은 조선의 마지막 임금, 고종입니다. 박규수의 사랑을 드나들지는 못했지만 대궐에서 그에게 가르침을 받았고, 또래의 청년들과 더불어 조선의 개혁을 추진해 나갔습니다. 나라 안의 누구보다도 급변하는 국제 정세를 깊이 이해하고, 새로운 문물을 받아들여 조선의 힘을 기르고자 했던 왕이었습니다. 하지만 끝내 일본에 나라를 빼앗기면서, 어리석고 무능한 인물이었다는 일본의 평가가 그대로 굳어지고 만 불운한 왕이기도 하지요. 당시 청년 국왕이었던 고종의 삶을 살펴보노라니, 남아 있는 그의 사진 속 눈빛이 왜 그리 쓸쓸하고 비통해 보이는지 조금은 이해할 수 있을 것 같았습니다.

갑신년 정변 무렵 세 청년은 뜻을 같이했던 친구들이었으나, 일생을 두고 보면 삶의 모습은 저마다 다릅니다. 정변이 실패하던 그날, 홍영식은 끝까지 왕을 따르겠다며 죽음의 길을 택했습니다. 일본으로 망명한 김옥균은 그곳에서도 조선의 개혁을 위해 애썼지만 결국 암살당하고 맙니다. 세 친구 중 유일하게 살아남은 박영효는, 식민지가 된 조선에서 일본이 내린 후작 작위를 받고 영화를 누리며 살아갔습니다. 젊은 날 품었던 고귀한 뜻을 꺾고 권력을 좇는 박영효의 말년이 그저 옛일로만 여겨지지 않아 가슴이 서늘해지기도 했습니다. 사람이 한평생을 일관되게 살아간다는 것은 얼마나 어려운 일인지요. 하지만 모진 고난에도 불구하고 끝내 한길을 가는 사람의 삶은 또 얼마나 존귀한 것인지요.

연암과 손자 박규수의 사랑은 없어졌지만 흰 소나무는 지금도 서울 종로구 재동 그 자리에 그대로 서 있습니다. 오래된 나무의 잎이 해마다 다시 푸르게 돋아나듯 청년들의 새로운 삶도 끊임없이 이어져 갑니다. 젊은 실학자 이덕무와 벗들의 삶, 개혁을 꿈꾸던 김옥균과 친구들의 삶, 그리고 서울 종로 거리를 지금도 오가고 있을 수많은 젊은이들의 삶……. 흰 소나무집 사랑방에서처럼, 세대와 세대가 어우러지는 만남 역시 어디선가 계속되고 있을 테지요.

세 젊은이들이 살다 간 시대와 그들의 삶을 더듬어 보는 시간은 사실 무척 힘겨웠습니다. 답답하고 아픈 마음에 보던 책을 덮고,

쓰던 글을 멈춘 적도 많았습니다. 하지만 그들의 정변이 성공했건 실패했건 그 삶이 찬란했건 암울했건, 세 청년은 우리 역사 속에 엄연히 자리 잡고 있는 인물들입니다. 우리보다 먼저 살다 간 이들의 흔적을 보면서, 지금 우리의 모습을 돌아보고 앞으로의 삶도 다잡을 수 있었으면 좋겠습니다. 그리고 역사를 배우는 청소년들이, 두어 줄로 요약된 글귀로만 이들을 대하지 않았으면 좋겠다는 생각도 해 봅니다. 백여 년 전 세 젊은이가 품었던 포부와 빛나는 이상, 실패와 좌절의 신산한 삶까지도 이 책을 통해 느낄 수 있다면, 제게는 보람이 되겠습니다.

갑신년 당시 세 청년의 삶을 그려 볼 수 있도록 여러 문헌을 정리하고 연구해 오신 분들께 감사의 인사를 드립니다. 부족한 글을 읽고 조언과 격려의 말씀을 해 주신 강상규 교수님과, 좀처럼 진도가 나아가지 않는 원고를 오래 기다려 주고 꼼꼼히 살펴 책으로 만든 창비 청소년팀에도 감사드립니다. 작은딸의 세 번째 책이 출간된 것을 아신다면 참 좋아하셨을 텐데, 돌아가신 어머니께도 그리운 마음으로 소식 전합니다.

2011년 11월
안소영

고종 高宗, 1852~1919

조선 제26대 왕. 쇄국 정책을 실시했던 대원군과 달리,
급변하는 국제 정세를 인식하고 능동적인 개항·개화
정책을 펼쳤다. 통리기무아문을 신설하고 일본과 중
국에 조사 시찰단과 영선사를 파견하여 신문물을 적
극 수용하고자 했다. 그러나 개혁·개방 정책에 대한
반발로 임오군란이 일어나고, 곧이어 급진적인 개혁을 실시하려는 갑신
정변이 잇따르는 등 혼란을 겪었다. 청일 전쟁에서 승리한 일본이 조선
을 좌우하려 들자 외교 관계를 다각화해 보려고 노력하지만, 왕후가 시
해되는 을미사변이 일어나며 좌절되었다. 그 뒤 러시아 공사관으로 파천
하여 대한 제국을 수립하고 황제가 되어 본격적으로 개혁을 실시했으나,
이 또한 오래가지 못했다. 러일 전쟁에서도 승리한 일본은 '보호 조약'이
라는 이름으로 조선의 외교권을 빼앗았다. 이에 고종은 헤이그에서 열리
는 만국 평화 회의에 특사를 파견하여 일본의 강제 침탈을 알리고 항의
하려 했으나 실패했으며, 결국 이 사건으로 인해 강제로 퇴위당하고 말
았다. 조선이 주권을 빼앗긴 뒤로 일본 학자들에 의해 어리석고 유약한
군주라는 이미지가 덧씌워졌으나, 그 어느 때보다 혼란스럽던 시기에 자
주와 개혁의 길을 모색한 군주였다는 재평가가 최근 활발히 이루어지고
있다.

공친왕 恭親王, 1832~1898

중국 청나라의 황족. 이름은 혁흔(奕訢). 영불 연합군의 베이징 점령 당

시 조약 체결을 맡아 하며 서양 세력과 화친을 모색했다. 조카인 동치제가 6세에 즉위하자 내치와 외교를 담당했고, 정국을 안정시켜 '동치 중흥'을 이루었다. 공친왕이 관직에서 물러나고 동치제가 나라를 직접 다스리게 되자, 비슷한 처지에 있던 조선 왕 고종은 비상한 관심을 보였다.

김옥균 金玉均, 1851~1894

조선 말기의 정치가. 호는 고균(古筠). 청나라의 간섭에서 벗어나 조선의 독립과 개혁을 이루고자 갑신정변을 일으켰으나 실패했다. 일본으로 망명한 뒤에는 조선 조정의 계속된 암살 시도와 일본 정부의 유배 조치로 인해 어려움을 겪어야만 했다. 상하이로 건너가 다시 조선의 앞날을 모색해 보고자 했으나 동행한 홍종우에게 암살당했다. 시신은 조선으로 보내져 양화진에서 능지처참되었다. 아시아 삼국이 공존하고 번영하기를 바라는 김옥균의 '삼화주의'를 일본 제국주의는 제멋대로 해석하여 조선의 병합과 나아가 중국 침략을 정당화하는 수단으로 삼기도 했다. 일본 망명 시절, 갑신정변의 전말을 기록한 『갑신일록』을 썼으나, 정변과 관련된 사실을 감추려는 일본 정객들이 일부 내용을 조작하였다는 연구도 있다.

김홍집 金弘集, 1842~1896

조선 말기의 정치가. 호는 도원(道園). 청년기에 박규수 문하에서 공부했다. 2차 수신사로 일본에 다녀오면서 청나라 외교관 황준헌이 쓴 『조선책략』을 들여왔는데, "중국과 친하고, 일본과 맺고, 미국과 연결(친중국, 결일본, 연미국)"하라는 책의 내용이 조선에서 큰 논란이 되었다. 김홍집은 외국과 조약을 맺거나 협상할 때마다 책임을 맡아 외교적 수완을 발휘했으며, 청일 전쟁 뒤 일본의 영향력 아래에서 여러 차례 내각의 총리대신을 역임하고 갑오개혁과 을미개혁 등을 주도했다. 아관 파천으로 말미암아 내각이 붕괴되자, 일본으로 망명하라는 제안을 거절하고 왕을 배알하러 가던 중 광화문 앞에서 성난 군중에게 '왜대신(倭大臣)'으로 지목되어 살해당했다. 개혁과 개방에 관한 확고한 신념이 있었으나, 이를 급진적이지 않은 방식으로 실현해야 한다는 소신을 지니고 있었다.

다케조에 신이치로 竹添進一郎, 1842~1917

일본의 외교관이자 한학자. 톈진 영사와 베이징 공사관 서기관을 지냈으며, 한학에 조예가 깊었다. 하나부사 요시모토 공사의 후임으로 조선에 온 뒤, 이토 히로부미, 이노우에 가오루 등 일본 정치가들과 공조하여 조선 정변에 관여했다. 정변이 실패로 끝나자 김옥균 등에게 냉담했으며, 공직에서 물러난 뒤 도쿄 대학 교수로 취임해 한학을 강의했다.

리훙장 李鴻章 이홍장, 1823~1901

중국 청나라 말기의 정치가. 북양 대신으로 청나라의 외교를 도맡아 했다. 이이제이 방식으로 각국을 서로 견제하게 하고, 타협하고 양보함으로써 갈등을 피하는 외교 정책을 썼다. 조선의 개방을 허용했으나 청나라의 영향력 아래 있어야 한다는 원칙을 분명히 했으며, 묄렌도르프와 데니(Owen N. Denny) 등 외국인 고문을 보내 조선의 내정과 외교에 깊이 관여했다. 청일 전쟁에서 패배하여 권력의 기반이던 북양군을 많이 잃었고, 그 뒤 세력도 약화되었다.

명성 황후 明成皇后, 1851~1895

고종의 비. 국제 정세와 외교에 관한 탁월한 능력과 이해로써 조선 말기 혼란스러운 정국에 적극적으로 개입했다. 청일 전쟁 뒤 일본이 조선에서 득세하자 러시아에 접근하여 일본 세력을 약화시키려 했다. 이로 인해 미우라 고로 공사의 사주를 받은 일본 낭인들에게 대궐에서 살해되었고, 시신마저 불태워졌다. 대한 제국이 수립되던 해에 비로소 국장이 치러졌는데, 고종은 "황후가 훌륭한 공덕으로 짐의 곁에서 도와주었기 때문에 정사를 잘 다스릴 수 있었다. 그런데 나는 오늘 같은 날을 보고 있으나 황후는 보지 못하니 아, 슬프다……."라며 절절히 추모하였다. '명성'은 죽은 뒤에 붙은 시호이며, 고종이 황제로 즉위하면서 '황후'라 칭했다.

묄렌도르프 Paul George von Möllendorff, 1847~1901

독일 출신의 외교관. 한자 이름은 목인덕(穆麟德). 청나라 주재 독일 영사관에서 세관 업무를 맡아 하다 리훙장의 톈진 공관으로 갔으며, 이어 청나라의 고문관 자격으로 조선에 들어왔다. 조선의 재정 문제를 해결하기 위해 새로이 당오전을 발행할 것을 주장하면서 김옥균 세력과 대립했고, 정변 후 일본 정부에 김옥균의 신병 인도를 끈질기게 요구했다. 자신의 후임으로 온 데니와 논쟁을 벌였는데, 데니가 「청한론」에서 조선과 청나라 간의 불공정한 관계를 비판하자 「청한종속론」을 지어 조선이 청나라의 속국임을 주장했다.

무쓰히토 睦仁, 1852~1912

일본의 제122대 왕. 연호를 '메이지(明治)'로 바꾼 뒤, 왕궁을 막부의 중심지이던 에도로 옮기고 수도 이름을 '도쿄'라 바꾸었다. 국내를 자주 순방하여 그간 신비에 싸여 있던 천황의 존재를 드러내 보이고, 국민들로 하여금 강력한 국가 건설의 구심점으로 인식하게 했다. 제국 헌법과 교육 칙어를 발표하여 일본식 천황제 국가를 완성시켜 나갔고, 청일 전쟁과 러일 전쟁에서 승리한 뒤로 일본 국민들에게서 절대적 숭앙을 받았다.

민영익 閔泳翊, 1860~1914

조선 말기의 정치가, 예술가. 호는 운미(芸楣, 혹은 雲楣). 명성 황후의 친정 조카로, 조정에서 여러 중책을 거쳤다. 보빙 사절의 정사로 미국을 방문하고 아서(C. A. Arthur) 대통령에게 고종의 국서를 전달하였다. 세계를 두루 순방한 뒤 귀국했으나, 개혁의 속도와 방식에 관해 김옥균과 다른 입장을 지니고 서로 반목했다. 갑신정변 때 제거 대상으로 지목되어 큰 부상을 입었고, 그 뒤 조선을 둘러싼 각국의 다툼 속에 여러 부침을 겪다가 홍콩을 거쳐 상해로 망명해 버렸다. 중국에서 서화가들과 교유하며 그림에 몰두했는데, 난초를 잘 그려 '운미란(芸楣蘭)'으로 이름을 떨쳤다. 왕실의 내탕금이면서 자신이 관리하고 있던 홍삼 판매 대금으로 망명 시절 부유한 생활을 했는데, 일제 통감부는 민영익을 상대로 조선 왕실 자금 반환을 요구하는 소송을 벌이기도 했다.

박규수 朴珪壽, 1807~1876

조선 말기의 문신. 호는 환재(瓛齋). 연암 박지원의 손자. 연행 사절로 중국에 가서 변화하는 세계를 목격했고, 조선의 개국과 개혁의 필요성을 절실히 느꼈다. 고종이 즉위한 뒤 경연의 스승으로서 그에게 영향을 끼쳤고, 젊은 청년들에게 실학의 정신과 국제 사회의 새로운 흐름을 전하며 이른바 '개화파' 형성에 결정적인 역할을 했다. 운요호 사건을 빌미로 일본이 수교를 요구해 오자 조약을 맺을 것을 조정에 권했다. 나라 간의 교류는 피할 수 없는 세계의 흐름이며, 거절할 경우 중국에서처럼 전쟁이 벌어질 수 있다고 보았기 때문이다. 대원군 등 반대 세력을 설득하기 위해 애를 쓰다 조약이 체결되던 그해 세상을 떠났다.

박영교 朴泳敎, 1849~1884

조선 말기의 문신. 박영효의 형. 갑신정변 때 개혁 정부에서 도승지로 임명되었고, 정변이 실패한 뒤에도 망명하지 않고 끝까지 왕을 따르다 피살되었다. 아버지 박원양(朴元陽)은 박영교의 열 살 난 아들을 먼저 죽이고 감옥에서 스스로 굶어 죽었다고 전해진다.

박영효 朴泳孝, 1861~1939

조선 말기의 정치가. 호는 춘고(春皐). 철종의 딸 영혜 옹주와 혼인하여 부마가 되고, 금릉위(錦陵尉)의 작위를 받았다. 갑신정변이 실패하자 일본으로 망명했다가 청일 전쟁에서 일본이 승리한 뒤 조선에 돌아왔다. 김홍집과 함께 연립 정부를 수립하고 갑오개혁을 추진했으나, 독단적인 방식으로 갈등을 빚어 다시 일본으로 망명해야만 했다. 조선이 강제로 합병되고 난 다음 일본이 내린 후작 작위를 받았다. 그 뒤 조선 귀족회 회장, 조선 식산 은행 이사, 동아일보 초대 사장을 역임했으며, 일본 귀족원 의원, 중추원 의장과 부의장을 번갈아 맡았다.

서광범 徐光範, 1859~1897

조선 말기의 정치가. 호는 위산(緯山). 김옥균과 일본을 시찰했고, 보빙 사절로 미국과 유럽을 순방한 뒤 귀국했다. 갑신정변이 실패하자 일본으로 망명했다가 미국으로 건너갔다. 망명 초기 고생했으나 연방 정부 교육국에서 번역관으로 일하며 조선의 교육 제도와 문물을 알리기도 했다. 청일 전쟁 뒤 귀국하여 김홍집 내각의 법무 대신을 지내면서 재판소와 법관 양성소를 만드는 등 사법 제도의 근대화를 추진했다. 주미 특명 공사로 미국에 파견되었다가 아관 파천으로 김홍집 내각이 해산될 때 현지에서 해임되었다. 그 뒤 생활고와 폐병 악화로 고생하다가 39세의 나이로 미국에서 세상을 떠났다.

서재필 徐載弼, 1864~1951

조선 말기의 정치가, 미국 국적을 지닌 의사. 영어 이름은 필립 제이슨 (Philip Jaisohn). 일본 육군 도야마 학교에서 군사 교육을 받았고, 갑신정변에 적극 가담했다. 정변 실패 후 일본을 거쳐 미국으로 망명했다. 미국에서 시민권을 얻고, 의과 대학을 졸업하여 의사가 되었다. 1895년 중추원 고문 자격으로 귀국해, 조선에서는 서재필이 아닌 '필립 제이슨'을 한자로 표기한 피제선(皮提仙)이라는 이름으로 지냈다. 이상재·이승만 등과 독립 협회를 결성하고 『독립신문』을 만들었으며, 배재 학당 등에서 조선 청년들에게 미국과 서양의 문물을 널리 알렸다. 3·1 운동 뒤 상해 임시 정부 구미 위원회 위원장으로 있었고, 해방 뒤 미 군정청의 요청으로 귀국했다. 그러나 이승만과의 불화와 혼란스러운 시국을 꺼려 미국으로 돌아가 여생을 마쳤다. 『서재필 박사 저서전』(김도태 지음, 1947)이 있으나, 주관적으로 기술된 부분이 많아 당시 정국을 알 수 있는 정확한 사료로 보기는 어렵다.

알렌 Horace N. Allen, 1858~1932

미국의 선교사이자 외교관, 의사. 한자 이름은 안련(安連). 의료 선교사로 중국을 거쳐 조선에 들어왔다. 갑신정변 당시 부상당한 민영익을 치료한 것이 계기가 되어, 왕실의 의사 겸 정치 고문이 되었다. 조선 최초의 근대식 병원인 광혜원의 운영을 맡아 했고, 미국에 대한 고종의 기대와 신임을 기반으로 조선 내 각종 이권에 개입하여 실리를 챙겼다. 미국인 모스(J. Morse)에게 운산 금광의 채굴권과 경인 철도 부설권을 넘겼고, 전등·전차·선로 부설권도 미국에 넘겼다. 푸트 공사가 사임하고 조선을 떠난 뒤 미국 공사 겸 서울 주재 총영사가 되었으며, 뒤에 전권 공사가 되었다. 을사조약이 체결되고 일본 세력이 들어오자 본국으로 귀국했다.

어윤중 魚允中, 1848~1896

조선 말기의 정치가. 호는 일재(一齋). 독학으로 과거에 급제한 뒤 박규수의 문하에서 김홍집, 김옥균, 홍영식 등과 교유했다. 조사 시찰단의 단장으로 일본에 파견되었고, 귀국길에 영선사 김윤식과 합류하여 청나라의 문물을 둘러보았다. 방만한 정부 조직을 개편하고 개혁 재원을 마련하기 위해 만든 감생청의 책임을 맡아 열정적으로 일했으나, 보수적인 관료들의 반발로 이내 폐지되어 물러났다. 갑오개혁 때는 탁지부 대신으로 재정 개혁안을 주관했다. 아관 파천으로 내각이 무너진 뒤 일본 망명 제안을 거절하고 귀향하던 중, 오래전부터 원한을 품고 있던 무리들에 의해 살해되었다. 당시 최고의 재정 전문가였으며, 성품은 강직했으나 개혁 추진에서는 온건한 방식을 취했다.

오경석 吳慶錫, 1831~1879

조선 말기의 역관, 서화가. 호는 역매(亦梅). 청나라를 자주 드나들며 서양 세력의 출현으로 어지러운 현실을 목격했고, 『해국도지』, 『영환지략』 등 서양 문물을 소개하는 책들을 조선에 들여와 퍼뜨렸다. 박규수, 유대치와 함께 양반가 청년들이 개화사상을 지니는 데 영향을 미쳤다. 강화도에서 일본과 조약을 맺을 때 조선 조정을 설득했으며, 일본뿐 아니라 다른 나라들과도 조약을 맺어야 한다고 적극 주장했다. 조약이 체결된 뒤 오래도록 병석에 누워 있다가 세상을 떠났다. 아들 오세창(吳世昌)은 3·1 운동 때 민족 대표 33인 중 한 사람이다.

위안스카이 袁世凱 원세개, 1859~1916

중국의 군인, 정치가. 임오군란을 수습하기 위해 조선에 들어왔는데, 당시 머리가 일찍부터 하얗게 세어 버린 백발 청년이었다. 갑신정변 때는 일본군과 충돌을 피하라는 리훙장의 지시도 어기고 독단적으로 출병하여 강경하게 진압했다. 정변 뒤 청일 양국군이 함께 철수하기로 하여 귀국했으나, 이내 조선 주재 총리 교섭 통상 대신이라는 고위직으로 다시 들어왔다. 그 뒤 청일 전쟁에서 패하여 돌아가기 전까지 조선의 내정에 깊숙이 관여하며 횡포를 부렸다. 신해혁명(1911) 때는 쑨원(孫文)과 손을 잡고 청나라 황제를 퇴위시킨 후 임시 총통이 되었다. 스스로 황제의 자리까지 올랐으나, 각지에서 일어난 반원(反袁) 운동의 거센 흐름 속에 목숨을 잃었다.

유길준 俞吉濬, 1856~1914

조선 말기 개화 운동가. 호는 구당(矩堂). 일본 게이오 의숙에서 공부했고, 보빙사 수행원으로 미국에 갔다가 그곳에 남아 대학 진학을 준비했다. 갑신정변이 실패한 뒤 귀국 명령을 받고 오는 길에, 대서양을 거쳐 세계를 두루 순방하였다. 조선에 오자마자 체포되었으나 극형을 면하고 한규설(韓圭卨)의 집에 구금되었다. 유폐되어 있는 동안 서양 문물을 둘러보고 온 것을 바탕으로 『서유견문』을 썼는데, 최초로 국한문을 혼용했다. 갑오개혁 때 김홍집 내각의 내무 협판으로 태양력 사용, 종두법 실시, 소학교 설치 등의 개혁을 주도했고, 아관 파천으로 내각이 해산되자 일본으로 망명했다. 조선이 강제 병합된 뒤 일본이 남작 작위를 주었으나 받지 않았고, 교육과 계몽 운동에 헌신했다.

유대치 劉大致, 1831~?

조선 말기 개화 사상가. '대치'는 호이며 이름은 홍기(鴻基). 중인 출신의 의원. 박규수, 오경석과 함께 새로운 문물에 관심이 많은 북촌의 젊은이들에게 영향을 미쳤다. 그의 집을 드나드는 젊은 관료들이 조정에서 개혁 정책을 펼쳤기에, 사람들이 '백의정승'이라 불렀다. 개혁 기구 감생청에 나가 실무를 맡았으며, 김옥균과 박영효 등이 정변 준비를 할 때 함께 논의했다. 갑신정변이 실패하자 집을 나선 뒤로 소식이 끊겼다.

윤웅렬 尹雄烈, 1840~1911

조선 말기의 무신. 윤치호의 아버지. 수신사 김홍집을 수행하여 일본을 다녀왔고, 신식 군대 창설의 필요성을 절감하고 별기군을 만들었다. 함경도 병마절도사로 있을 때 병사를 신식으로 훈련시켰으나, 박영효의 광주 병사들과 마찬가지로 중앙군에 흡수되고 말았다. 개화에 대한 소신은 있었으나 신중한 입장을 지녔고 정변에 참여하지는 않았다. 갑오개혁 때 김홍집 내각의 경무사로 있었고, 대한 제국의 군부대신을 지냈다. 강제 합병된 뒤에 일본이 내리는 남작 작위를 받았다.

윤치호 尹致昊, 1865~1945

조선 말기 정치가. 호는 좌옹(佐翁). 일본에서 신학문과 영어를 배웠다. 초대 미국 공사 푸트의 통역관으로 귀국하여, 고종과 미국과 개화 관료들을 잇는 다리 역할을 했다. 갑신정변이 실패한 뒤, 변해 버린 조선 현실에 두려움과 절망을 느끼고 상하이를 거쳐 미국으로 갔다. 서양 학문을 공부하면서 조선과 청나라처럼 미개한 사회는 서구와 같이 발전된 사회로 점차 나아가야 한다는 사회 진화론적 시각을 갖게 되었다. 1895년 귀국한 뒤 독립 협회와 신민회 활동을 했다. 강제 병합된 다음 '105인 사건'으로 복역하고 나온 뒤로 친일의 길로 들어서서, 일본의 조선 식민지 정책을 지지하고 중일 전쟁에 자원 입대할 것을 조선 청년들에게 호소했다. 이 공로로 일본 제국 의회의 귀족원 의원을 지냈다. 1883년부터 1943년까지 쓴 일기를 남겼는데, 서양의 발달한 문명을 동경하고 뒤처진 조국의 현실을 걱정하는 조선 청년의 예민한 감성이 담겨 있고, 19세기 말부터 20세기 중반까지의 조선 정치와 대외 관계를 알 수 있는 기록이다.

이광수 李光洙, 1892~1950

소설가, 언론인. 호는 춘원(春園), 창씨명은 가야마 미쓰로[香山光郎]. 한국 최초 근대 소설인 『무정(無情)』을 신문에 연재했고, 와세다 대학에서 공부하면서 도쿄 유학생들의 2·8 독립 선언서를 기초했다. 상해 임시 정부에서 활동하다가 귀국하는 길에 일본 경찰에게 체포되었으나 이내 석방되었다. 이때부터 변절자라는 의혹을 받기 시작했다. 그 뒤 곧 「민족 개조론」을 발표했는데, 조선이 일본의 식민지가 된 이유를 조선 민족 자신에게서 찾아야 한다는 주장으로 큰 물의를 일으켰다. 『동아일보』와 『조선일보』에서 언론인을 지냈고, 『마의태자』, 『단종애사』, 『흙』 등 많은 작품을 썼다. 친일 어용 단체인 조선 문인 협회 회장으로 조선 청년들에게 학병 지원을 권유하는 글을 쓰고 강연을 다녔다. 8·15 광복 후 반민족 행위 특별법으로 구속되었다가 병보석으로 출감했으나, 6·25 전쟁 때 납북, 사망했다.

이노우에 가오루 井上馨, 1836~1915

일본의 정치가. 이토 히로부미의 절친한 친구로, 함께 막부 타도 운동에 힘썼다. 메이지 유신 후 신정부에서 여러 요직을 거쳤고, 운요호 사건 때부터 조선 문제에 깊이 관여했다. 이토 히로부미가 총리가 되자 외무상이 되었고, 청일 전쟁 때는 일본 공사로 들어와 조선을 차지하기 위해 기민하게 대처했다. 김옥균이 쓴 『갑신일록』은, 정변의 주역들을 냉대하고 면담조차 해 주지 않는 이노우에 외무대신에 대한 배신감과 분노에서 비롯된 것이기도 하다.

이토 히로부미 伊藤博文, 1841~1909

일본의 정치가. 본명은 하야시 도시스케(林利助). 메이지 유신 뒤 이름을 이토 히로부미로 바꾸고 신정부에 참가했으며, 초대 내각 총리대신으로 메이지 정권의 최고 실력자가 되었다. 을사조약이 체결된 뒤 조선 통감이 되었고, 헤이그 특사 사건을 빌미로 고종을 강제로 퇴위시키는 등 조선 병합을 위한 사전 작업을 충실히 했다. 러시아 재무상을 만나러 간 하얼빈에서 안중근에게 저격당해 사망했다. 일본에서는 근대화를 이끈 인물로 추앙받지만, 한국을 비롯한 아시아 국가들에서는 일본 제국주의의 식민지 침탈을 주도한 장본인으로 규탄하고 있다.

푸트 Lucius H. Foote, 1826~?

미국의 법률가, 외교관. 한자 이름은 복덕(福德). 초대 조선 주재 미국 특명 전권 공사로 부임하여 조미 수호 조약을 비준했다. 조선의 정치·외교 문제에 관해 고종에게 조언했고, 김옥균 등 젊은 관료들과도 친분이 두터웠다. 미국 정부가 전권 공사에서 한 단계 낮은 변리 공사로 지위를 강등시키자 사직서를 제출하고, 갑신정변 이듬해에 본국으로 귀국했다.

홍순목 洪淳穆, 1816~1884

조선 말기의 문신. 호는 분계(汾溪). 홍선 대원군의 신임을 얻어 이조 판서, 한성 판윤을 거쳐 우의정을 지냈다. 대원군의 통상 수교 거부 정책을 지지했고, 신미양요 때는 미국에 맞서 싸울 것을 강력히 주장했다. 임오군란 당시와 대원군이 재집권했을 때, 다시 실각한 후에도 계속 영의정으로 있을 만큼, 고종과 대원군 양측에서 존중받는 원로대신이었다. 아들 홍영식 등이 주도한 갑신정변이 실패하자, 홍영식의 어린 아들을 죽이고 자신도 목숨을 끊었다. 흉가로 버려진 집은 뒤에 광혜원 건물로 쓰였다.

홍영식 洪英植, 1855~1884

조선 말기의 문신. 자는 중육(仲育), 호는 금석(琴石). 김옥균, 서광범 등과 박규수의 문하에서 수학했고 민영익과도 가깝게 지냈다. 조사 시찰단으로 선발되어 일본 육군성을 시찰했으며, 보빙사 전권부 대신으로 민영익과 함께 미국에 다녀왔다. 근대 우편 제도를 도입해 우정국을 신설하고 총판이 되었다. 우정국 청사 낙성식에서 김옥균, 박영효 등과 정변을 일으켰고, 개혁 정부의 좌의정이 되었다. 정변 실패 후 끝까지 왕을 호위하다 피살되었다.

홍종우 洪鍾宇, 1854~1913

조선 말기의 정객. 조선인 최초로 프랑스에 유학했다. 파리 기메 박물관에서 일하면서 『춘향전』, 『심청전』 등을 번역해 조선 문화를 유럽에 알렸다. 프랑스에서도 상투를 틀고 한복 차림을 했으며, 유교적 전통과 군주의 권위를 중요하게 여겼다. 귀국길에 일본에 들렀다가 김옥균을 암살하라는 제의를 받고, 상하이로 가는 김옥균과 동행하여 권총으로 살해했다. 조선으로 돌아와 공을 인정받고 홍문관 교리직과 사택을 하사받았다.

후쿠자와 유키치 福澤諭吉, 1835~1901

일본의 계몽 사상가, 교육자, 언론인. 1860년부터 사절단의 일원으로 미국과 유럽 등지를 순방했고, 이러한 경험을 『서양사정』에 담아 일본 국민들이 서양 문물을 호의적으로 받아들이는 데 큰 영향을 끼쳤다. 게이오 의숙을 만들었고, 『학문을 권함』(學問のすすめ)을 써서 계몽 사상가로서 지위를 뚜렷이 했다. 그러나 인간의 이성이 지닌 힘을 믿는 서구의 계

몽주의자들과 달리 후쿠자와의 계몽주의는, 일본의
힘을 길러 서구 열강과 같은 대열에 낄 수 있도록 국
민을 계몽하는 것이 목적이었다. 조선의 갑신정변이
실패로 끝나자마자 "아시아 동방의 악우(惡友)를 사
절한다."는 『탈아론(脫亞論)』을 발표하여, 일본은 아
시아를 벗어나 구미 열강과 같은 길로 나아갈 것이라 밝혔다. 저서로는
후쿠자와 3부작이라 일컫는 『서양사정』, 『학문을 권함』, 『문명론의 개략』
이 있고, 말년에 쓴 『후쿠자와 유키치 자서전』이 있다.

흥선 대원군 興宣大院君, 1820~1898

조선 말기의 왕족, 정치가. 고종의 아버지. 이름은 이
하응(李昰應). 호는 석파(石坡). 철종의 뒤를 이어
둘째 아들 명복이 즉위하자 대원군이 되어 섭정했
다. 당파를 초월한 인재 등용, 서원 철폐, 법률 제도
확립 등 강력한 개혁을 실시했으나, '쇄국 정책'으로
불리는 통상 수교 거부 정책으로 국제 관계가 악화되고 결국 조선은 고
립되었다. 고종이 친정한 뒤 조정에서 물러났지만 끊임없이 복귀를 노렸
고, 임오군란으로 정권을 다시 잡았으나 33일 만에 청나라로 압송되어 갔
다. 갑오개혁 즈음 일본의 요청으로 집권했지만 한 달 남짓 만에 물러났
고, 을미사변 뒤에도 잠시 집권했다. 권력에 대한 집착을 평생 놓지 않았
고, 아들 고종과 마지막까지 화해하지 못한 채 세상을 떠났다.

참고한 책과 논문

『갑신정변 연구』, 박은숙 지음, 역사비평사 2005.

『갑신정변 회고록』, 김옥균·박영효·서재필 지음, 조일문·신복룡 옮김, 건국대학교출판부 2006.

『개항과 조일관계─상호인식과 정책』, 최덕수 지음, 고려대학교출판부 2004.

『개화기의 윤치호 연구』, 유영렬 지음, 한길사 1985, 경인문화사 2011.

『개화기의 인물』, 이광린 지음, 연세대학교출판부 1993.

『개화파와 개화사상 연구』, 이광린 지음, 일조각 1989.

『고종과 명성』, 변원림 지음, 국학자료원 2002.

『고종시대의 재조명』, 이태진 지음, 태학사 2000.

『고종의 대미 외교─갈등·기대·좌절』, 강종일 지음, 일월서각 2006.

『고종황제 역사 청문회』, 교수신문 기획·엮음, 푸른역사 2005.

『국역 윤치호 일기』1, 송병기 옮김, 연세대학교출판부 2001.

『그래서 나는 김옥균을 쏘았다』, 조재곤 지음, 푸른역사 2005.

『근대 한미 관계사』, 김원모 지음, 철학과현실사 1992.

『근대한중관계사연구─19세기말의 연미론과 조청교섭』, 송병기 지음, 단국대학교출판부 1985.

『근세조선정감』상, 박제형 지음, 이익성 옮김, 탐구당 1975.

『김옥균』, 북한 사회과학원 역사연구소 엮음, 역사비평사 1990.

『김옥균─신이 사랑한 혁명가』, 이종호 지음, 일지사 2002.

『김옥균 전기』, 민태원 지음, 을유문화사 1969.

『나의 아버지 박지원』, 박종채 지음, 박희병 옮김, 돌베개 1998.

『내 기억 속의 조선, 조선 사람들』, 퍼시벌 로웰 지음, 조경철 옮김, 예담 2001.

『대한계년사』1·2, 정교 지음, 조광 엮음, 변주승 역주, 소명출판 2004.

『대한제국은 근대국가인가』, 한영우·서영희·이윤상·강상규·임현수 지음, 푸른역사 2006.

『동경대생들에게 들려준 한국사─메이지 일본의 한국침략사』, 이태진 지음, 태학사 2005.

『동도서기론 형성 과정 연구』, 노대환 지음, 일지사 2005.

『매천야록』, 황현 지음, 허경진 옮김, 서해문집 2006.

『명성황후 시해의 진실을 밝힌다』, 최문형, 지식산업사 2001, 2006(개정판).

『묄렌도르프 자전 외』, 묄렌도르프 지음, 신복룡 · 김운경 옮김, 집문당 1999.

『미국의 동아시아 개입의 역사적 원형과 20세기 초 한미 관계 연구』, 김기정, 문학과지성사
　　　　2003.

『박규수 연구』, 이완재 지음, 집문당 1999.

『박영효 연구』, 유병용 외 지음, 한국정신문화연구원 2004.

『번역과 일본의 근대』, 마루야마 마사오 · 가토 슈이치 지음, 임성모 옮김, 이산 2000.

『새로 쓴 일본사』, 아사오 나오히로 외 지음, 이계황 외 옮김, 창작과비평사 2003.

『서양과 조선─그 이문화 격투의 역사』, 강재언 지음, 이규수 옮김, 학고재 1998.

『서양인의 조선살이, 1882~1910』, 정성화 · 로버트 네프 지음, 푸른역사 2008.

『서울, 공간으로 본 역사』, 장규식 지음, 혜안 2004.

『서울에 남겨둔 꿈 외』, 이노우에 가쿠고로 외 지음, 한상일 옮김, 건국대학교출판부 1993.

『서재필 박사 자서전』, 김도태 지음, 수선사 1948, 을유문화사 1972.

『세계관 충돌과 한말 외교사, 1866~1882』, 김용구 지음, 문학과지성사 2001.

『세계관 충돌의 국제정치학』, 김용구 지음, 나남출판 1997.

『실록 친일파』, 임종국 지음, 돌베개 1991.

『알렌의 일기─구한말 격동기 비사』, H. N. 알렌 지음, 김원모 옮김, 단국대학교출판부 1991.

『우승 열패의 신화』, 박노자 지음, 한겨레신문사 2005.

『일본 근대의 풍경』, 유모토 고이치 지음, 연구공간 수유+너머 '동아시아 근대 세미나팀' 옮김,
　　　　그린비 2004.

『'일본'의 발명과 근대』, 윤상인 · 박규태 지음, 이산 2006.

『일본이 진실로 강하더냐─근대의 길목에 선 조선의 선택』, 허동현 지음, 당대 1999.

『일제의 대한침략정책사연구─일제침략요인을 중심으로』, 조항래 편저, 현음사 1996.

『잃어버린 혁명─갑신정변 연구』, 강범석 지음, 솔 2006.

『임오군란과 갑신정변』, 김용구 지음, 도서출판 원 2004.

『전통한국의 정치와 정책』, 제임스 버나드 팔레 지음, 이훈상 옮김, 신원문화사 1993.

『제국주의 시대의 열강과 한국』, 최문형 지음, 민음사 1990.

『조선견문기』, H. N. 알렌 지음, 신복룡 옮김, 집문당 1999.

『조선에서의 원세개』, 이양자 지음, 신지서원 2002.

『조선책략』, 황준헌 지음, 김승일 편역, 범우사 2007.

『조선후기 조선중화사상 연구』, 정옥자 지음, 일지사 1998.

『청년 김옥균』, 김기진 지음, 한성도서 1954, 문학사상사 1993.

『청말대조선정책사연구』, 권석봉 지음, 일조각 1986.

『초기 한미관계의 재조명—셔먼호 사건에서 신미양요까지』, 김명호 지음, 역사비평사 2005.

『한국개화사연구』, 이광린 지음, 일조각 1969(초판), 1999(개정판).

『한국개화사의 제문제』, 이광린 지음, 일조각 1986.

『한국과 그 이웃나라들』, 이사벨라 버드 비숍 지음, 이인화 옮김, 살림 1994.

『한국근대경제사연구—개항기의 미곡무역,방곡,상권문제』, 김경태 지음, 창작과비평사 1994.

『한국근대 대청정책사 연구』, 구선희 지음, 혜안 1999.

『한국근대사산책』 1, 강준만 지음, 인물과사상사 2007.

『한국 근대사의 풍경』, 노형석 지음, 이종학 사진 및 자료 제공, 생각의나무 2004.

『한국근대 화폐사』, 오두환 지음, 한국연구원 1991.

『한국사 37—서세동점과 문호개방』, 국사편찬위원회 2000.

『한국사 38—개화와 수구의 갈등』, 국사편찬위원회 1999.

『한국사진사 1631~1945』, 최인진 지음, 눈빛 1999.

『한국을 둘러싼 제국주의 열강의 각축』, 최문형 지음, 지식산업사 2001.

『한국화폐금융사연구』, 이석륜 지음, 박영사 1971.

『한미수교사—조선 보빙사의 미국사행(1883)』, 김원모 지음, 철학과현실사 1999.

『한일합병사』, 야마베 겐타로 지음, 안병무 옮김, 범우사 1982.

『현대 일본의 역사』, 앤드루 고든 지음, 김우영 옮김, 이산 2005.

『호암전집』 3, 「구거유화(舊居遺話)」, 문일평 지음, 일성당서점 1948.

『환재 박규수 연구』, 김명호 지음, 창비 2008.

『후쿠자와 유키지 자서전』, 후쿠자와 유키치 지음, 허호 옮김, 이산 2006.

『후쿠자와 유키치—탈아론을 어떻게 펼쳤는가』, 정일성 지음, 지식산업사 2001.

『100年前の日本—繪葉書に綴られた風景』(백 년 전 일본—그림엽서에 담은 풍경), 生田 誠(이쿠타 마코토) 편저, 生活情報センター(생활정보센터) 2006.

『1894년 농민전쟁연구』 1·3, 한국역사연구회 지음, 역사비평사 1991·1993.

『19세기 동아시아의 패러다임 변환과 제국 일본』, 강상규 지음, 논형 2007.

『19세기 동아시아의 패러다임 변환과 한반도』, 강상규 지음, 논형 2008.

『19세기말 한중 관계사 연구』, 권혁수 지음, 백산자료원 2000.

『19세기 열강과 한반도』, 우철구 지음, 법문사 1999.

『19세기 중국사회』, 신승하·유장근·장의식 지음, 신서원 2000.

「『갑신일록(甲申日錄)』에 관한 일연구」, 김봉진, 『한국학보』 제42집, 1986.

「갑신정변의 좌절과 김옥균」, 강재언, 계간경향 『사상과 정책』 1984년 가을호.

「갑신정변 이전의 국내 정치세력의 동향」, 연갑수, 『국사관논총』 제93집, 2000.

「갑신정변 후의 중국의 대한정책」, 임명덕, 계간경향 『사상과 정책』 1984년 가을호.

「강화도조약의 역사적 배경과 국제적 환경」, 김기혁, 『국사관논총』 제25집, 1991.

「개항기(1876~1894) 민중들의 일본에 대한 인식과 대응」, 배항섭, 『역사비평』 1994년 겨울호.

「개항기 한성(漢城) 외국인거류의 과정과 실태」, 손정목, 『향토 서울』 제38호, 1980.

「개항을 둘러싼 국제정치」, 김기정, 『한국사 시민강좌』 제7집, 1990.

「개화기 명성황후 민비의 정치적 역할」, 이배용, 『국사관논총』 제66집, 1995.

「개화기 일본유학생 파견과 실태(1881~1903)」, 송병기, 『동양학』 제18집, 1988.

「「개화승 이동인(李東仁)」에 관한 새 사료」, 이광린, 『동아연구』 제6집, 1985.

「개화파와 갑신정변」, 정옥자, 『국사관논총』 제14집, 1990.

「고종의 대외인식과 외교정책」, 강상규, 『한국사시민강좌』 제19집, 1996.

「고종의 초기 대외인식 변화와 친정(親政)」, 안외순, 『한국정치학회보』 제30집 2호, 1996.

「고종 초기(1864~1873)의 경연(經筵)」, 김세은, 『진단학보』 제89권, 2000.

「고종 친정 이후 정치체제개혁과 정치세력의 동향」, 은정태, 『한국사론』 제40권, 1998.

「광무년간 서양인의 고종관(高宗觀)」, 정연태, 『한국사연구』 제115호, 2001.

「근대초기에 있어서 한·청·일 관계의 전개」, 김기혁, 계간경향 『사상과 정책』 1984년 가을호.

「기존 개화파 용어에 대한 비판과 대안」, 주진오, 『역사비평』 2005년 겨울호.

「김옥균―시대를 앞질러간 개혁의지」, 김영작, 『한국사시민강좌』 제31집, 2002.

「김옥균 암살사건과 청정부(淸政府)의 관계에 대하여」, 권혁수, 『한국학논집』 제31집, 1997.

「당오전고(當伍錢攷)」, 원유한, 『역사학보』 제35·36 합집, 1967.

「대원군정권과 박규수」, 김명호, 『진단학보』 제91권, 2001.

「대원군집정기 고종의 대외인식―견청(遣淸) 회환사(回還使) 소견을 중심으로」, 안외순, 『동양
　　　고전연구』 제3집, 1994.

「동도서기론의 구조와 그 전개」, 권오영, 『한국사 시민강좌』 제7집, 1990.

「명성왕후 연구」, 서영희, 『역사비평』 2001년 겨울호.

「명성왕후와 대원군의 정치적 관계 연구」, 강상규, 『한국정치학회보』 제40집 2호, 2006.

「명성왕후 재평가」, 서영희, 『역사비평』 2002년 가을호.

「미제국주의의 조선침략과 친미파」, 주진오, 『역사비평』 1988년 겨울호.

「민영익의 삶과 정치활동」, 노대환, 『한국사상사학』 제18호, 2002.

「박규수의 「지세의명병서(地勢儀銘幷序)」에 대하여」, 김명호, 『진단학보』 제82권, 1996.

「복택유길(福澤諭吉)의 조선인식과 중국인식」, 함동주, 『외대사학』 제12호, 2000.

「서광범연구」, 김원모, 『동양학』 제15집, 1985.

「'시세를 보고 있는' 개혁가 박영효」, 구선희, 『내일을 여는 역사』 2000년 가을호.

「신사유람단고(紳士遊覽團考)」, 정옥자, 『역사학보』 제27집, 1965.

「실학과 개화사상의 관련양상―철종시대 박규수의 활동과 연암(燕巖)의 영향」, 김명호, 『대동문
　　　화연구』 제36집, 2000.

「아편전쟁을 다시 본다」, 허원, 『역사비평』 1997년 겨울호.

「어윤중의 부강론 연구」, 최진식, 『국사관논총』 제41집, 1993.

「열강의 대한정책에 대한 일연구」, 최문형, 『역사학보』 제92집, 1981.

「열강의 이권침탈과 조선의 대응」, 이배용, 『한국사 시민강좌』 제7집, 1990.

「운미(雲楣) 민영익의 생애와 회화 연구」, 강영주, 『미술사학』 2005년 8월호.

「위정척사운동」, 송병기, 『한국사 시민강좌』 제7집, 1990.

「임오군란후 친군제(親軍制)의 성립과 그 모순」, 최병옥, 『군사』 제26호, 1993.

「청의 원세개 파견과 조선군사정책」, 김정기, 『역사비평』 2001년 봄호.

「초기 개화파의 근대화 구상―갑신정변에 대한 비판적 검토」, 강창일, 『한국문화』 제15호, 1994.

「초기 개화파의 대외인식―오경석을 중심으로」, 김하원, 『부대사학』 제17집, 1993.

「한국 근대의 수구 · 개화 구분과 일본 침략주의」, 이태진, 『한국사시민강좌』 제33집, 2003.

「한말 · 일제시기 사회진화론의 성격과 영향」, 박찬승, 『역사비평』 1996년 봄호.

「한말 중인층의 개화활동과 친일개화론」, 김경택, 『역사비평』 1993년 여름호.

「한성순보에 나타난 개화·부강론과 그 성격」, 이수룡, 『손보기박사 정년기념 한국사학논총』, 지
　　　식산업사 1988.

「후쿠자와 유키치」, 최덕수, 『역사비평』 1997년 겨울호.

「1860~70년대 전반 조선 지식인의 대외인식과 양무 이해」, 노대환, 『한국문화』 제20호, 1997.

「1861년 열하문안사행(熱河問安使行)과 박규수」, 김명호, 『한국문화』 제23호, 1999.

「1881년 조사시찰단의 명치 일본 사회 · 풍속관―시찰단의 『문견사건(聞見事件)』을 중심으로」,
　　　허동현, 『한국사연구』 제101호, 1998.

「1881년 조사시찰단의 활동에 관한 연구」, 허동현, 『국사관논총』 제66집, 1995.

「1882년 조미수호통상조약과 이권침탈」, 김정기, 『역사비평』 1992년 여름호.

「1884년 정변 주도세력의 대청외교 개혁구상」, 김보경, 『역사와 현실』 제30호, 1998.

• 조선왕조실록 http://sillok.history.go.kr